# Morder uten ansikt

HENNING MANKELL
*Utgitt på Gyldendal:*

Tegning i sanden (Barnebok), 1976
Morder uten ansikt, 1993
Hundene i Riga, 1994
Den hvite løvinnen, 1995
Ildens hemmelighet (Barnebok), 1996
Silkeridderen, 1996
Villspor, 1997
Comédia infantil, 1998
Den femte kvinnen, 1998
Ett skritt etter, 1999
Brannvegg, 2000
Pyramiden, 2000
Danselærerens tilbakekomst, 2001
Vindens sønn, 2001
Beretning på tidens strand, 2002
Tea-Bag, 2002
Før frosten, 2002
Leopardens øye, 2003

HENNING MANKELL

# Morder uten ansikt

OVERSATT AV
KARI OG KJELL RISVIK

GYLDENDAL

Utgitt første gang på norsk 1993
I Gyldendal Spenning 1993
3. utgave 1999
4. utgave 1999
2. opplag (3. utgave) 2000
5. utgave (Interbok) 2000
3. opplag (3. utgave) 2000
4. opplag 2000
I Gyldendal Krim 2001
7. utgave 2001
2. opplag (Gyldendal Krim) 2001
3. opplag 2002
4. opplag 2003

Originaltittel: *Mördare utan ansikte*



Første gang utgitt av
Ordfront förlag AB, Stockholm 1991

Printed in Norway
Trykk/innbinding: AIT Trondheim AS, 2003
Papir: 55 g Snowbulk (2,3)
Forside- og seriedesign: Gyldendals designavdeling

ISBN 82-05-27788-5

*Til Kari*

# 1

Det er noe han har glemt. Det vet han med sikkerhet da han våkner. Noe han har drømt om natten. Noe han bør huske.

Han prøver å komme på det. Men søvnen er som et svart hull. En brønn som ikke avslører noe av sitt innhold.

Jeg har iallfall ikke drømt om oksene, tenker han. Da ville jeg ha vært svett, som om jeg hadde verket ut en feber i nattens løp. Denne natten har oksene latt meg være i fred.

Han ligger stille i mørket og lytter. Konens pust er så svak ved siden av ham at han nesten ikke kan oppfatte den.

En morgen kommer hun til å ligge død ved siden av meg uten at jeg merker det, tenker han. Eller jeg. En av oss dør før den andre. En morgen kommer en av oss til å være igjen alene.

Han ser på klokken som står på bordet ved sengen. Viserne glitrer og peker på kvart på fem.

Hvorfor våkner jeg? tenker han. Ellers sover jeg til halv seks. Det har jeg gjort i over 40 år. Hvorfor våkner jeg nå?

Han lytter ut i mørket, og plutselig er han lys våken.

Noe er forandret. Noe er ikke lenger som det pleier å være.

Forsiktig famler han med den ene hånden til han kommer borti konens ansikt. Med fingertuppene kjenner han at hun er varm. Det er altså ikke hun som er død. Ennå er ingen av dem blitt igjen alene.

Han lytter ut i mørket.

Hesten, tenker han. Hun knegger ikke. Det er derfor

jeg våkner. Hoppen pleier å vrinske om natten. Det hører jeg uten å våkne, og i underbevisstheten vet jeg at jeg kan sove videre.

Plutselig står han opp av den knirkende sengen. I 40 år har de hatt den. Det var det eneste møbelet de kjøpte da de giftet seg. Det er også den eneste sengen de kommer til å ha i sitt liv.

Han kjenner at det verker i venstre kne da han går over tregulvet bort til vinduet.

Jeg er gammel, tenker han. Gammel og oppbrukt. Hver morgen når jeg våkner blir jeg like forundret over at jeg alt er 70 år.

Han ser ut i vinternatten. Det er den 8. januar 1990 og det har ikke snødd i Skåne denne vinteren. Lampen utenfor kjøkkendøren kaster sitt lys over hagen, den nakne kastanjen og jordene bortenfor. Han myser mot nabogården der Lövgrens bor. Det hvite, lave og langstrakte huset er mørkt. Stallen som ligger i vinkel mot våningshuset, har en blekgul lampe over den svarte stalldøren. Det er der inne hoppen står i spiltauet sitt, og det er der hun plutselig knegger av uro om natten.

Han lytter ut i mørket.

Det knaker i sengen bak ham.

– Hva gjør du? mumler konen.

– Sov du, svarer han. – Jeg bare strekker på bena.

– Har du vondt?

– Nei.

– Så sov da! Stå ikke der og frys på deg forkjølelse.

Han hører at hun snur seg over på siden.

En gang elsket vi hverandre, tenker han. Men han verger seg mot sin egen tanke. Det er et for fint ord. Elske. Det er ikke for sånne som oss. Et menneske som har vært bonde i over 40 år og stått bøyd over den tunge skånske jorden, tar ikke ordet elske i sin munn når han snakker om sin kone. I vårt liv har kjærligheten alltid vært noe helt annet . . .

Han ser på nabohuset, myser, prøver å trenge gjennom vinternattens mørke.

Knegg, tenker han. Knegg i spiltauet ditt, så jeg vet at alt er som ellers. Så jeg kan legge meg under teppet en stund til. Den pensjonerte og giktbrudne bondens dag er lang og trøsteløs nok likevel.

Plutselig merker han at han står og stirrer på kjøkkenvinduet i nabohuset. Noe er forandret. I alle år har han nå og da kastet et blikk mot naboens vinduer. Nå er det noe som plutselig ser annerledes ut. Eller er det bare mørket som gjør ham forvirret? Han lukker øynene og teller til 20 for å hvile dem. Så ser han på vinduet igjen, og nå er han sikker på at det står åpent. Et vindu som alltid har vært lukket om natten, er plutselig åpent. Og hoppen har ikke knegget . . .

Hoppen har ikke knegget, for gamle Lövgren har ikke tatt sin vanlige tur til stallen da prostataen gjorde seg gjeldende og drev ham opp av den varme sengen . . .

Det er innbilning, sier han til seg selv. Øynene mine er grumsete. Alt er som ellers. Hva skulle egentlig hende her? I den lille bygda Lenarp, rett nord for Kadesjö, på veien mot den vakre Krageholmssjön, midt i hjertet av Skåne. Her hender det ingenting. Tiden står stille i denne lille bygda der livet renner som en bekk uten energi og vilje. Her bor noen gamle bønder som har solgt eller forpaktet bort jordene sine til andre. Her bor vi og venter på det uunngåelige . . .

Han ser på kjøkkenvinduet igjen og tenker at verken Maria eller Johannes Lövgren ville glemme å lukke det. Med alderen kommer en redsel snikende, låsene blir flere og flere, og ingen glemmer å lukke et vindu før natten senker seg. Å bli gammel er å engste seg. Den redselen for det truende som var der i barndommen, kommer tilbake når man blir eldre . . .

Jeg kan kle på meg og gå ut, tenker han. Halte gjennom hagen med vintervinden mot ansiktet, bort til gjerdet som skiller eiendommene våre. Jeg kan se med egne øyne at jeg ser syner.

Men han bestemmer seg for å bli stående. Snart kommer Johannes til å stå opp for å koke kaffe. Først tenner han lyset på wc, så lyset på kjøkkenet. Alt kommer til å være som ellers . . .

Han står ved vinduet og kjenner at han fryser. Alderdomskulden som kommer krypende, selv i det varmeste av alle rom. Han tenker på Maria og Johannes. Med dem har vi også hatt et ekteskap, tenker han, som naboer og som jordbrukere. Vi har hjulpet hverandre, delt slit og de dårlige årene. Men vi har også delt det gode livet. Sammen har vi feiret sankthans og spist middag første juledag. Ungene våre har løpt mellom de to gårdene som om de hørte til begge steder. Og nå deler vi den lange, seige alderdommen . . .

Uten at han skjønner hvorfor, åpner han vinduet, forsiktig for ikke å vekke den sovende Hanna. Han holder hardt i vindushaspen for at den kraftige vintervinden ikke skal rive den ut av hånden hans. Men det er helt stille, og han minner seg selv om at meteorologene i radioen ikke har sagt noe om et uvær som nærmer seg den skånske sletten.

Stjernehimmelen er klar og det er svært kaldt. Han skal akkurat til å lukke vinduet igjen da han synes han hører en lyd. Han lytter og vender det venstre øret ut. Det gode øret til forskjell fra det høyre som er skadet av all den tiden han har tilbrakt innestengt i lumre og drønnende traktorer.

En fugl, tenker han. En nattfugl som skriker.

Så blir han redd. Ingen steds fra kommer angsten og tar tak i ham.

Det høres ut som et menneske som roper. Fortvilt, for å trenge frem til andre mennesker.

En stemme som vet at den må trenge gjennom tykke steinvegger for å nå naboenes oppmerksomhet . . .

Det er bare innbilning, tenker han igjen. Det er ingen som roper. Hvem skulle det være?

Han lukker vinduet så brått at en blomsterpotte hopper til og Hanna våkner.

– Hva gjør du? sier hun, og han hører at hun er irritert.

Da han skal svare, er han plutselig sikker.

Redselen er ekte.

– Hoppen knegger ikke, sier han og setter seg på sengekanten. – Og kjøkkenvinduet er åpent hos Lövgren. Og noen roper.

Hun setter seg opp i sengen.

– Hva er det du sier?

Han vil ikke svare, men nå er han sikker på at det ikke var noen fugl han hørte.

– Det er Johannes eller Maria, sier han. – Det er en av dem som roper på hjelp.

Hun står opp og går bort til vinduet. Stor og bred står hun i det hvite nattlinnetet og ser ut i mørket.

– Kjøkkenvinduet er ikke åpent, hvisker hun. – Det er knust.

Han går bort til henne, og nå fryser han så han rister.

– Det er noen som roper på hjelp, sier hun, og stemmen skjelver.

– Hva skal vi gjøre? spør han.

– Gå dit, sier hun. – Fort deg!

– Men hvis det er noe farlig?

– Skal vi ikke hjelpe våre beste venner hvis det har hendt noe?

Han kler fort på seg, tar lommelykten som står i kjøkkenskapet ved siden av sikringene og kaffeboksen. Jorden er frossen under føttene hans. Da han snur seg, skjelner han Hanna i vinduet.

Borte ved gjerdet stanser han. Alt er stille. Nå ser han at kjøkkenvinduet er knust. Forsiktig klatrer han over det lave gjerdet og går mot det hvite huset. Men ingen stemme roper til ham.

Bare innbilning, tenker han igjen. Jeg er en gammel mann som ikke lenger klarer å oppfatte hva som virkelig hender. Kanskje jeg drømte om oksene i natt likevel? Den gamle drømmen om oksene som kom løpende mot meg da jeg var barn og fikk meg til å innse at jeg en gang skulle dø . . .

Da hører han ropet igjen. Det er svakt, som jammer. Det er Maria.

Han går bort til soveværelsesvinduet og titter forsiktig inn gjennom glipen mellom gardinet og ruten.

Plutselig vet han at Johannes er død. Han lyser inn med lommelykten og kniper igjen øynene før han tvinger seg til å se.

Sammenkrøpet på gulvet sitter Maria, bundet til en stol. Hun er blodig i ansiktet og gebisset ligger istykkerslått på det tilgrisete nattlinnetet.

Så ser han den ene foten til Johannes. Han kan bare se foten. Resten av kroppen er skjult bak gardinet.

Han halter tilbake og klatrer over gjerdet igjen. Kneet verker da han fortvilt snubler frem over den frosne leirjorden.

Først ringer han til politiet.

Så tar han kubeinet sitt ut av et klesskap der det lukter møllmiddel.

– Bli her, sier han til Hanna. – Dette trenger ikke du å se.

– Hva er det som har hendt? spør hun med tårer av redsel i øynene.

– Jeg vet ikke, sier han. – Men jeg våknet av at hoppen ikke knegget. Det er jeg helt sikker på.

Det er den 8. januar 1990.

Ennå ikke demring.

# 2

Oppringningen ble registrert hos politiet i Ystad klokken 5.13. Den ble tatt imot av en utslitt politimann som hadde vært i tjeneste nesten uavbrutt siden nyttårsaften. Han hadde hørt på den stammende stemmen i telefonen og tenkt at det bare var en sinnsforvirret olding. Men noe hadde likevel vakt hans oppmerksomhet. Han begynte å stille spørsmål. Da samtalen var over, tenkte han seg om bare et kort øyeblikk før han grep røret igjen og slo et nummer han kunne utenat.

Kurt Wallander sov. Han hadde sittet oppe altfor lenge kvelden før og lyttet til innspillinger med Maria Callas, som en god venn hadde sendt fra Bulgaria. Gang på gang hadde han vendt tilbake til hennes «Traviata», og klokken hadde vært nærmere to da han endelig hadde lagt seg. Da telefonsignalene nå rev ham opp av søvnen, hadde han vært dypt inne i en intens erotisk drøm. Som for å forsikre seg om at han bare hadde drømt, strakte han ut armen og kjente på teppet. Men han var alene i sengen. Der lå verken hans kone, som hadde gått fra ham for tre måneder siden, eller den fargede kvinnen som han nettopp hadde vært viklet inn i et voldsomt samleie med.

Han så på klokken samtidig som han strakte seg etter telefonrøret. En bilulykke, tenkte han fort. Plutselig hålkeføre og noen som har kjørt for fort og skjenet av E 14. Eller bråk med flyktninger som er kommet med morgenferjen fra Polen.

Han akte seg opp i sengen og klemte røret mot kinnet der skjeggstubben brant.

– Wallander!
– Jeg håper jeg ikke vekket deg?
– Nei, for svarte. Jeg er våken.

Hvorfor lyver jeg? tenkte han. Hvorfor sier jeg det ikke som det er? At jeg helst vil inn i søvnen igjen og fange en løpsk drøm i form av en naken kvinne?

– Jeg tenkte at jeg måtte ringe til deg.
– Bilulykke?
– Ikke akkurat. Det ringte en gammel bonde som sa han het Nyström og bodde i Lenarp. Han påstod at en nabokvinne satt fastbundet på gulvet og at noen var død.

Han tenkte fort etter hvor Lenarp lå. Ikke så langt fra Marsvinsholm, i et uvanlig kupert område til å være Skåne.

– Det lød alvorlig. Jeg tenkte det var best å ringe direkte til deg.
– Hvem har du på stasjonen akkurat nå?
– Peters og Norén er ute og leter etter en som har knust et vindu på Continental. Skal jeg anrope dem?
– Be dem kjøre til krysset mellom Kadesjö og Katslösa og vente der til jeg kommer. Gi dem adressen. Når fikk du oppringningen?
– For noen minutter siden.
– Sikkert at det ikke bare var en fyllik som ringte?
– Det lød ikke sånn.
– Neivel. Da så.

Han kledde fort på seg uten å dusje, skjenket opp en kopp lunken kaffe som var igjen på termosen og så ut gjennom vinduet. Han bodde i Mariagatan i sentrum av Ystad, og husfasaden rett overfor vinduet hans var sprukken og grå. Et kort sekund lurte han på om det kom til å bli noe snø i Skåne denne vinteren. Han håpet ikke det. Med skånske snøstormer kom det alltid perioder med mye arbeid. Bilulykker, innesnødde kvinner som snart skulle føde, isolerte gamle mennesker og nedfalne elektriske ledninger. Med snøstormene kom kaos, og det slo ham at han var dårlig rustet til å møte kaos denne vinteren. Fremdeles brant angsten inni ham over at hans kone hadde gått fra ham.

Han kjørte bortover Regementsgatan til han kom ut på Österleden. Ved Dragongatan fikk han rødt lys, og han slo på bilradioen for å høre nyhetene. En opphisset stemme fortalte om et fly som hadde styrtet på et fjernt kontinent.

*Å leve har sin tid, å være død har sin,* tenkte han mens han gned søvnen ut av øynene. Det var en besvergelse han hadde formulert for mange år siden. Da hadde han vært en ung politimann som hadde patruljert i gatene i hjembyen Malmö. En gang hadde en beruset mann plutselig tatt frem en stor slakterkniv da de skulle kjøre av sted med ham fra Pildammsparken. Han hadde fått et dypt hugg helt inntil hjertet. Noen millimeter hadde skilt ham fra en uventet død. Den gang hadde han vært 23 år og for alvor blitt klar over hva det innebar å være politimann. Besvergelsen var hans måte å verge seg mot erindringsbildet.

Han kjørte ut av byen, passerte det nybygde møbelvarehuset som lå ved innfartsveien, og fikk et glimt av havet bortenfor. Det var grått, men merkelig rolig til å være midt i den skånske vinteren. Langt ute mot horisonten avtegnet det seg et skip som stevnet østover.

Snøstormene kommer, tenkte han.

Før eller senere har vi dem over oss.

Han slo av bilradioen og forsøkte å konsentrere seg om det som ventet.

Hva visste han egentlig?

En gammel dame, fastbundet på gulvet? En mann som påstår at han har sett henne gjennom et vindu? Han satte opp farten da han passerte avkjørselen til Bjäresjö og tenkte at det sikkert bare var en gammel mann som var rammet av en plutselig oppblussende senilitet. I løpet av sine mange år som politimann hadde han mer enn en gang opplevd at gamle og isolerte mennesker hadde brukt politiet som et ytterste rop om hjelp.

Politibilen ventet på ham ved sideveien mot Kadesjö.

Peters hadde steget ut og så på en hare som hoppet frem og tilbake på et jorde.

Da han så Wallander komme i den blå Peugot'en, løftet han hånden til hilsen og satte seg bak rattet.

Den frosne grusen knaste under bildekkene. Kurt Wallander kjørte bak politibilen. De passerte veiskillet mot Trunnerup, fortsatte oppover noen bratte bakker og var fremme i Lenarp. De svingte inn på en smal stikkvei som ikke var stort mer enn et traktorspor. Etter en kilometer var de fremme. To gårder ved siden av hverandre, to hvitmalte våningshus med velstelte hager.

En eldre mann kom hastende mot dem. Kurt Wallander så at han haltet, som om han hadde vondt i et kne.

Da han gikk ut av bilen, merket han at det hadde begynt å blåse. Kanskje var det snøen som var på vei likevel?

I det samme han så den gamle mannen, visste han at det ventet ham noe virkelig ubehagelig. I mannens øyne lyste det en redsel som ikke kunne være innbilt.

– Jeg brøt opp døren, gjentok han engstelig, gang på gang. – Jeg brøt opp døren, for jeg måtte jo se. Men hun er snart død, hun også.

De gikk inn gjennom den oppbrutte døren. Kurt Wallander kjente en besk gammelmannslukt slå imot seg. Tapetene var gammeldagse, og han måtte myse for å kunne se i halvmørket.

– Hva er det som har hendt her? spurte han.

– Der inne, svarte den gamle mannen.

Så begynte han å gråte.

De tre politimennene så på hverandre.

Kurt Wallander dyttet opp døren med den ene foten.

Det var verre enn han hadde forestilt seg. Mye verre. Senere skulle han si at det var det verste han noensinne hadde sett. Og han hadde sett mye.

Soverommet til det gamle paret var tilgriset med blod. Det hadde til og med sprutet på porselenslampen som hang i taket. Nesegrus over sengen lå en gammel mann med bar overkropp og de lange underbuksene nede på lårene. Ansiktet var knust til ugjenkjennelighet. Det så ut som om noen hadde forsøkt å skjære av ham nesen. Hendene var bakbundne og det ene lårbenet slått i stykker. Den hvite benpipen lyste mot alt det røde.

– Å fy faen, hørte han Norén stønne bak seg, og han kjente at han fikk kvelningsfornemmelser selv.

– Ambulanse, sa han og svelget. – Fort, fort . . .

Så bøyde de seg over kvinnen som halvlå på gulvet, fastbundet til en stol. Den som hadde bundet henne, hadde festet en renneløkke rundt den magre halsen. Hun pustet svakt, og Kurt Wallander ropte at Peters skulle finne en kniv. De skar av det tynne tauet som hadde gravd seg dypt inn i håndledd og hals, og la henne forsiktig ned på gulvet. Kurt Wallander holdt hodet hennes i fanget.

Han så på Peters, og han innså at begge tenkte på det samme.

Hvem kunne være så grusom at han gjorde noe sånt? Feste en renneløkke på en gammel hjelpeløs kvinne?

– Vent der ute, sa Kurt Wallander til den gråtende gamle mannen som stod i døren. – Vent der ute og ikke rør noe.

Han hørte at stemmen hans lød som et brøl.

Jeg brøler fordi jeg er redd, tenkte han. Hva er det for en verden vi lever i?

Det varte nesten 20 minutter før ambulansen kom. Kvinnen pustet mer og mer uregelmessig, og Kurt Wallander begynte å bli redd for at den skulle komme for sent.

Han kjente igjen ambulansesjåføren som het Antonson. Medhjelperen var en ung mann som han ikke hadde sett før.

– Hei, sa Wallander. – Han er død. Men hun her lever. Prøv å holde liv i henne.

– Hva er det som har hendt? spurte Antonson.

– Det håper jeg at hun kan svare på hvis hun overlever. Fort dere nå!

Da ambulansen var forsvunnet bortover grusveien, gikk Kurt Wallander og Peters ut. Norén tørket seg i ansiktet med et lommetørkle. Langsomt hadde demringen krøpet nærmere. Kurt Wallander så på armbåndsuret sitt. To minutter på halv åtte.

– Det er jo et slaktehus, sa Peters.

– Verre, svarte Wallander. – Ring og be om full utrykning. Si at Norén skal sperre av. Jeg går og snakker med den gamle mannen så lenge.

I det samme hørte han noe som lød som et skrik. Han for sammen og da lød skriket igjen.

Det var en hest som vrinsket.

De gikk bort til stallen og åpnet døren. Inne i halvmørket skrapte en hest urolig i spiltauet sitt. Det luktet varm gjødsel og urin.

– Gi hesten vann og høy, sa Kurt Wallander. – Det er kanskje andre dyr her også.

Da han kom ut av stallen, gikk det en gysning gjennom ham. Svarte fugler skvatret i et enslig tre som stod langt borte på et jorde. Han trakk den kjølige luften ned i halsen og kjente at vinden hadde tiltatt.

– De heter Nyström, sa han til mannen, som nå hadde sluttet å gråte. – Nå må De fortelle hva som har hendt. Hvis jeg har oppfattet riktig, så bor De i nabohuset?

Mannen nikket.

– Hva er det som har hendt? spurte han med skjelvende stemme.

– Det håper jeg at De kan fortelle meg, sa Kurt Wallander. – Kanskje vi kan gå inn til Dem?

På kjøkkenet satt en sammensunken kvinne i en umoderne morgenkjole og gråt på en stol. Men straks Kurt Wallander hadde presentert seg, reiste hun seg og begynte å koke kaffe. De satte seg ved kjøkkenbordet. Wallander så julepynt som fremdeles hang i vinduet. Der lå også en gammel katt og stirret på ham. Han strakte ut hånden for å klappe den.

– Den biter, sa Nyström. – Den er ikke så vant til mennesker. Andre enn Hanna og meg.

Kurt Wallander tenkte på konen som hadde gått fra

ham og lurte på hvordan han skulle begynne. Et bestialsk drap, tenkte han. Og er vi riktig uheldige, er det snart et dobbeltdrap.

Plutselig kom han til å tenke på noe. Han banket på vindusruten til Norén.

– Unnskyld meg et øyeblikk, sa han og reiste seg.

– Hesten hadde både vann og høy, sa Norén. – Noen andre dyr var det ikke.

– Sørg for at noen drar til sykehuset, sa Kurt Wallander. – I tilfelle hun våkner, i tilfelle hun skulle si noe. Hun må jo ha sett det.

Norén nikket.

– Send noen med bra ører, sa Kurt Wallander. – Helst en som kan tyde leppebevegelser.

Da han kom inn på kjøkkenet igjen, tok han av seg frakken og la den på benken.

– Fortell, sa han. – Fortell nå, og ikke hopp over noe. Ta Dem god tid.

Etter to kopper svak kaffe skjønte han at verken Nyström eller hans kone hadde noe viktig å fortelle. Han hadde fått noen klokkeslett og det overfalne gamle parets livshistorie.

To spørsmål gjenstod.

– Vet De om de oppbevarte noen større pengebeløp hjemme? spurte han.

– Nei, sa Nyström. – De satte alt inn i banken. Trygden også. Og rike var de ikke. Da de solgte jorden og dyrene og maskinene, gav de pengene til barna.

Det andre spørsmålet forekom ham meningsløst. Men likevel stilte han det. Under omstendighetene hadde han ikke noe valg.

– Vet dere om de hadde noen fiender? spurte han.

– Fiender?

Det virket ikke som de hadde skjønt spørsmålet hans. Han gjentok det.

De to gamle så uforstående på ham.

– Mennesker som oss har ingen fiender, svarte mannen.

Wallander merket at han lød forurettet. – Det hender at vi krangler litt av og til. Om vedlikehold av en vei over myra eller hvor beitegrensene går. Men vi dreper ikke hverandre.

Wallander nikket.

– Jeg lar høre fra meg igjen snart, sa han og reiste seg med frakken i hånden. – Hvis dere plutselig skulle komme på noe mer, så nøl ikke med å ringe til politiet. Spør etter meg, Kurt Wallander.

– Hvis de kommer tilbake . . .? spurte den gamle kvinnen.

Kurt Wallander ristet på hodet.

– Det gjør de ikke, sa han. – Det var sikkert ranere. De kommer ikke tilbake. Dere trenger ikke å være engstelige.

Han tenkte at han burde si noe mer for å berolige dem. Men hva skulle det bli? Hvilken trygghet kunne han tilby mennesker som nettopp hadde opplevd at deres nærmeste nabo ble brutalt myrdet? Og som nå bare hadde å vente på at enda et menneske skulle dø?

– Hesten, sa han. – Hvem gir den høy?

– Det gjør vi, svarte den gamle mannen. – Hun skal få det hun trenger.

Wallander skrittet ut i den kalde demringen. Vinden hadde tiltatt, og han krøkte seg sammen da han gikk mot bilen. Egentlig burde han bli der og gi kriminalteknikerne en håndsrekning. Men han frøs og kjente seg uvel og ville ikke være der lenger enn nødvendig. Dessuten hadde han gjennom vinduet sett at det var Rydberg som var kommet med utrykningsbilen. Det innebar at teknikerne ikke kom til å avslutte arbeidet sitt før de hadde endevendt hver eneste jordklump på åstedet. Rydberg, som skulle gå av med pensjon om noen år, var en nidkjær politimann. Selv om han kunne virke pedantisk og treg, var han en garanti for at en åstedsbefaring ble utført som den skulle.

Rydberg var giktisk og brukte stokk. Nå kom han haltende mot ham over tunet.

– Det var ikke noe vakkert syn, sa han. – Det ser jo ut som et slaktehus der inne.

– Det er du ikke den første som sier, svarte Kurt Wallander.

– Har vi noe å gå etter?

Kurt Wallander ristet på hodet.

– Overhodet ingenting? Det var noe bedende i Rydbergs stemme.

– Naboene har verken hørt eller sett noe. Jeg tror det er vanlige ransmenn.

– Kaller du den sinnssyke brutaliteten der for vanlig?

Rydberg var opphisset, og Kurt Wallander angret sitt valg av ord.

– Jeg mener selvsagt at det var noen sjeldent jævlige personer som har vært på ferde i natt. Av den typen som lever av å oppsøke avsidesliggende gårder der det bor enslige gamle mennesker.

– Vi må få tak i dem, sa Rydberg. – Før de slår til igjen.

– Ja, svarte Kurt Wallander. – Om vi ikke får tak i noen andre i år, så må vi få tak i disse her.

Han satte seg inn i bilen og kjørte derfra. På den smale kjerreveien holdt han på å kollidere i en sving med en bil som kom mot ham med stor fart. Han kjente igjen mannen som kjørte. Det var en journalist som jobbet i en av de store riksavisene og rykket ut når det hendte noe av mer omfattende interesse i Ystad-egnen.

Wallander kjørte noen ganger frem og tilbake gjennom Lenarp. Det lyste i vinduene, men ingen mennesker var ute.

Hva kommer de til å tenke når de får høre det? sa han til seg selv.

Han følte seg ubehagelig til mote. Synet av den gamle kvinnen med renneløkken rundt halsen satt i ham ennå. En ufattelig grusomhet. Hvem kunne begå en slik handling? Hvorfor ikke slå en øks i hodet på kvinnen, så alt var over på et øyeblikk? Hvorfor denne torturen?

Han prøvde å legge opp etterforskningsarbeidet i hodet mens han kjørte langsomt gjennom den lille bygda. Ved veikrysset mot Blentarp stanset han, skrudde opp kupévarmeren fordi han frøs og ble sittende helt stille og se mot horisonten.

Det var han som skulle lede etterforskningsarbeidet, det visste han. Det kom ikke på tale med noen andre. Nest etter Rydberg var han den kriminalbetjenten i Ystad som hadde lengst erfaring enda han bare var 42 år.

En god del av arbeidet ville være rutine. Åstedsbefaring, avhør av mennesker som bodde i Lenarp og langs ransmennenes mulige fluktveier. Hadde noen sett noe mistenkelig? Noe uvanlig? Spørsmålene gav alt gjenlyd i hodet hans.

Men Kurt Wallander visste av erfaring at ransoverfall på landsbygda ofte var vanskelige å løse.

Det han kunne håpe på var at den gamle kvinnen ville overleve.

Hun hadde sett alt. Hun visste beskjed.

Men om hun døde, ville dobbeltdrapet bli vanskelig å løse.

Han følte seg engstelig.

Under normale omstendigheter var opphisselsen en spore til energi og handlekraft. Siden det var forutsetningen for alt politiarbeid, hadde han sett på seg selv som en dyktig politimann. Men nå følte han seg usikker og trett.

Han tvang seg til å slå over i første gir. Bilen rullet noen meter. Så stanset han igjen.

Det var som om det først nå var gått opp for ham hva han hadde opplevd denne frostkalde vintermorgenen.

Det hemningsløse og grusomme i overfallet på det gamle vergeløse paret gjorde ham redd.

Noe hadde hendt som overhodet ikke skulle skje her.

Han så ut gjennom bilvinduet. Vinden rev og pep rundt bildørene.

Nå må jeg begynne, tenkte han.

Det er riktig som Rydberg sa.

De som har gjort dette her, må vi få tak i.

Han drog rett til sykehuset i Ystad og tok heisen opp til intensivavdelingen. I gangen fikk han straks øye på den unge politiaspiranten Martinson som satt på en stol utenfor en dør.

Kurt Wallander kjente at han ble irritert.

Hadde de virkelig ingen andre enn en ung og uerfaren politiaspirant å sende til sykehuset? Og hvorfor satt han utenfor døren? Hvorfor satt han ikke ved sengekanten, klar til å oppfange den minste hviskelyd fra den mishandlede kvinnen?

– Hei, sa Kurt Wallander. – Hvordan går det?

– Hun er bevisstløs, svarte Martinson. – Legene virker ikke altfor håpefulle.

– Hvorfor sitter du her? Hvorfor sitter du ikke der inne?

– De sier ifra hvis det er noe.

Kurt Wallander merket at Martinson var usikker.

Jeg høres ut som en gammel, grinete lærer, tenkte han.

Forsiktig skjøv han døren opp og kikket inn. I dødens venteværelse sukket og pumpet forskjellige maskiner. Slanger slynget seg som gjennomsiktige mark langs veggene. En sykepleier stod akkurat og avleste et diagram da han åpnet døren.

– De kan ikke komme inn hit, sa hun skarpt.

– Jeg er politimann, sa Kurt Wallander matt. – Jeg ville bare høre hvordan det går.

– De har fått beskjed om å vente der ute, sa sykepleieren.

Før Kurt Wallander rakk å svare, kom en lege ilende inn. Det slo ham at legen så forbausende ung ut.

– Vi vil helst ikke ha noen uvedkommende her inne, sa den unge legen da han fikk øye på Kurt Wallander.

– Jeg skal gå. Men jeg ville bare høre hvordan det står til med henne. Jeg heter Wallander og er i politiet. Kriminalpolitiet, la han til og var ikke riktig sikker på om det gjorde noe fra eller til. – Det er jeg som leder etterforskningen etter den eller de personene som har gjort dette. Hvordan er det med henne?

– Det er merkelig at hun fremdeles lever, sa legen og

gjorde tegn til at han skulle bli med bort til sengen.

– Hvor mye som egentlig er knust og skadet i henne kan vi ikke svare på ennå. Først må vi se om hun står det over. Men strupen er stygt deformert. Som om noen har forsøkt å kvele henne.

– Det var nettopp det som skjedde, sa Kurt Wallander og så på det magre ansiktet som så vidt var synlig blant lakener og slanger.

– Hun burde ha vært død, sa legen.

– Jeg håper hun står det over, sa Kurt Wallander. – Hun er det eneste vitne vi har.

– Vi håper at alle pasientene våre står det over, svarte legen avvisende og studerte en bildeskjerm, der grønne linjer tegnet stadige bølgebevegelser.

Da legen hadde sagt at alt var på det uvisse foreløpig, gikk Kurt Wallander ut av rommet. Maria Lövgren kunne dø uten å ha kommet til bevissthet. Det var umulig å si.

– Kan du lese på lepper? spurte han Martinson.

– Nei, svarte denne forbauset.

– Det var synd, sa Kurt Wallander og gikk.

Fra sykehuset kjørte han rett til den brune politistasjonen som lå ved byens østre utfartsvei.

Han satte seg ved skrivebordet og så ut gjennom vinduet, bort mot det gamle røde vanntårnet.

Kanskje vår tid trenger en annen type politi, tenkte han. Politi som ikke reagerer når de en tidlig januarmorgen blir nødt til å gå inn i noe som minnet om slaktehus på bondebygda i Sør-Sverige. Politi som ikke blir usikre og utslåtte som jeg.

Han ble avbrutt i tankene sine av at telefonen ringte.

Sykehuset, tenkte han fort.

Nå ringer de og sier at Maria Lövgren er død.

Men rakk hun å våkne til liv? Sa hun noe?

Han stirret på telefonen som ringte.

Faen, tenkte han. Faen.

Hva som helst, men ikke død.

Men da han tok av røret, var det datteren hans. Han kvakk så han holdt på å rive ned telefonen.

– Pappa, sa hun, og han hørte at mynten falt ned.

– Hei, sa han. – Hvor ringer du fra?

Bare det ikke er Lima, tenkte han. Eller Katmandu. Eller Kinshasa.

– Jeg er i Ystad.

Da ble han glad. Det innebar at han ville få se henne.

– Jeg kom for å besøke deg, sa hun. – Men jeg har ombestemt meg. Jeg står på stasjonen. Jeg reiser nå. Jeg ville bare fortelle at jeg iallfall hadde tenkt å treffe deg.

Så ble samtalen brutt, og han ble sittende med røret i hånden.

Det var som om han holdt i noe dødt, avhugget.

Jævla unge, tenkte han. Hvorfor oppfører hun seg sånn?

Datteren som het Linda, var 19 år. Kontakten mellom dem hadde vært god helt til hun fylte 15. Det var til ham og ikke til moren hun var kommet når hun hadde problemer, eller når det var noe hun gjerne ville, men ikke riktig torde. Han hadde sett henne utvikle seg fra en lubben unge til en ung kvinne med en trossig skjønnhet. Før hun ble 15, hadde hun ikke røpet at hun bar på noen hemmelige demoner som en dag skulle drive henne ut i et flytende og gåtefullt landskap.

En vårdag, like etter at hun hadde fylt 15, hadde hun plutselig, uten varsel, prøvd å begå selvmord. Det hadde skjedd en lørdag ettermiddag. Kurt Wallander hadde reparert en av hagestolene og hans kone hadde pusset vinduer. Han hadde lagt fra seg hammeren og gått inn i huset, drevet av en plutselig uro. Hun lå på sengen i rommet sitt og hadde skåret seg med barberblad både i håndleddene og i halsen. Etterpå da det hele var over, hadde legen sagt til ham at hun ville ha dødd om han ikke var kommet akkurat da han kom og hatt åndsnærværelse nok til å legge trykkforbinding.

Sjokket hadde aldri fortatt seg. Kontakten mellom ham

og Linda var brutt: Hun trakk seg unna, og han maktet aldri å forstå hva som hadde drevet henne til selvmordsforsøket. Hun sluttet skolen, tok forskjellige jobber og kunne plutselig forsvinne i lange perioder. Et par ganger hadde hans kone presset ham til å etterlyse henne. Kollegene hadde sett hvor vondt han hadde det når det var Linda han skulle etterforske. Men en dag var hun tilbake igjen, og den eneste måte å følge reisene hennes på, var i smug å gå gjennom lommene og bla i passet hennes.

Pokker, tenkte han. Hvorfor blir du ikke her? Hvorfor ombestemmer du deg?

Telefonen ringte igjen, og han rev til seg røret.

– Det er pappa, sa han uten å tenke seg om.

– Hva mener du med det? sa faren hans. – Hva mener du med å svare pappa i telefonen? Jeg trodde du var politimann?

– Jeg har ikke tid til å snakke med deg akkurat nå. Kan jeg ringe deg senere?

– Nei, det kan du ikke. Hva er det som er så viktig?

– Det har hendt noe alvorlig nå i morges. Jeg ringer senere.

– Hva er det som har hendt?

Den eldre faren ringte til ham nesten hver dag. Han hadde flere ganger gitt sentralbordet beskjed om ikke å slippe igjennom telefoner fra ham. Men da var han blitt gjennomskuet, og faren hadde begynt å oppgi forskjellige identiteter og forvrenge stemmen for å lure sentralborddamene.

Kurt Wallander så bare en mulighet for å slippe fra ham.

– Jeg kommer ut til deg i kveld, sa han. – Da kan vi snakke sammen.

Faren lot seg motvillig overtale.

– Kom klokken syv. Da har jeg tid til å ta imot deg.

– Jeg kommer klokken syv. Ha det.

Han la på røret og sperret telefonen for innkommende oppringninger.

Det slo ham at han kunne ta bilen og kjøre ned til stasjonen og finne sin datter. Snakke med henne, prøve å gjenopplive den kontakten som så uforklarlig var gått tapt. Men han visste at han ikke kom til å gjøre det. Han ville ikke risikere at datteren rømte for alltid.

Døren gikk opp, og Näslund stakk hodet inn.

– Hei, sa han. – Skal jeg vise ham inn?

– Vise hvem inn?

Näslund kikket på klokken.

– Klokken er ni, sa han. – I går sa du at du ville ha Klas Månson opp til avhør på denne tiden.

– Hvilken Klas Månson?

Näslund så forundret på ham.

– Han som rante butikken på Österleden. Har du glemt ham?

Da husket han det, samtidig som han innså at Näslund åpenbart ikke kjente til drapet som var begått om natten.

– Du får overta Månson, sa han. – Vi har hatt et drap i natt ute i Lenarp. Kanskje dobbeltdrap. Et gammelt par. Du får overta Månson. Men vent litt med det. Først og fremst må vi legge opp etterforskningen på Lenarp.

– Månsons advokat er kommet alt, sa Näslund. – Sender jeg ham hjem, blir det litt av et lurveleven.

– Gjør et forberedende avhør, sa Kurt Wallander. – Om advokaten bråker etterpå, er det ikke noe å gjøre ved. Sett opp et etterforskningsmøte på mitt rom til klokken ti. Alle skal være med.

Plutselig var han i gang. Nå var han politimann igjen. Fortvilelsen over datteren og konen som hadde gått fra ham, fikk vente. Nå skulle han ta fatt på den besværlige jakten etter en morder.

Han fjernet noen papirbunker fra skrivebordet, rev i stykker en tippekupong han likevel ikke kom til å fylle ut, gikk ut i kantinen og skjenket opp en kopp kaffe.

Klokken ti var alle samlet i rommet hans. Rydberg var blitt innkalt fra åstedet og satt på en pinnestol ved vinduet. Sittende og stående politifolk fylte rommet, sammenlagt var de syv. Wallander ringte til sykehuset og klarte å få frem en beskjed om at tilstanden til den gamle kvinnen var uforandret kritisk.

Så redegjorde han for hva som hadde hendt.

– Det så verre ut enn dere kan forestille dere, sa han. – Eller hva sier du, Rydberg?

– Riktig, sa Rydberg. – Som en amerikansk film. Det luktet til og med blod. Det pleier det ikke å gjøre.

– Vi må få tak i dem som har gjort dette, sluttet Kurt Wallander referatet sitt. – Det går ikke an å la sånne råskinn gå løse.

Det ble stille i rommet. Rydberg trommet med fingrene på stolryggen. Ute fra gangen hørtes kvinnelatter.

Kurt Wallander så seg omkring. Alle var medarbeiderne hans. Ingen av dem var nære venner av ham. Men de hørte sammen.

– Nå, sa han. – Hva gjør vi? Nå må vi ta fatt.

Klokken var tyve minutter på elleve.

# 3

Klokken kvart på fire på ettermiddagen oppdaget Kurt Wallander at han var sulten. Det var ikke blitt noen lunsj den dagen. Etter møtet om morgenen var hele hans tid gått med til å få i gang jakten på morderne i Lenarp. Hele tiden tenkte han på morderen som mer enn en. Han hadde vanskelig for å forestille seg at et enslig menneske kunne ha utført blodbadet.

Det var mørkt ute da han sank ned i stolen bak skrivebordet for å prøve å formulere en pressemelding. På skrivebordet hans lå en hel del telefonbeskjeder som en av sentralborddamene hadde lagt inn. Etter forgjeves å ha lett etter datterens navn blant lappene, la ham dem i en haug i kassen for innkommende post. For å slippe å utsette seg for ubehaget ved å stå foran Syd-Nytts TV-kameraer og si at politiet foreløpig ikke hadde noen spor etter den eller de forbryterne som hadde begått det brutale eldredrapet, hadde han bedt Rydberg om å påta seg oppgaven. Men pressemeldingen ville han skrive selv. Han trakk et ark opp av en skrivebordsskuff. Men hva skulle han skrive? Dagens arbeid hadde ikke ført til annet enn at de hadde samlet et stort antall spørsmålstegn.

Det hadde vært en dag med venting. På intensivavdelingen lå den gamle kvinnen som hadde overlevd renneløkken og kjempet for sitt liv.

Kom de noen gang til å få greie på hva hun hadde sett den grufulle natten på den avsidesliggende gården? Eller kom hun til å dø uten å ha rukket å si noe?

Kurt Wallander så ut gjennom vinduet, ut i mørket.

I stedet for en pressemelding begynte han å skrive et sammendrag av hva som var blitt gjort i løpet av dagen og hva politiet egentlig hadde å gå ut fra.

Ingenting, tenkte han da han var ferdig. To gamle mennesker, uten fiender, uten bortgjemte penger, blir brutalt slått ned, torturert. Naboene har ikke hørt noe. Først da gjerningsmennene er borte, har de oppfattet at et vindu er blitt knust og hørt den gamle kvinnens rop på hjelp. Rydberg har fremdeles ikke funnet spor. Det er alt.

Gamle mennesker på isolerte gårder er alltid blitt utsatt for ran. De er også blitt bundet, slått, noen ganger også drept.

Men dette er noe annet, tenkte Kurt Wallander. En renneløkke forteller sin dystre historie om opphisselse og hat, kanskje også om hevn.

Det var noe som ikke stemte med dette overfallet.

Nå gjaldt det bare å håpe. Flere politipatruljer hadde hele dagen snakket med dem som bodde i Lenarp. Kanskje noen hadde sett noe? Det hendte ofte at gjerningsmennene rekognoserte før de slo til. Og kanskje Rydberg tross alt ville finne noen ledetråder på åstedet?

Kurt Wallander så på klokken.

Hvor lenge var det siden sist han ringte til sykehuset? 45 minutter? En time?

Han bestemte seg for å vente til han hadde skrevet pressemeldingen.

Han satte på seg hodetelefonen til den lille kassettspilleren og trykket inn en kassett med Jussi Björling. Den skrapende lyden fra innspillingen fra 30-årene klarte ikke å overdøve vellyden fra musikken fra «Rigoletto».

Pressemeldingen ble på åtte linjer. Kurt Wallander gikk inn til en av kontordamene og bad henne skrive den ut på maskin og så ta kopier. Samtidig leste han igjennom et spørreskjema som skulle sendes ut med posten til alle som bodde i trakten rundt Lenarp. Hadde de sett noe uvanlig? Noe som kunne settes i forbindelse med det brutale overfallet? Han hadde ikke noen særlig tiltro til at skjemaet ville føre til annet enn bry. Han visste at telefonene kom til å ringe ustanselig og at to politimenn på heltid ville bli nødt til å lytte til iakttagelser som ikke betydde noen ting.

Likevel må det gjøres, tenkte han. Tross alt kan vi få greie på at ingen har sett noe.

Han gikk tilbake til rommet sitt og ringte til sykehuset igjen. Men alt var som før. Den gamle kvinnen kjempet fremdeles for livet.

I det samme han la på røret, kom Näslund inn i rommet.

– Jeg fikk rett, sa han.

– Rett?

– Månsons advokat ble rasende.

Kurt Wallander trakk på skuldrene.

– Det får vi leve med.

Näslund klødde seg i pannen og spurte hvordan det gikk.

– Foreløpig er vi bare kommet i gang.

– Jeg så at den preliminære rettsmedisinske rapporten var kommet.

Kurt Wallander rynket øyebrynene.

– Hvorfor har jeg ikke fått den?

– Den lå inne hos Hanson.

– Der skal den vel for pokker ikke ligge!

Kurt Wallander reiste seg og gikk ut i gangen. Sånn var det bestandig, tenkte han. Papirer havnet der de ikke hadde noe å gjøre. Selv om stadig mer av politiets arbeid ble registrert gjennom datamaskiner, hadde viktige papirer fremdeles en tendens til å komme på avveie.

Hanson satt i telefonen da Kurt Wallander banket og gikk inn. Han så at bordet foran Hanson var fullt av dårlig skjulte spillekuponger og programblad fra forskjellige travbaner i landet. På politistasjonen var det alminnelig kjent at Hanson tilbrakte størsteparten av arbeidstiden sin med å ringe rundt til forskjellige travtrenere for å be om stalltips. Kveldene brukte han så til å tenke ut forskjellige sinnrike spillesystemer som skulle garantere ham den store gevinsten. Ryktene gikk også om at Hanson en gang hadde innkassert en stor gevinst. Men ingen visste noe sikkert. Og ingen kunne si at Hanson levde på stor fot.

Da Kurt Wallander kom inn, la Hanson hånden over telefonen.

– Rapporten fra Rettsmedisinsk institutt, sa Kurt Wallander. – Har du den?

Hanson skjøv til side et travprogram fra Jägersro.

– Jeg skulle akkurat til å gå inn til deg med den.

– Nummer fire i løp nummer syv er en sikker vinner, sa Kurt Wallander og tok plastmappen fra bordet.

– Hva mener du med det?

– Jeg mener at det er en sikker vinner.

Kurt Wallander gikk og lot Hanson sitte der og måpe. Han så på klokken i gangen at det fremdeles var en halvtime igjen til pressekonferansen. Han gikk tilbake til rommet sitt og leste grundig igjennom legerapporten.

Det brutale i drapet fremstod om mulig enda klarere enn om morgenen da han var kommet ut til Lenarp.

Ved den første forberedende undersøkelsen av liket hadde ikke legen kunnet avgjøre hva som hadde vært den utløsende dødsårsaken.

Det var simpelthen for mye å velge i.

Kroppen var tilføyd åtte dype hugg eller stikk med en skarp og takkete gjenstand. Legen foreslo en stikksag. Dessuten var høyre lårben slått i stykker, det samme var venstre overarm og håndledd. Kroppen hadde vist tegn til brannsår, pungen var opphovnet og pannebenet trykket inn. Den egentlige dødsårsaken gikk det ennå ikke an å fastslå.

Legen hadde gjort et notat ved siden av den offisielle rapporten:

«En sinnssyk handling,» skrev han. «Denne mannen er blitt utsatt for så mye vold at det hadde vært tilstrekkelig til å ta livet av fire eller fem personer.»

Kurt Wallander la fra seg rapporten.

Han kjente seg mer og mer ille til mote.

Det var noe som ikke stemte.

Ranere som overfalt gamle mennesker, var neppe fulle av hat. De var ute etter penger.

Hvorfor denne sanseløse volden?

Da han innså at han ikke kunne gi seg selv et tilfredsstillende svar på spørsmålet, leste han enda en gang igjennom det sammendraget han hadde skrevet. Hadde han glemt noe? Hadde han oversett en eller annen detalj som siden kunne vise seg å være av betydning? Selv om politiarbeid stort sett var et spørsmål om tålmodig leting etter fakta som lot seg kombinere med hverandre, hadde han også lært av erfaring at førsteinntrykket av et åsted var viktig. Især fordi politiet var blant de aller første som kom til stedet etter at en forbrytelse var blitt begått.

Det var noe i det sammendraget han hadde skrevet som gjorde ham tankefull. Hadde han tross alt glemt en eller annen detalj?

Han ble sittende en lang stund uten å komme på hva det var.

Kontordamen åpnet døren og leverte den renskrevne og kopierte pressemeldingen. Underveis til pressekonferansen gikk han inn på toalettet og så seg i speilet. Han burde nok klippe seg. Det brune håret strittet rundt ørene. Og han burde gå ned i vekt. På de tre månedene som var gått siden hans kone plutselig hadde reist fra ham, hadde han lagt på seg syv kilo. I den ørkesløse ensomheten hadde han ikke spist annet enn gatekjøkkenmat og pizzaer, fete hamburgere og wienerbrød.

Din innfeite jævel, sa han høyt til seg selv. Skal du virkelig se ut som en dvask gammel gubbe?

Han bestemte seg for å legge om spisevanene fra dags dato. Hvis det var nødvendig for å gå ned i vekt, fikk han også overveie å begynne å røyke igjen.

Han studerte på hva det egentlig kunne komme av. At annenhver politimann var skilt? At konene svek mennene sine? Om han leste en kriminalroman, kunne han med et sukk konstatere at det var like ille der.

Politimenn var skilt. Ferdig med det . . .

Rommet der pressekonferansen skulle holdes, var fullt av folk. De fleste av journalistene kjente han igjen. Men det var også ukjente ansikter, og en ung pike med kvisete ansikt kastet lystne blikk på ham mens hun skrudde på båndopptakeren.

Kurt Wallander delte ut den magre pressemeldingen og satte seg på en liten forhøyning i den ene enden av rommet. Egentlig skulle sjefen for Ystad-politiet også ha vært med, men han var på vinterferie i Spania. Hvis Rydberg rakk å bli ferdig med TV, hadde han lovt å komme. Men for øvrig var Kurt Wallander alene.

– Pressemeldingen har dere fått, begynte han. – Noe mer har jeg egentlig ikke å si foreløpig.

– Er det tillatt å stille spørsmål? sa en journalist som Kurt Wallander kjente igjen som Arbetets lokalkorrespondent.

– Det er derfor jeg er her, svarte Kurt Wallander.

– Skal jeg si min ærlige mening, så er dette en uvanlig dårlig pressemelding, sa journalisten. – Noe mer må dere da kunne fortelle.

– Vi har ingen spor etter gjerningsmennene, sa Kurt Wallander.

– Det var altså mer enn en?

– Sannsynligvis.

– Hvorfor tror dere det?

– Vi tror det. Men vi vet det ikke.

Journalisten skar en grimase, og Kurt Wallander nikket til en annen journalist som han kjente igjen.

– Hvordan ble han drept?

– Ved ytre vold.

– Det kan bety en hel del forskjellige ting!

– Vi vet ikke ennå. Legene er ikke ferdig med den rettsmedisinske undersøkelsen. Det kan ta enda et par dager.

Journalisten hadde flere spørsmål, men han ble avbrutt av den kvisete piken med båndopptakeren. Kurt Wallander leste på lokket at hun kom fra lokalradioen.

– Hva fikk ransmennene med seg?

– Det vet vi ikke, svarte Kurt Wallander. – Vi vet ikke engang om det er et ran.

– Hva skulle det ellers være?

– Det vet vi ikke.

– Er det noe som tyder på at det ikke er et ran?

– Nei.

Wallander kjente at han svettet i det trange rommet. Han kom til å tenke på hvordan han som ung betjent hadde drømt om å lede pressekonferanser. Men aldri hadde det vært så trangt og svett i drømmene hans.

– Jeg stilte et spørsmål, kom det fra en journalist som stod bakerst i rommet.

– Jeg oppfattet det ikke, sa Kurt Wallander.

– Mener politiet at dette er en viktig forbrytelse? spurte journalisten.

Wallander ble forbløffet over spørsmålet.

– Selvsagt er det viktig at vi løser dette drapet, sa han. – Hvorfor skulle det ikke være det?

– Kommer dere til å be om ekstra ressurser?

– Det er det for tidlig å si noe om. Vi håper selvsagt på en rask løsning. Jeg tror fremdeles ikke at jeg skjønner spørsmålet ditt.

Journalisten som var svært ung og hadde sterke briller, bante seg frem gjennom rommet. Kurt Wallander hadde aldri sett ham før.

– Jeg mener bare – i dagens Sverige er det jo ingen som bryr seg om gamle mennesker mer.

– *Vi* gjør det, svarte Kurt Wallander. – Vi skal gjøre alt vi kan for å gripe gjerningsmennene. I Skåne bor det mange gamle og enslige mennesker på avsidesliggende gårder. De kan iallfall kjenne seg trygge på at vi gjør alt vi kan.

Han reiste seg.

– Vi skal gi beskjed når vi har mer å fortelle, sa han. – Takk for at dere ville komme.

Piken fra lokalradioen sperret veien for ham da han skulle til å gå.

– Jeg har ikke noe mer å si, sa han.

– Jeg kjenner datteren din, Linda, sa piken.

Kurt Wallander stanset.

– Gjør du det? sa han. – Hvordan det?

– Vi har truffet hverandre av og til. Her og der.

Kurt Wallander prøvde å huske om han kjente henne igjen. Hadde de gått på skolen sammen?

Hun ristet på hodet som om hun hadde lest tankene hans.

– Vi har aldri truffet hverandre, sa hun. – Du kjenner meg ikke igjen. Linda og jeg møtte hverandre i Malmö.

– Jaså, sa Wallander. – Det var jo hyggelig.

– Jeg liker henne veldig godt. Kan jeg få stille noen spørsmål?

Kurt Wallander gjentok det han tidligere hadde sagt, i mikrofonen hennes. Helst hadde han villet snakke om Linda, men han kom seg ikke til det.

– Hils henne, sa hun da hun hadde pakket sammen båndopptakeren sin. – Hils henne fra Cathrin. Eller Cattis.

– Det skal jeg gjøre, sa Kurt Wallander. – Det lover jeg.

Da han gikk tilbake til rommet sitt, kjente han at det gnagde i magen. Men var det sult eller engstelse?

Jeg må holde opp, tenkte han. Jeg må se i øynene at min kone har gått fra meg. Jeg må se i øynene at jeg ikke kan gjøre annet enn å vente på at Linda selv tar kontakt med meg. Jeg må se i øynene at livet faktisk ser ut som det gjør . . .

Litt før seks kom politimennene sammen igjen. Det var ikke kommet noe nytt fra sykehuset. Kurt Wallander satte raskt opp et vaktskjema for natten.

– Er det nødvendig? spurte Hanson. – Plasser en båndopptaker der, så kan en hvilken som helst sykepleier slå den på hvis gamla våkner.

– Det er nødvendig, sa Kurt Wallander. – Jeg kan ta fra midnatt til seks selv. Er det noen som melder seg frivillig til da?

Rydberg nikket.

– Jeg kan like godt sitte på sykehuset som noe annet sted, sa han.

Kurt Wallander kastet et blikk rundt seg. Alle virket gustne i lyset fra neonrørene i taket.

– Er vi kommet noen vei? spurte han.

– Vi er ferdige i Lenarp, sa Peters som hadde ledet dør-til-dør-arbeidet. – Ingen har sett noe. Men det pleier jo å ta et par dager før folk får tenkt seg om. For øvrig er folk redde der oppe. Det er pokker til greier. Nesten bare gamle mennesker. Og en vettskremt polsk familie som antagelig er ulovlige innvandrere. Men jeg lot dem være i fred. Vi får fortsette i morgen.

Kurt Wallander nikket og så på Rydberg.

– Det er massevis av fingeravtrykk, sa han. – Kanskje det gir noe. Men jeg har mine tvil. Det som interesserer meg mest, er en knute.

Kurt Wallander så granskende på ham.

– En knute?

– Knuten på renneløkken.

– Hva er det med den?

– Den er sjelden. Jeg har aldri sett maken før.

– Har du sett en renneløkke før? innskjøt Hanson som stod på ank i døren.

– Ja, svarte Rydberg. – Det har jeg. Vi får se hva denne knuten kan gi.

Kurt Wallander visste at Rydberg ikke kom til å si mer. Men hvis knuten interesserte ham, så var det fordi den kunne få betydning.

– Jeg drar ut til naboene i morgen tidlig igjen, sa Wallander. – Har noen forresten oppsporet barna til Lövgrens ennå?

– Martinson holdt på med det, svarte Hanson.

– Men Martinson var jo på sykehuset? sa Kurt Wallander forbauset.

– Han byttet med Svedlund.

– Hvor faen er han nå da?

Ingen visste hvor Martinson oppholdt seg. Kurt Wallander ringte ut til sentralbordet og fikk beskjed om at Martinson var gått for en time siden.

– Ring hjem til ham, sa Kurt Wallander.

Så kikket han på klokken.

– Vi møtes igjen klokken ti i morgen, sa han. – Takk for i dag.

Han var akkurat blitt alene i rommet da sentralbordet satte over en telefon fra Martinson.

– Unnskyld, sa Martinson. – Men jeg glemte at vi skulle møtes.

– Hvordan går det med barna?

– Det ser ut som Rickard har vannkopper.

– Jeg mener barna til Lövgrens. De to døtrene.

Martinson lød forundret da han svarte.

– Fikk du ikke beskjeden min?

– Jeg har ikke fått noen beskjed.

– Jeg gav den til en av damene ved sentralbordet.

– Jeg skal se etter. Men fortell først.

– Den ene datteren som er 50 år, bor i Canada. Winnipeg, hvor nå det ligger. Jeg glemte helt at det var midt på natten da jeg ringte. Hun nektet å skjønne hva jeg sa. Først da mannen hennes kom til telefonen, gikk det opp for dem hva som hadde hendt. Han var politimann forresten. En skikkelig kanadisk ridende politi. Vi skal snakkes ved i morgen igjen. Men hun tar fly hjem. Den andre datteren var det mer problemer med, enda hun bor i Sverige. Hun er 47 og koldjomfru på Rubinen i Göteborg. Hun er visst trener for et håndballag som var i Skien i Norge. Men de lovte at hun skulle få beskjed om hva som hadde hendt. Jeg la en liste med Lövgrens slektninger på sentralbordet. Det er en hel masse. De fleste bor i Skåne. Flere lar kanskje høre fra seg i morgen når de har lest avisen.

– Det er fint, sa Kurt Wallander. – Kan du avløse meg på sykehuset i morgen tidlig klokken seks? Hvis hun ikke dør, da.

– Jeg kommer, sa Martinson. – Men er det egentlig så lurt at du sitter der?

– Hvorfor ikke?

– Det er du som skal lede etterforskningen. Du burde sove.

– En natt orker jeg, svarte Kurt Wallander og avsluttet samtalen.

Han satt helt stille og så rett fremfor seg.

Greier vi dette? tenkte han.

Eller har de alt et for stort forsprang?

Han tok på seg frakken, slukket skrivebordslampen og gikk. Gangen som førte til resepsjonen var øde. Han stakk hodet inn i glassburet der vakthavende sentralborddame satt og bladde i et blad. Han så at det var et travprogram. Spiller alle på hester nå om dagen? tenkte han.

– Martinson skal ha lagt igjen noen papirer til meg, sa han.

Sentralborddamen som het Ebba og hadde vært i politiet i over 30 år, nikket vennlig og pekte på skranken.

– Vi har en jente her fra ungdomsformidlingen, sa hun. – Søt og god og helt udugelig. Hun glemte kanskje å gi deg dem?

Wallander nikket.

– Jeg går nå, sa han. – Jeg kan tenke meg at jeg er hjemme om et par timer. Hender det noe, får du ringe til min far.

– Det er den stakkars kvinnen som ligger på sykehuset du tenker på, sa Ebba.

Kurt Wallander nikket.

– Fryktelig sak.

– Ja, sa Kurt Wallander. – Det hender at jeg lurer på hva som holder på å skje med dette landet.

Da han skrittet ut gjennom glassdørene, slo vinden imot ham. Den var kald og bitende, og han krøkte seg sammen da han skyndte seg mot parkeringsplassen. Bare det ikke blir snø, tenkte han. Ikke før vi har grepet dem som har vært på besøk i Lenarp.

Han satte seg inn i bilen og lette lenge blant kassettene i hanskerommet. Uten å ha foretatt noe egentlig valg, skjøv han Verdis «Requiem» inn i spilleren. Han hadde kostbare høyttalere montert i bilen, og de mektige tonene slo mot ørene. Han tok av til høyre og kjørte bortover Dragongatan mot Österleden. Noen blader virvlet over gaten og en syklist strevde seg frem i motvinden. Han så på bilklokken at den var seks. Sulten hugg tak i ham igjen, og han krysset veien og kjørte inn ved OKs kafeteria. Spisevanene får jeg forandre i morgen, tenkte han. Kommer jeg ett minutt over syv til far, får jeg høre at jeg har sviktet ham.

Han spiste en hamburger.

Han spiste så fort at han fikk diaré.

Da han satt på toalettet, så han at han burde skifte underbukse.

Plutselig merket han hvor trett han var.

Først da det dundret på døren, reiste han seg.

Han fylte bensin og kjørte østover, gjennom Sandskogen og svingte inn på veien mot Kåseberga. Faren bodde i et lite hus som lå slengt ut på flaten mellom havet og Löderup.

Det var grusplassen som hadde vært årsaken til farens og hans siste og mest langtrukne trette. Før hadde det vært en nydelig rullesteinsgårdsplass like gammel som huset der faren bodde. Plutselig en dag hadde han fått det for seg at gårdsplassen skulle fylles med singel. Kurt Wallander hadde protestert, og faren var blitt rasende.

– Jeg trenger ingen formynder! hadde han ropt.

– Hvorfor må du ødelegge den nydelige rullesteinsplassen? hadde Kurt Wallander spurt.

Dermed var tretten i gang.

Og nå var gårdsplassen dekket av grå singel som knaste under bildekkene.

Han så at det lyste i uthuset.

Neste gang kan det være min far, tenkte han plutselig.

Mordere som utpeker ham til en passende gammel mann å rane, kanskje myrde.

Ingen ville høre om han ropte på hjelp. Ikke i denne vinden, med 500 meter til nærmeste nabo. Som også er en gammel mann.

Han lyttet til slutten på «Dies Irae» før han steg ut av bilen og strakte på ryggen.

Han gikk inn av døren til uthuset som var farens atelier. Der malte han bildene sine, som han alltid hadde gjort.

Det var et av Kurt Wallanders første barndomsminner. At det alltid luktet terpentin og olje rundt faren. Og at han hele tiden hadde stått foran det klissete staffeliet i mørkeblå kjeledress og avklipte gummistøvler.

Først da Kurt Wallander var blitt en fem–seks år, var det gått opp for ham at faren hadde holdt på med det samme maleriet år etter år.

Det var motivet som aldri forandret seg.

Han malte et melankolsk høstlandskap, med en speilblank innsjø, et krokete tre med nakne grener i forgrunnen, og langt borte ved horisonten kunne man ane fjellkjeder, omkranset av skyer som glimtet i en usannsynlig fargesprakende aftensol.

Av og til la han til en storfugl som stod på en stubbe i ytterkanten av maleriet.

Med jevne mellomrom fikk de besøk av menn i silkedresser og med tunge gullringer på fingrene. De kom i rustne varebiler eller skinnende amerikanske dollarglis, og de kjøpte maleriene, med eller uten storfugl.

Slik hadde faren malt det samme motivet livet igjennom. Det var av maleriene hans som ble solgt på markeder eller auksjoner, at de hadde fått inntektene sine.

De hadde bodd i Klagshamn utenfor Malmö, i en gammel ombygd smie. Der hadde Kurt Wallander vokst opp med sin søster Kristina, og barndommen hadde alltid vært innelukket i den mettede lukten av terpentin.

Først da faren var blitt enkemann, hadde han solgt den

gamle smien og flyttet ut på landet. Kurt Wallander hadde egentlig aldri skjønt hvorfor, for faren klaget stadig over ensomheten.

Kurt Wallander åpnet døren til uthuset og så at faren holdt på med et maleri der storfuglen ikke skulle være med. Akkurat nå malte han treet i forgrunnen. Han brummet en hilsen og fortsatte å stryke med penselen.

Kurt Wallander skjenket opp en kopp kaffe fra en skitten kjele som stod på et osende spritapparat.

Han så på faren som var nesten 80 år gammel, liten og lut, men likevel struttende av energi og viljestyrke.

Kommer jeg til å se ut som ham når jeg blir gammel? tenkte han.

Som barn var jeg lik mor. Nå ligner jeg min bestefar på morssiden. Kanskje blir jeg lik far når jeg blir eldre?

– Ta en kopp kaffe, sa faren. – Jeg er straks ferdig.

– Jeg har tatt, sa Kurt Wallander.

– Så ta en påtår da, sa faren.

Han er i dårlig humør, tenkte Kurt Wallander. Han er en tyrann med det lunefulle humøret sitt. Hva er det egentlig han vil meg?

– Jeg har mye å gjøre, sa Kurt Wallander. – Jeg skal faktisk jobbe hele natten. Jeg forstod det sånn at det var noe du ville.

– Hvorfor skal du jobbe hele natten?

– Jeg skal sitte på sykehuset.

– Hvorfor det? Hvem er syk?

Kurt Wallander sukket. Han hadde gjennomført hundrevis av avhør selv, men likevel ville han aldri kunne oppvise en slik stedighet som faren når han utspurte ham. Og enda var ikke faren det minste interessert i hans yrke som politimann. Wallander visste at faren var blitt dypt skuffet da han som 18-åring hadde bestemt seg for å gå inn i politiet. Men han hadde aldri greid å finne ut hvilke forhåpninger faren hadde hatt til ham.

Han hadde prøvd å snakke om det, men aldri klart det.

De sjeldne gangene han hadde en mulighet for å treffe

sin søster Kristina som bodde i Stockholm og var damefrisør, hadde han forsøkt å spørre ut henne, for han visste at hun og faren stod på god fot med hverandre. Men heller ikke hun visste beskjed.

Han drakk den lunkne kaffen og tenkte at faren kanskje hadde ønsket at han en gang skulle overta penselen og fortsette å male samme motiv i enda en generasjon.

Plutselig la faren fra seg penselen og tørket av hendene på en skitten klut. Da han kom bort til Kurt Wallander og skjenket opp en kopp kaffe, kjente han at det stod en stank av skitne klær og uvasket kropp fra faren.

Hvordan sier man til sin far at det lukter av ham? tenkte Kurt Wallander.

Kanskje han er blitt så gammel at han ikke lenger klarer seg på egen hånd?

Og hva gjør jeg da?

Jeg kan ikke ha ham hjemme, det går ikke. Vi kom til å myrde hverandre.

Han så på faren som strøk seg over nesen med den ene hånden, mens han slurpet i seg kaffen.

– Du har ikke besøkt meg på lenge, sa han anklagende.

– Jeg var jo her i forgårs!

– En halvtime!

– Jeg var iallfall her.

– Hvorfor vil du ikke treffe meg?

– Det vil jeg vel! Men jeg har faktisk ganske mye å gjøre av og til.

Faren satte seg på en gammel ramponert spark som knaket under vekten hans.

– Jeg ville bare fortelle at datteren din besøkte meg i går.

Kurt Wallander stusset.

– Var Linda her?

– Hører du ikke hva jeg sier?

– Hvorfor det?

– Hun ville ha et maleri.

– Et maleri?

– I motsetning til deg, setter hun faktisk pris på det jeg gjør.

Kurt Wallander hadde vanskelig for å tro det han hørte. Linda hadde aldri vist noen interesse for sin farfar, annet enn da hun var liten.

– Hva var det hun ville?

– Ha et maleri, sa jeg jo! Du hører ikke etter!

– Jo, det gjør jeg! Hvor kom hun fra? Hvor var det hun skulle? Hvordan faen kom hun hit? Er jeg nødt til å hale alt ut av deg?

– Hun kom i bil, sa faren. – En ung mann med svart ansikt kjørte henne.

– Hva mener du med det? Svart?

– Har du hørt om negre? Han var meget høflig og snakket prima svensk. Hun fikk maleriet og så reiste de. Jeg tenkte at du ville vite det. Dere har jo så dårlig kontakt med hverandre.

– Hvor reiste de?

– Hvordan skal jeg kunne vite det?

Kurt Wallander innså at ingen av dem visste hvor hun bodde. Nå og da overnattet hun hos sin mor. Men snart forsvant hun langs sine egne ukjente veier igjen.

Jeg må snakke med Mona, tenkte han. Det får ikke hjelpe om vi er skilt, vi må snakke med hverandre. Jeg kan ikke ha det sånn lenger.

– Vil du ha en dram? spurte faren.

Det Kurt Wallander minst av alt ville ha var en dram. Men han visste at det ikke nyttet å si nei.

– Ja, takk, sa han.

En gang forbandt uthuset med bolighuset, som var lavt under taket og sparsomt møblert. Kurt Wallander så straks at det var rotete og skittent.

Han merker det ikke, tenkte han. Og hvorfor har jeg ikke sett det?

Dette må jeg snakke med Kristina om. Han kan ikke bo alene lenger.

I det samme ringte telefonen.

Faren tok den.

– Det er til deg, sa han uten å gjøre noe forsøk på å skjule hvor irritert han var.

Linda, tenkte han. Det er sikkert henne.

Det var Rydberg på sykehuset.

– Hun er død, sa han.

– Kom hun til seg selv?

– Hun gjorde faktisk det. Ti minutter. Legene trodde at krisen var over. Så døde hun.

– Sa hun noe?

Stemmen til Rydberg lød tankefull da han svarte.

– Jeg tror det er best du kommer inn til byen.

– Hva sa hun?

– Noe du ikke kommer til å like.

– Jeg kommer til sykehuset.

– Bedre nede på stasjonen. Jeg sa jo at hun var død.

Kurt Wallander la på røret.

– Jeg må gå, sa han.

Faren sendte ham et rasende blikk.

– Du bryr deg ikke om meg, sa han.

– Jeg kommer tilbake i morgen, svarte Kurt Wallander og studerte på hva han skulle gjøre med det forfallet faren levde i. – Jeg kommer helt sikkert i morgen. Vi kan sitte og prate. Vi kan lage mat. Vi kan spille poker hvis du vil.

Selv om Kurt Wallander var en elendig kortspiller, visste han at det ville blidgjøre faren.

– Jeg kommer klokken syv, sa han.

Så reiste han tilbake til Ystad.

Fem minutter på åtte gikk han inn gjennom de glassdørene han hadde gått ut av for to timer siden. Ebba nikket til ham.

– Rydberg sitter i kantinen, sa hun.

Det gjorde han, bøyd over en kopp kaffe. Da Kurt Wallander så ansiktet hans, visste han at det ventet ham noe ubehagelig.

# 4

Kurt Wallander og Rydberg var alene i kantinen. I det fjerne hørtes bråk fra en fyllik som protesterte høylytt mot at han var blitt grepet. Ellers var det stille. Bare den svake susingen fra radiatoren hørtes.

Kurt Wallander slo seg ned rett overfor Rydberg.

– Ta av deg frakken, sa Rydberg. – Ellers begynner du å fryse når du kommer ut i vinden igjen.

– Først vil jeg høre hva du har å si. Så bestemmer jeg om jeg vil ta av meg frakken eller ei.

Rydberg trakk på skuldrene.

– Hun døde, sa han.

– Det har jeg oppfattet.

– Men hun kom til seg selv en stund like før hun gikk bort.

– Og da snakket hun.

– Det er kanskje for mye sagt. Hun hvisket. Eller hveste.

– Fikk du det inn på båndopptakeren?

Rydberg ristet på hodet.

– Det ville ikke gått, sa han. – Det var nesten umulig å høre hva hun sa. Det var stort sett bare fantasering. Men jeg skrev opp det jeg er sikker på at jeg oppfattet.

Rydberg tok en slitt notisbok opp av lommen. Rundt den var det viklet en bred strikk, og en blyant var stukket inn mellom arkene.

– Hun sa mannens navn, begynte Rydberg. – Jeg tror hun prøvde å få greie på hvordan han hadde det. Så mumlet hun noe som det var umulig å oppfatte. Det var da jeg prøvde å spørre henne: Hvem var det som kom om natten? Kjente dere dem? Hvordan så de ut? Det var spørsmålene mine. Dem gjentok jeg så lenge hun var våken. Og jeg tror faktisk hun skjønte hva jeg sa.

– Og hva svarte hun?

– En eneste ting klarte jeg å oppfatte. «Utenlandsk».

– «Utenlandsk»?

– Det stemmer. «Utenlandsk».

– Mente hun at de som drepte både henne og mannen hennes, var utlendinger?

Rydberg nikket.

– Er du sikker?

– Pleier jeg å si at jeg er sikker uten å være det?

– Nei.

– Neivel. Nå vet vi altså at hennes siste budskap til verden var ordet utenlandsk. Som svar på hvem som begikk denne sinnssyke handlingen.

Wallander tok av seg frakken og hentet en kopp kaffe.

– Hva faen kan hun ha ment? brummet han.

– Jeg har sittet og tenkt mens jeg ventet på deg, svarte Rydberg. – De kan ha sett usvenske ut. De kan ha snakket et fremmed språk. De kan ha brutt på norsk. Det er mange muligheter.

– Hvordan ser et usvensk menneske ut? spurte Kurt Wallander.

– Du vet hva jeg mener, svarte Rydberg. – Rettere sagt, man kan ane hva hun trodde og mente.

– Det kan altså ha vært innbilning?

Rydberg nikket.

– Det er fullt mulig.

– Men ikke særlig trolig?

– Hvorfor skulle hun bruke sine siste øyeblikk i livet til å si noe som ikke var sant? Gamle mennesker pleier ikke å lyve.

Kurt Wallander drakk av den lunkne kaffen.

– Det betyr at vi skal begynne å lete etter en eller flere utlendinger, sa han. – Jeg skulle ønske at hun hadde sagt noe annet.

– Det er faen så ubehagelig.

De satt tause en stund, begge i sine egne tanker.

Fylliken bråkte ikke lenger ute i gangen.

Klokken var nitten minutter på ni.

– Bare tenk deg, sa Kurt Wallander etter en stund. – «Politiets eneste spor etter dobbeltmorderne i Lenarp er at de sannsynligvis er utlendinger».

– Jeg kan tenke meg noe betydelig verre, svarte Rydberg.

Kurt Wallander skjønte hva han mente.

To mil fra Lenarp lå det et stort flyktningmottak som flere ganger var blitt utsatt for fremmedfiendtlige angrep. Om natten hadde man brent et kors ute på gårdsplassen, steiner var blitt kastet inn gjennom vinduer, husfasaden var blitt sprayet med slagord. Flyktningmottaket i det gamle slottet Hageholm var kommet i stand under voldsomme protester fra tettstedene rundt omkring. Og protestene hadde fortsatt.

Flyktningfiendtligheten luet.

Dessuten visste Kurt Wallander og Rydberg noe som ikke var offentlig kjent.

Noen av asylsøkerne som bodde på Hageholm, var blitt tatt på fersk gjerning da de brøt seg inn i et firma som leide ut landbruksmaskiner. Heldigvis hadde ikke eieren hørt til de mest arrige motstanderne av flyktningmottaket, og dermed var hele saken blitt dysset ned. De to mennene som hadde begått innbruddet, var heller ikke i landet lenger, da de ikke hadde fått innvilget asyl.

Men Kurt Wallander og Rydberg hadde flere ganger snakket om hva som kunne ha hendt om saken var kommet for en dag.

– Jeg har vondt for å tro det, sa Kurt Wallander. – At noen asylsøkere skulle begå mord.

Rydberg så tankefullt på Kurt Wallander.

– Husker du at jeg sa noe om renneløkken? spurte han.

– Noe om knuten?

– Jeg kjente den ikke igjen. Og jeg vet en hel del

om knuter fra den gangen jeg var ung og seilte om sommeren.

Kurt Wallander tok ikke blikket fra Rydberg.

– Hva sikter du til?

– Jeg sikter til at denne knuten nok ikke er laget av en som har vært medlem av den svenske speiderbevegelsen.

– Hva faen mener du med det?

– At knuten er laget av en utenlandsk person.

Før Kurt Wallander rakk å svare, kom Ebba inn i rommet for å hente kaffe.

– Gå hjem og legg dere – ellers holder dere ikke ut. Det ringer forresten journalister i ett sett og vil at dere skal si noe.

– Om hva da? spurte Kurt Wallander. – Om været?

– De har visst fått greie på at kvinnen er død.

Kurt Wallander så på Rydberg som ristet på hodet.

– I kveld sier vi ingenting, sa han. – Vi venter til i morgen.

Kurt Wallander reiste seg og gikk bort til vinduet. Vinden hadde økt, men himmelen var fremdeles skyfri. Det kom til å bli enda en kald natt.

– Vi er nødt til å si det som det er, sa han. – Det er ikke til å unngå. At hun rakk å si noe før hun døde. Og sier vi det, må vi si hva hun sa. Og da kommer det til å bli bråk.

– Vi kunne jo prøve å holde det internt, sa Rydberg og reiste seg fra stolen og satte på seg hatten. – Av hensyn til etterforskningen.

Kurt Wallander så forbauset på ham.

– Og risikere at det senere kommer frem at vi har holdt tilbake viktige opplysninger for pressen? At vi har holdt hånden over utenlandske forbrytere?

– Det er så mange uskyldige som vil bli rammet, sa Rydberg. – Hva tror du kommer til å skje ute ved flyktningmottaket når det ryktes at politiet leter etter noen utlendinger?

Kurt Wallander var klar over at Rydberg hadde rett.

Plutselig følte han seg usikker.

– Vi sover på saken til i morgen, sa han. – La oss ha et møte, bare du og jeg, i morgen klokken åtte. Da bestemmer vi oss.

Rydberg nikket og haltet mot døren. Der stanset han og snudde seg mot Kurt Wallander igjen.

– Det er en mulighet som vi ikke må se bort fra, sa han. – At det faktisk er asylsøkere som har gjort det.

Kurt Wallander vasket kaffekoppen og satte den i tørkestativet.

Egentlig håper jeg det, tenkte han. Egentlig håper jeg at morderne bor på det flyktningmottaket. Da kan det kanskje bli slutt på den vilkårlige, lemfeldige holdningen som gjør at hvem som helst med hvilke motiv som helst kan ta seg over den svenske grensen.

Men det kunne han selvsagt ikke si til Rydberg. Det var en mening han aktet å holde for seg selv.

Han strevde seg gjennom vinden til bilen sin.

Til tross for at han var trett, hadde han ikke lyst til å reise hjem.

Hver kveld gjorde ensomheten seg gjeldende.

Han slo på tenningen og byttet kassett. Ouvertyren til «Fidelio» fylte den mørke bilkupeen.

At hans kone plutselig hadde gått fra ham, var kommet som en fullstendig overraskelse. Men innerst inne innså han, selv om han fremdeles hadde vondt for å godta det, at han burde ha ant faren lenge før. At han levde i et ekteskap som langsomt holdt på å sprenges av sin egen kjedsommelighet. De hadde giftet seg svært unge og altfor sent innsett at de holdt på å vokse fra hverandre. Kanskje var det Linda som tydeligst av de tre hadde reagert på tomheten som omgav dem?

Da Mona den kvelden i oktober sa at hun ville skilles, hadde han tenkt at han egentlig hadde gått og ventet på det. Men tanken innebar en trussel, så han hadde skjøvet den bort og alltid skyldt på at han hadde så mye å gjøre. For sent hadde han innsett at hun hadde forberedt bruddet til minste detalj. En fredagskveld hadde hun fortalt at hun ville skilles, søndag hadde hun reist og flyttet inn i den leiligheten i Malmö som hun hadde leid på forhånd. Følelsen av at han var blitt sveket, hadde fylt ham med både skam og raseri. I et avmektig inferno, der hele hans følelsesverden hadde vært lammet, hadde han slått til henne i ansiktet.

Etterpå hadde det bare vært taushet. Hun hadde hentet en del av tingene sine om dagen når han ikke var hjemme. Men det meste hadde hun latt bli igjen, og han var blitt dypt såret over at hun så ut til å ville skifte ut hele fortiden mot et liv der han ikke engang var til som et erindringsbilde.

Han hadde ringt til henne. Sene kvelder hadde stemmene deres møttes. Fra seg av sjalusi hadde han forsøkt å finne ut om hun hadde gått til en annen.

– Et annet liv, hadde hun svart. – Et annet liv før det er for sent.

Han hadde bønnfalt henne. Han hadde prøvd å gi inntrykk av at han var uinteressert. Han hadde bedt om tilgivelse for all den oppmerksomheten han hadde snytt henne for. Men ikke noe av det han sa kunne rokke ved hennes beslutninger.

To dager før julaften var skilsmissepapirene kommet med posten.

Da han åpnet konvolutten og innså at alt var forbi, gikk noe i stykker inne i ham. Som et fluktforsøk hadde han sykmeldt seg i julen og begitt seg ut på en planløs reise som hadde ført ham til Danmark. På Nord-Sjælland hadde et plutselig uvær stengt ham inne, og han hadde tilbrakt julen på et iskaldt rom i et pensjonat ved Gilleleje. Der hadde han skrevet lange brev til henne som han senere rev i stykker og strødde ut over havet som et symbolsk tegn på at han tross alt var begynt å godta det som hadde hendt.

To dager før nyttårsaften var han kommet tilbake til Ystad og hadde gjenopptatt arbeidet. Nyttårsaften hadde han etterforsket et alvorlig tilfelle av konemishandling i

Svarte, og det hadde slått ham med gru at det kunne ha vært han selv som hadde mishandlet Mona . . .

Musikken fra «Fidelio» stanset med en skjærende lyd. Båndet hadde haket seg opp.

Radioen slo seg automatisk på, og han hørte at det var en ishockeykamp som ble referert.

Han svingte ut fra parkeringsplassen og bestemte seg for å kjøre hjem til Mariagatan.

Likevel kjørte han i motsatt retning, ut på kystveien som førte til Trelleborg og Skanör. Da han passerte det gamle fengselet, satte han opp farten. Å kjøre bil hadde alltid avledet tankene hans . . .

Plutselig innser han at han har kjørt helt til Trelleborg. En stor ferje er akkurat for inngående, og etter en rask innskytelse bestemmer han seg for å bli der en stund.

Han vet at noen tidligere politimenn i Ystad er blitt passpolitibetjenter ved ferjestedet i Trelleborg. En eller annen har kanskje tjeneste akkurat denne kvelden.

Han går over havneområdet som ligger badet i et blekgult lys. En stor lastebil kommer drønnende som et spøkelsesaktig urtidsdyr.

Men da han går inn av døren der det står uvedkommende ingen adgang, kjenner han ikke igjen noen av de to politimennene.

Kurt Wallander nikket og sa hvem han var. Den eldste av de to hadde grått skjegg og et arr over pannen.

– Ubehagelig historie dere har fått der, sa han. – Har dere tatt dem?

– Ikke ennå, svarte Kurt Wallander.

I det samme begynte passasjerene fra ferjen å strømme til, og samtalen ble avbrutt. Stort sett var det svensker som hadde feiret nyttårshelgen i Berlin. Men det var også østtyskere som benyttet den nyvunne friheten til å reise over til Sverige.

Etter 20 minutter var det bare ni passasjerer igjen. Samtlige forsøkte på forskjellige måter å forklare at de søkte asyl i Sverige.

– I kveld er det rolig, sa den yngste av de to politimennene. – Det kan komme opp til 100 asylsøkere med en ferje. Da kan du tenke deg.

Fem av asylsøkerne tilhørte samme etiopiske familie. Bare en av dem hadde pass, og Kurt Wallander lurte i sitt stille sinn på hvordan de hadde kunnet gjøre denne lange reisen og krysse alle grenser med et eneste pass. Foruten den etiopiske familien ventet to libanesere og to iranere ved passkontrollen.

Kurt Wallander hadde vondt for å bestemme seg for om de ni flyktningene så forventningsfulle ut, eller om de var redde.

– Hva skjer nå? spurte han.

– Malmö kommer og henter dem, svarte den eldste politimannen. – De har vakt i kveld. Vi får jo beskjed over radio om ferjene har mange uten pass med seg. Noen ganger må vi innkalle forsterkninger.

– Hva skjer i Malmö? spurte Wallander.

– De havner på en av båtene som ligger ute i Oljehavnen. Der må de bo til de blir sluset videre. Hvis de får bli i landet.

– Hva tror du om disse her?

Politimannen trakk på skuldrene.

– De får nok bli, svarte han. – Vil du ha kaffe? Det tar sin tid før det kommer en ny ferje.

Kurt Wallander ristet på hodet.

– En annen gang. Jeg må komme meg av sted.

– Håper dere får tak i dem.

– Ja, sa Kurt Wallander. – Det håper jeg også.

På veien tilbake mot Ystad kjørte han i hjel en hare. Da han så dyret i skjæret fra frontlyktene, bremset han, men haren slo mot det venstre forhjulet med et bløtt dunk. Han stanset ikke bilen for å gå ut og se om haren fremdeles levde.

Hva er det med meg? tenkte han.

Om natten sov han urolig. Like over seks våknet han med et rykk. Han var tørr i munnen, og han hadde drømt at noen prøvde å kvele ham. Da han innså at han ikke ville få sove igjen, stod han opp og kokte kaffe.

Termometeret utenfor kjøkkenvinduet viste seks kuldegrader. Gatelykten svaiet i vinden. Han satte seg ved kjøkkenbordet og tenkte på samtalen med Rydberg kvelden før. Hans bange anelser var gått i oppfyllelse. Den døde kvinnen hadde ikke avslørt noe som kunne gi dem en kurs. Ordene om noe utenlandsk var altfor ubestemt. Han innså at de ikke hadde noen spor å gå etter.

Da klokken var halv syv, kledde han på seg og lette en lang stund før han fant den tykke genseren han så etter.

Han gikk ut på gaten, kjente at vinden rev og bet, og kjørte så ut på Österleden og svingte inn på hovedveien mot Malmö. Før han traff Rydberg klokken åtte, skulle han dra og besøke det døde parets naboer. Han kunne ikke fri seg fra følelsen av at det var noe som ikke stemte. Overfall på gamle ensomme mennesker var sjelden tilfeldige. Forut gikk gjerne rykter om bortgjemte penger. Og selv om overfallene kunne være brutale, var de ikke preget av den metodiske ondskapen som han hadde vært vitne til på dette åstedet.

Folk på landet er tidlig oppe om morgenen, tenkte han da han svingte inn på den smale veien som førte til Nyströms hus. Kanskje har de hatt tid til å tenke seg om?

Han stanset og slo av motoren. I samme sekund ble lysene i kjøkkenvinduet slukket.

De er redde, tenkte han. Kanskje innbiller de seg at dette er morderne som er kommet tilbake?

Han lot billyktene lyse da han steg ut av bilen og gikk over grusen mot yttertrappen.

Han mer ante enn så munningsflammen som slo ut fra et skogholt ved siden av huset. Det øredøvende braket fikk ham til å kaste seg sanseløst mot bakken. En stein rispet opp kinnet hans, og et kort sekund trodde han at han var blitt truffet.

– Politiet, ropte han. – Ikke skyt! Ikke skyt, for faen!

En lommelykt lyste mot ansiktet hans. Hånden som

holdt i lykten, skalv og lyset svaiet frem og tilbake. Det var Nyström som stod foran ham med en gammel hagle i hånden.

– Er det Dem? sa han.

Wallander reiste seg og børstet av grusen.

– Hva siktet du på? spurte han.

– Jeg skjøt rett opp i luften, svarte Nyström.

– Har du våpenlisens? spurte Wallander. – Hvis ikke, kan det bli problemer.

– Jeg har gått vakt i natt, sa Nyström. Kurt Wallander kunne høre hvor oppskaket mannen var.

– Jeg skal slukke billyset, sa Wallander. – Så får vi to prate sammen.

Inne på kjøkkenet lå to esker med haglpatroner på bordet. På slagbenken var det et kubein og en stor slegge. Den svarte katten lå i vinduet og stirret truende på ham da han trådte inn. Konen stod ved komfyren og rørte i en kaffekjele.

– Jeg kunne jo ikke vite at det var politiet som kom, sa Nyström og lød unnskyldende. – Så tidlig.

Kurt Wallander flyttet på sleggen og satte seg.

– Konen døde i går kveld, sa han. – Jeg tenkte jeg ville komme ut og fortelle det selv.

Hver gang Kurt Wallander var nødt til å fremføre et dødsbudskap, fikk han samme følelse av uvirkelighet. Å fortelle ukjente mennesker at et barn eller en slektning plutselig var omkommet, og gjøre det på en verdig måte, var en umulighet. De dødsfallene politiet fremførte var alltid uventede, som regel voldsomme og brutale. En har satt seg i bilen sin for å dra og handle og omkommer. Et syklende barn blir overkjørt på vei fra lekeplassen. En blir mishandlet eller ranet, begår selvmord eller drukner. Når politiet står i døren, nekter mennesker å ta imot budskapet.

De to gamle i kjøkkenet var tause. Konen rørte med en skje i kaffekjelen. Mannen fingret med haglgeværet, og Wallander trakk seg diskré ut av skuddlinjen.

– Jaså, Maria fikk dø, sa mannen langsomt.

– Legene gjorde hva de kunne.

– Kanskje det var like godt, sa kvinnen ved komfyren uventet hissig. – Hva skulle hun leve for når han var død?

Mannen la geværet fra seg på kjøkkenbordet og reiste seg. Wallander så at han hadde vondt i det ene kneet.

– Jeg går og gir hesten høy, sa han og satte en gammel skyggelue på hodet.

– Har du noe imot at jeg blir med? spurte Kurt Wallander.

– Hvorfor skulle jeg ha noe imot det? sa mannen og åpnet døren.

Inne i stallen knegget hoppen da de kom inn. Det luktet varm gjødsel, og Nyström kastet med vant hånd et fange høy inn i spiltauet.

– Jeg måker etterpå, sa han og strøk hesten over manen.

– Hvorfor holdt de seg med hest? spurte Wallander.

– En tom stall for en gammel kubonde er som et likhus, svarte Nyström. – Den var selskap.

Kurt Wallander tenkte at han like godt kunne begynne å stille spørsmålene sine i stallen.

– Du har gått vakt i natt, sa han. – Du er redd, og det kan jeg forstå. Du må ha tenkt på hvorfor akkurat de ble overfalt. Du må ha tenkt: Hvorfor dem? Hvorfor ikke vi?

– De hadde ingen penger, sa Nyström. – Og ikke noe annet som var spesielt verdifullt. I hvert fall var det ikke noe som var borte. Det sa jeg til denne politimannen som var her i går. Han bad meg se etter i rommene. Det eneste som kanskje var borte, var en gammel veggklokke.

– Kanskje?

– Det kan hende at en av døtrene har fått den. Jeg kan ikke huske alt.

– Ingen penger, sa Wallander. – Og ingen fiender?

En tanke slo ham plutselig.

– Oppbevarer du penger hjemme? spurte han. – Kan det tenkes at de som gjorde dette, tok feil av huset?

– Det vi har står i banken, svarte Nyström. – Og vi har heller ingen fiender.

De gikk tilbake til huset og drakk kaffe. Kurt Wallander så at kvinnen var rødøyd, som om hun hadde passet på å gråte mens de var i stallen.

– Har dere lagt merke til noe uvanlig i det siste? spurte han. – Gjester hos Lövgren som dere ikke har kjent igjen?

De gamle så på hverandre og ristet så på hodet.

– Når snakket dere med dem sist?

– Vi var borte og drakk kaffe i forgårs, sa Hanna. – Det var som ellers. Vi drakk kaffe hos hverandre hver dag. I over 40 år.

– Virket de redde? spurte Wallander. – Engstelige?

– Johannes var forkjølet, sa Hanna. – Men ellers var alt som vanlig.

Det virket håpløst. Kurt Wallander visste ikke hva han skulle spørre om. Hvert svar han fikk, var som en ny dør som smalt igjen.

– Hadde de noen bekjente som var utlendinger? spurte han.

Mannen hevet øyebrynene forbauset.

– Utlendinger?

– Noen som ikke var svensker, prøvde Wallander.

– For noen år siden var det noen dansker som campet på eiendommen deres en sankthans.

Kurt Wallander så på klokken. Snart halv åtte. Klokken åtte skulle han treffe Rydberg, og han ville ikke komme for sent.

– Prøv, sa han. – Tenk dere om igjen. Alt det dere kommer på, kan være til hjelp.

Nyström fulgte ham ut til bilen.

– Jeg har lisens på bøssa, sa han. – Og jeg siktet ikke. Jeg ville bare skremme.

– Det greide du bra, svarte Wallander. – Men jeg synes du burde sove om nettene. De som gjorde dette, kommer ikke tilbake.

– Ville du få sove? spurte Nyström. – Ville du få sove når naboene dine var blitt slaktet som umælende dyr?

Kurt Wallander syntes ikke at han hadde noe godt svar, så han lot være å si noe.

– Takk for kaffen, sa han og satte seg inn i bilen og drog.

Dette går til helvete, tenke han. Ikke ett spor, ingenting. Bare Rydbergs merkelige knute og ordet utenlandsk. Et gammelt par, uten penger på sengebunnen, uten antikke møbler, myrdes på en slik måte at det kan se ut som det ligger noe annet enn et ransmotiv bak. Et hatdrap eller et hevndrap.

Det må være noe, tenkte han. Noe som bryter med det tilvante og normale for disse to menneskene.

Hadde bare hesten kunnet snakke!

Det var noe med den hesten som plaget ham. Noe som bare var en vag anelse. Men likevel var han en altfor erfaren politimann til å se bort fra denne uroen. Det var noe med den hesten!

Fire minutter på åtte stanset han utenfor politistasjonen i Ystad. Vinden hadde tiltatt og kom i kast. Likevel kjentes det som om det var blitt noen grader mildere.

Bare det ikke kommer snø, tenkte han. Han nikket til Ebba som satt på plassen sin i resepsjonen.

– Er Rydberg kommet? spurte han.

– Han er på rommet sitt, svarte Ebba. – Alle har alt begynt å ringe, TV, radio og aviser. Og fylkespolitimesteren.

– Hold dem stangen en stund til, sa Wallander. – Jeg skal snakke med Rydberg først.

Han hengte fra seg jakken på rommet sitt før han gikk inn til Rydberg, som hadde sitt kontor noen dører lenger nede i gangen. Han fikk et grynt til svar da han banket.

Rydberg stod og så ut gjennom vinduet da han trådte inn. Wallander la merke til at han ikke virket utsovet.

– Hei, sa Wallander. – Skal jeg få tak i noe kaffe?

– Gjerne det. Men ikke sukker. Det har jeg sluttet med.

Wallander hentet to plastkopper med kaffe og gikk tilbake til Rydbergs rom.

Utenfor døren ble han plutselig stående.

Hvilken mening har jeg gjort meg opp? tenkte han. Skal vi holde tilbake hennes siste ord av hensyn til etterforskningen, som det heter? Eller skal vi røpe det? Hvilken mening har jeg egentlig?

Jeg har overhodet ingen mening, tenkte han irritert og skjøv opp døren med skotuppen.

Rydberg satt bak skrivebordet og gredde det glisne håret. Wallander sank ned i en gjestelenestol med slitte fjær.

– Du burde skaffe deg en ny stol, sa han.

– Det er det ingen penger til, svarte Rydberg og la kammen ned i en skrivebordsskuff.

Kurt Wallander satte kaffekoppen på gulvet ved siden av stolen.

– Jeg våknet så jævlig tidlig i morges, sa han. – Jeg drog ut og snakket med Nyströms igjen. Gammern lå i bakhold i en busk og skjøt etter meg med hagle.

Rydberg pekte på kinnet hans.

– Ikke hagl, sa Kurt Wallander. – Jeg kastet meg ned på bakken. Han påstod at han hadde våpenlisens. Faen vet.

– Hadde de noe nytt å si?

– Ingenting. Ikke noe uvanlig. Ingen penger, ingenting. Hvis de ikke lyver da selvfølgelig.

– Hvorfor skulle de lyve?

– Nei, hvorfor skulle de det?

Rydberg slurpet i seg kaffen og skar en grimase.

– Er du klar over at politifolk er uvanlig utsatte for kreft i magen? spurte han.

– Det visste jeg ikke.

– Hvis det er sant, kommer det av all den elendige kaffen vi drikker.

– Det er over kaffekoppene vi løser oppgavene våre.

– Som nå?

Wallander ristet på hodet.
– Hva har vi egentlig å gå etter? Ingenting.
– Du er altfor utålmodig, Kurt.
Rydberg så på ham mens han strøk seg over nesen.
– Du får unnskylde at jeg lyder som en gammel skolelærer, fortsatte han. – Men i dette tilfellet tror jeg vi må sette vår lit til tålmodigheten.
Enda en gang gikk de gjennom situasjonen. Teknikerne lette etter fingeravtrykk og sammenlignet med landets sentrale registre. Hanson var i ferd med å undersøke hvor alle kjente overfallsmenn på gamle mennesker holdt til, om de satt i fengsel eller hadde alibi. Samtalene med folk i Lenarp skulle fortsette, spørreskjemaet som var sendt ut, ville kanskje også gi noe. Både Rydberg og Wallander visste at politiet i Ystad var grundige og metodiske. Før eller senere ville det dukke opp noe. Et spor, en tråd. Det gjaldt bare å vente. Å arbeide metodisk og vente.
– Motivet, sa Wallander. – Hvis motivet ikke er penger. Eller ryktet om bortgjemte penger. Hva er det da? Renneløkken? Du må ha tenkt det samme som jeg. Dette dobbeltdrapet inneholder hevn eller hat. Eller begge deler.
– La oss tenke oss et par tilstrekkelig desperate ranere, sa Rydberg. – La oss anta at de har vært helt sikre på at Lövgren hadde gjemt unna penger. La oss anta at de har vært tilstrekkelig desperate og likegyldige overfor mennesker. Da er ikke torturen langt unna.
– Hvem kan være så desperate?
– Du vet like godt som jeg at det fins mengder av narkotiske stoffer som skaper en sånn avhengighet at mennesker er rede til å gjøre hva som helst.
Det visste Kurt Wallander. På nært hold hadde han sett den akselererende volden, og nesten alltid spøkte narkotikahandel og avhengighet i bakgrunnen. Selv om Ystads politidistrikt sjelden ble rammet av synlige utslag av denne tiltagende volden, nærte han ingen illusjoner: den krøp nærmere og nærmere.

Det fantes ingen fredede soner lenger. En liten uanselig bygd som Lenarp var en bekreftelse.
Han satte seg opp i den ubekvemme stolen.
– Hva gjør vi? sa han.
– Det er du som er sjef, svarte Rydberg.
– Jeg vil høre din mening.
Rydberg reiste seg og gikk bort til vinduet. Med en finger kjente han på jorden i en blomsterpotte. Den var tørr.
– Hvis du vil vite hva jeg mener, så skal du få høre det. Men jeg vil gjerne presisere at jeg overhodet ikke er skråsikker på at jeg tenker riktig. Jeg tror nemlig at hva vi enn bestemmer oss for, så kommer det til å bli spetakkel. Men kanskje det tross alt ville være klokt om vi holdt på det noen dager. Det er jo en del vi kan undersøke.
– Hva da?
– Hadde Lövgrens noen utenlandske bekjente?
– Det spurte jeg om i morges. Det kan være de kjente noen dansker.
– Der kan du se.
– Noen campende dansker kan det vel ikke være?
– Hvorfor ikke? Uansett må vi undersøke det. Og det fins jo andre enn naboene vi kan forhøre. Hvis jeg ikke misforstod deg i går, sa du at Lövgrens hadde stor familie.
Kurt Wallander innså at Rydberg hadde rett. Av hensyn til etterforskningens gang kunne de holde inne med at politiet lette etter en eller flere med utenlandsk tilknytning.
– Hva vet vi egentlig om utlendinger som begår forbrytelser i Sverige? sa han. – Fins det egne registre hos rikspolitiet?
– Det fins registre på alt, svarte Rydberg. – Sett noen ved en datamaskin og sjekk de sentrale forbryterregistrene, så finner vi kanskje noe.
Kurt Wallander reiste seg. Rydberg så forbauset på ham.
– Skal du ikke spørre om renneløkken? spurte han.
– Det glemte jeg.

– Det bor visstnok en gammel seilmaker i Limhamn som vet alt om knoper og knuter. Jeg leste om ham i en avis i fjor en gang. Jeg tenkte at jeg skulle ta meg tid til å oppsøke ham. Ikke at jeg vet om det vil føre til noe. Men allikevel.

– Jeg ser helst at du er med på møtet, sa Kurt Wallander. – Så kan du dra til Limhamn etterpå.

Klokken ti var alle samlet på Kurt Wallanders kontor. Gjennomgangen var meget kort. Kurt Wallander refererte hva den døde kvinnen hadde sagt før hun døde. Han gav beskjed om at det inntil videre var en opplysning som ikke skulle gå videre. Ingen så ut til å ha noe å innvende. Martinson ble plassert ved datamaskinen for å lete etter utenlandske forbrytere. De politifolkene som skulle fortsette med utspørringene i Lenarp, begav seg av gårde. Wallander satte Svedberg til å ta seg spesielt av den polske familien som antagelig oppholdt seg ulovlig i landet. Han ville vite hvorfor de bodde i Lenarp. Kvart på elleve drog Rydberg av sted til Limhamn for å oppsøke seilmakeren.

Da Kurt Wallander var blitt alene i rommet, stod han en stund og så på kartet som hang på veggen. Hvor var morderne kommet fra? Hvilken vei hadde de brukt etterpå?

Så satte han seg ved skrivebordet og bad Ebba sette over de telefonene som hun hittil hadde stanset ved sentralbordet. I over en time snakket han så med forskjellige journalister. Piken fra lokalradioen lot derimot ikke høre fra seg.

Kvart over tolv banket Norén på døren.

– Er du ikke i Lenarp? spurte Wallander forbauset.

– Jo, sa Norén. – Men det var en ting jeg kom til å tenke på.

Norén satte seg ytterst på en stol, for han var våt. Det hadde begynt å regne. Temperaturen hadde nå steget til en varmegrad.

– Det er mulig at det ikke betyr noe, sa Norén. – Det var bare en ting jeg kom til å tenke på.

– Det meste pleier å bety noe, sa Wallander.
– Husker du hesten? spurte Norén.
– Klart jeg husker den.
– Du bad meg gi den høy.
– Og vann!
– Høy og vann. Men det gjorde jeg ikke.
Kurt Wallander rynket pannen.
– Hvorfor ikke det?
– Det var ikke nødvendig. Den hadde høy alt. Vann også.
Kurt Wallander satt taus et øyeblikk og så på Norén.
– Fortsett, sa han om litt. – Det er noe du tenker på.
Norén trakk på skuldrene.
– Vi hadde en hest da jeg vokste opp, sa han. – Når den stod i stallen og fikk høy, så spiste den opp alt den fikk. Jeg bare mener at noen må ha gitt hesten høy. Kanskje bare en times tid før vi kom.
Wallander strakte seg etter telefonen.
– Hvis du har tenkt å ringe til Nyström, så trenger du ikke det, sa Norén.
Kurt Wallander lot hånden falle.
– Jeg snakket med ham før jeg kjørte hit. Og han hadde ikke gitt hesten noe høy.
– Døde mennesker fôrer ikke hestene sine, sa Kurt Wallander. – Hvem kan da ha gjort det?
Norén reiste seg.
– Det virker jo rart, sa han. – Først dreper man et menneske. Så fester man en renneløkke på et annet menneske. Og så går man ut i stallen og gir hesten høy. Hvem faen gjør noe så rart?
– Nei, sa Kurt Wallander. – Hvem gjør det?
– Det betyr kanskje ingenting, sa Norén.
– Eller tvert imot, svarte Wallander. – Det var bra at du kom inn og fortalte dette.
Norén sa ha det og gikk.
Kurt Wallander satt og tenkte på det han hadde fått høre.

Anelsen han hadde gått og båret på, hadde vist seg å være riktig. Det var noe med den hesten.

Han ble avbrutt i tankene sine av at telefonen ringte. Igjen var det en journalist som ville snakke med ham.

Kvart på ett forlot han politistasjonen. Han skulle besøke en gammel venn som han ikke hadde truffet på mange, mange år.

# 5

Kurt Wallander svingte av fra E 14 der det stod et skilt mot Stjärnsunds borgruin. Han gikk ut av bilen og stilte seg opp for å tisse. Gjennom vinden kunne han høre lyden av akselererende jetmotorer på Sturups flyplass. Før han satte seg inn i bilen igjen, skrapte han bort jord som hadde satt seg fast under skoene. Væromslaget var gått meget raskt. Biltermometeret som viste utetemperaturen, pekte på fem varmegrader. Forrevne skyer jaget over himmelen da han kjørte videre.

Like før borgruinen delte grusveien seg, og han tok til venstre. Han hadde aldri kjørt denne veien før, men likevel visste han at det var riktig. Enda det var nesten ti år siden han hadde fått veien beskrevet for seg, husket han den i detalj. Han hadde en hjerne som var som programmert for landskap og veier.

Etter cirka en kilometer ble veien meget dårlig. Han krabbet fremover og lurte på hvordan det var mulig for store kjøretøyer å ta seg frem.

Veien skrånte plutselig bratt nedover, og en stor gård med lange uthusbygninger bredte seg ut foran ham. Han kjørte inn på det store tunet og stanset. En flokk kråker skvatret over hodet hans da han steg ut av bilen.

Gården virket merkelig øde. En stalldør stod og slo i vinden. Et kort øyeblikk lurte han på om han tross alt hadde kjørt feil.

Ødsligheten, tenkte han.

Den skånske vinteren med sine skrålende flokker med svarte fugler.

Jorden som kleber under skoene.

En ung lyshåret pike kom plutselig ut gjennom en av stalldørene. Et kort øyeblikk syntes han at hun minnet om Linda. Hun hadde samme hår, samme magre kropp, samme rykkvise bevegelser når hun gikk. Han festet blikket på henne.

Piken begynte å trekke i en stige som førte opp til høyloftet.

Da hun fikk øye på ham, slapp hun stigen og tørket av hendene på de grå ridebuksene.

– Hei, sa Kurt Wallander. – Jeg skulle gjerne treffe Sten Widén. Er jeg kommet riktig?

– Er du politimann? spurte piken.

– Ja, svarte Kurt Wallander forbauset. – Hvordan kunne du vite det?

– Jeg hørte det på stemmen, sa piken og begynte å dra i stigen igjen. Den så ut til å ha hengt seg opp.

– Er han hjemme? spurte Kurt Wallander.

– Hjelp meg med stigen, sa piken.

Han så at den ene sprossen hadde satt seg fast i bordkledningen. Han tok tak i stigen og vred til sprossen løsnet.

– Takk, sa piken. – Sten sitter nok inne på kontoret.

Hun pekte på en rød mursteinsbygning som lå et stykke fra stallen.

– Jobber du her? spurte Kurt Wallander.

– Ja, sa piken og klatret raskt oppover stigen. – Flytt deg nå!

Med forbløffende sterke armer begynte hun å lempe høyballer ut gjennom luken. Kurt Wallander gikk bortover mot det røde huset. I det samme han skulle til å dundre på den tykke døren, kom en mann gående rundt hushjørnet.

Det var ti år siden han hadde sett Sten Widén. Likevel virket han overhodet ikke forandret. Det samme flokete håret, det samme magre ansiktet, den samme røde eksemen langs underleppen.

– Det var en overraskelse, sa mannen med en nervøs latter. – Jeg trodde det var hovslageren som kom. Og så er det deg. Det var neimen ikke i går.

– 11 år, sa Kurt Wallander. – Sommeren 1979.

– Sommeren da alle drømmer sprakk, sa Sten Widén. – Vil du ha kaffe?

De gikk inn i det røde mursteinshuset. Kurt Wallander kjente en lukt av olje fra veggene. En rusten skurtresker stod inne i halvmørket. Sten Widén åpnet en ny dør, en katt spratt unna, og Kurt Wallander trådte inn i et rom som så ut til å være en kombinasjon av kontor og bolig. En uoppredd seng stod ved den ene veggen. Der var det et TV-apparat og en video, på et bord stod en mikrobølgeovn. I en gammel lenestol lå hauger med klær. Rommet ellers var dominert av et stort skrivebord. Sten Widén skjenket opp kaffe fra en termos som stod ved siden av en telefaks i en av de brede vinduskarmene.

Kurt Wallander tenkte på Sten Widéns operasangerdrømmer som var gått i vasken. At de begge i slutten av 70-årene hadde forestilt seg en fremtid som ingen av dem hadde maktet å nå. Kurt Wallander skulle ha blitt impresarioen, og Sten Widéns tenor skulle ha lydt fra verdens operascener.

Han hadde vært i politiet den gangen. Det var han fremdeles.

Da Sten Widén innså at stemmen hans ikke strakk til, hadde han overtatt sin fars forfalne stall for trening av galopphester. Vennskapet deres hadde ikke bestått prøven. Skuffelsen hadde vært for stor. Før møttes de hver dag. Nå hadde de ikke sett hverandre på 11 år. Likevel bodde de ikke mer enn fem mil fra hverandre.

– Du har lagt på deg, sa Sten Widén og fjernet en stabel aviser fra en pinnestol.

– Men ikke du, sa Kurt Wallander og kjente at han ble irritert.

– Galopptrenere blir sjelden tykke, sa Sten Widén og lo den nervøse latteren igjen. – Magre benstammer og magre lommebøker. Bortsett fra stortrenerne da selvfølgelig. Khan eller Strasser. De har råd.

– Hvordan går det? spurte Kurt Wallander og satte seg på stolen.

– Det går verken bra eller dårlig, svarte Sten Widén. – Det er verken vellykket eller mislykket. Jeg har alltid en eller annen hest under trening som gjør det bra. Jeg får inn noen nye unghester, og det går rundt. Men egentlig . . .

Han gikk i stå.

Så strakte han seg frem, åpnet en skrivebordsskuff og tok opp en halvtom whiskyflaske.

– Vil du ha? spurte han.

Kurt Wallander ristet på hodet.

– Det ville ikke ta seg ut om en politimann blir grepet for rattfyll, svarte han. – Selv om det skjer nå og da.

– Skål i alle fall, sa Sten Widén og drakk av flasken.

Han tok en sigarett fra en skrukkete pakke og lette blant papirer og travprogrammer før han fant en lighter.

– Hvordan står det til med Mona? spurte han. – Og Linda? Og faren din? Og hva het søsteren din? Kerstin?

– Kristina.

– Det var det. Kristina. Jeg har aldri hatt god hukommelse, det vet du.

– Noter glemte du aldri.

– Gjorde jeg ikke?

Han tok en slurk av flasken igjen, og Kurt Wallander merket at det var noe som plaget ham. Han skulle kanskje ikke ha oppsøkt ham? Kanskje han ikke ville bli minnet om det som hadde vært en gang?

– Mona og jeg har gått fra hverandre, sa han. – Og Linda bor for seg selv. Far er som han er. Han maler bildet sitt. Men jeg tror han har begynt å bli senil. Jeg vet ikke riktig hva jeg skal gjøre med ham.

– Visste du at jeg giftet meg? sa Sten Widén. Wallander fikk en følelse av at han overhodet ikke hadde hørt hva han hadde sagt.

– Det visste jeg ikke.

– Jeg overtok jo denne forbannede stallen. Da fattern til slutt innså at han var for gammel til å holde på med hester, begynte han å drikke for alvor. Før hadde han jo hatt en slags kontroll over hvor mye han tømte i seg. Jeg merket at jeg ikke holdt ut med ham og fyllegjengen hans. Jeg giftet meg med en av jentene som jobbet her i stallen. Det var nok mest fordi hun hadde så godt lag med fattern. Hun behandlet ham som en gammel hest. La seg ikke opp i sakene hans, men satte grenser. Tok gummislangen og spylte av ham når han var for møkkete. Men da fattern døde, var det som om hun hadde begynt å lukte som ham. Derfor skilte jeg meg.

Han drakk av flasken igjen, og Kurt Wallander merket at han holdt på å bli beruset.

– Hver dag tenker jeg at jeg skal selge dette stedet, sa han. – Det jeg eier er selve gården. Jeg kan nok få en million for alt sammen. Når gjelden er trukket fra, har jeg kanskje 400 000 igjen. Da kjøper jeg en husbil og drar av gårde.

– Hvor da?

– Det er akkurat det. Jeg vet ikke. Det er ingen steder jeg vil til.

Kurt Wallander kjente seg pinlig berørt. Selv om Sten Widén ytre sett var den samme som for ti år siden, virket det som hans indre hadde gjennomgått store forandringer. Det var en spøkelsesstemme som snakket til ham, sprukken og fortvilet. For ti år siden hadde Sten Widén vært munter og glad, den første til å invitere til en fest. Nå så det ut til at all livsglede var borte.

Piken som hadde spurt om Kurt Wallander var politimann, red forbi utenfor vinduet.

– Hvem er det? spurte Kurt Wallander. – Hun så at jeg var politimann.

– Hun heter Louise, svarte Sten Widén. – Hun kunne sikkert lukte seg til at du var politimann. Hun har vandret ut og inn av institusjoner siden hun var 12 år. Jeg er tilsynsfører for henne. Hun er flink med hestene. Men hun hater politifolk. Hun påstår at hun ble voldtatt av en politimann en gang.

Han tok enda en slurk av flasken og slo ut med hånden mot den uoppredde sengen.

– Hun ligger med meg en gang iblant, sa han. – Iallfall føles det sånn. At det er hun som ligger med meg og ikke omvendt. Det er kanskje straffbart?

– Hvorfor skulle det være det? Hun er vel ikke mindreårig?

– Hun er 19 år. Men tilsynsførere har kanskje ikke lov å ligge med dem man har tilsyn med?

Kurt Wallander syntes så tydelig at Sten Widén begynte å bli aggressiv.

Plutselig angret han at han var kommet.

Selv om han var her i egenskap av politimann, slo det ham at det kanskje hadde vært et påskudd. Hadde han oppsøkt Sten Widén for å snakke om Mona? For å søke trøst?

Han visste ikke lenger.

– Jeg kom for å snakke med deg om hester, sa han. – Du har kanskje sett i avisen at det var et dobbeltdrap i Lenarp her forrige natten?

– Jeg leser ikke aviser, svarte Sten Widén. – Jeg leser galopprogrammer og startlister. Det er alt. Det som skjer i verden, bryr jeg meg ikke om.

– Det var et par gamle mennesker som ble drept, fortsatte Kurt Wallander. – Og de hadde en hest.

– Ble den også drept?

– Nei. Men derimot tror jeg at morderne gav den høy før de drog sin vei. Og det var det jeg ville snakke med deg om. Hvor fort en hest tygger i seg et fange høy.

Sten Widén tømte flasken og tente en ny sigarett.

– Spøker du? spurte han. – Er du kommet hit for å spørre meg om hvor lang tid det tar en hest å ete et lass høy?

– Jeg hadde faktisk tenkt å be deg bli med og se på hesten, sa Kurt Wallander og bestemte seg fort. Han kjente at han holdt på å bli sint.

– Jeg har ikke tid, sa Sten Widén. – Hovslageren kommer i dag. Jeg har 16 hester som skal ha vitaminsprøyter.

– I morgen?

Sten Widén så på ham med blanke øyne.

– Følger det med betaling? spurte han.

– Du skal få betalt.

Sten Widén skrev ned telefonnummeret sitt på et skittent ark.

– Kanskje, sa han. – Ring i morgen tidlig.

Da de kom ut på tunet, kjente Kurt Wallander at vinden hadde økt.

Piken kom ridende på hesten.

– Fin hest, sa han.

– Masquerade Queen, sa Sten Widén. – Den kommer aldri til å vinne et eneste løp i sitt liv. Det er en rik byggmesterenke i Trelleborg som eier henne. Jeg har faktisk vært ærlig nok til å foreslå at hun skal selge hesten til en rideskole. Men hun tror den skal vinne. Og jeg får mine treningspenger. Men aldri om hun kommer til å vinne noe løp.

De skiltes ved bilen.

– Vet du hvordan fattern døde? spurte Sten Widén plutselig.

– Nei?

– Han forvillet seg bort til borgruinen en høstnatt. Han pleide å sitte der og pimpe. Så snublet han ned i vollgraven og druknet. Det er jo så tykt med alger der at det ikke går an å se noen ting. Men skyggelua hans fløt opp. «Leve livet» stod det på skyggen. Det var reklame for et reisebyrå som solgte sexreiser til Bangkok.

– Det var hyggelig å se deg, sa Kurt Wallander. – Jeg ringer i morgen.

– Du gjør som du vil, sa Sten Widén og gikk bortover mot stallen.

Kurt Wallander kjørte av sted. I bakspeilet kunne han

se at Sten Widén stod og snakket med piken som satt på hesten.

Hvorfor reiste jeg hit? tenkte han igjen.

En gang for lenge siden var vi venner. Vi delte en umulig drøm. Da drømmen sprakk som et troll, var det ingenting igjen. Kanskje var det sant at vi begge elsket opera. Men kanskje var det også bare innbilning?

I det samme han bremset ved stoppskiltet ved hovedveien, ringte biltelefonen. Forbindelsen var så dårlig at han bare så vidt kunne høre at det var Hanson som snakket.

– Det er best du kommer inn, ropte Hanson. – Hører du hva jeg sier?

– Hva er det? ropte Kurt Wallander tilbake.

– Det sitter en bonde fra Hagestad her og sier at han vet hvem som drepte dem, ropte Hanson.

Kurt Wallander kjente at hjertet slo fortere.

– Hvem? ropte han. – Hvem?

Samtalen ble brutt. Det freste og tutet i røret.

– Faen, sa han høyt for seg selv.

Han kjørte tilbake til Ystad. Altfor fort, tenkte han. Hadde Norén og Peters hatt trafikkontroll i dag, ville jeg blitt tatt.

I bakken ned mot sentrum begynte plutselig motoren å hoste.

Det var slutt på bensinen.

Kontrollampen som skulle varsle ham, hadde åpenbart sluttet å fungere.

Han rakk akkurat frem til bensinstasjonen skrått overfor sykehuset før motoren døde helt. Da han skulle putte penger på automaten, oppdaget han at han ikke hadde noen på seg. Han gikk inn til låsefirmaet som hadde verksted i samme bygning som bensinstasjonen, og lånte 20 kroner av innehaveren, som kjente ham igjen etter en innbruddssak for noen år siden.

Han kjørte inn på parkeringsplassen og skyndte seg inn på politistasjonen. Ebba prøvde å si noe til ham, men han viftet avvergende.

Døren til Hansons rom stod åpen, og han gikk inn uten å banke.

Det var tomt der.

I gangen støtte han på Martinson, som kom gående med en bunke datastrimler i hånden.

– Det var deg jeg skulle ha tak i, sa Martinson. – Jeg har gravd frem litt materiale som kanskje kan være interessant. Faen vet om det ikke kan være en finne som har gjort dette.

– Når vi ikke vet noe, pleier vi å si at det er finner, svarte Kurt Wallander. – Jeg har ikke tid akkurat nå. Vet du hvor Hanson er?

– Han går vel aldri ut av rommet sitt?

– Da får vi etterlyse ham. Han er ikke der akkurat nå i hvert fall.

Han kikket inn i kantinen, men der var det bare en kontordame som holdt på å lage omelett.

Hvor er den pokkers Hanson? tenkte han og rev opp døren til sitt eget rom.

Tomt der også. Han ringte Ebba ved sentralbordet.

– Hvor er Hanson? spurte han.

– Hadde du ikke hatt det så travelt, kunne jeg ha fortalt det da du kom, svarte Ebba. – Han hilste og sa at han skulle ned til Föreningsbanken.

– Hva skulle han der å gjøre? Var han i følge med noen?

– Ja. Men jeg vet ikke hvem det var.

Kurt Wallander slengte på røret.

Hva var det Hanson drev med?

Han grep røret igjen.

– Kan du søke Hanson for meg? sa han til Ebba.

– I Föreningsbanken?

– Hvis han er der, så søk ham der.

Det var svært sjelden han bad Ebba om hjelp med å søke etter personer som han ville ha tak i. Han hadde aldri kunnet venne seg til tanken på å ha en sekretær. Var det noe som skulle utrettes, så var det han selv som skulle gjøre det. Før hadde han tenkt at det var en uvane han hadde med seg fra oppveksten. Det var bare de rike og overlegne som sendte ut andre til å gjøre fotarbeidet. Ikke å kunne slå opp i en telefonkatalog og selv ta av røret, var en dovenskap som aldri kunne forsvares . . .

Han ble avbrutt i tankene sine av telefonen. Det var Hanson som ringte fra Föreningsbanken.

– Jeg trodde jeg skulle rekke tilbake før du kom, sa Hanson. – Du lurer kanskje på hva jeg gjør her?

– For all del!

– Vi skulle ta en kikk på Lövgrens bankkonti.

– Hvilke vi?

– Han heter Herdin. Men det er best du snakker med ham selv. Vi er tilbake om en halvtimes tid.

Det tok imidlertid nesten en time og et kvarter før Kurt Wallander fikk treffe mannen som het Herdin. Han var nærmere to meter høy, senete og mager, og da Kurt Wallander hilste på ham, var det som å ta en kjempe i hånden.

– Det tok litt tid, sa Hanson. – Men det gav resultater. Du skal høre på hva Herdin her har å fortelle. Og hva vi oppdaget i banken.

Herdin satt lang og stum på en pinnestol.

Kurt Wallander fikk inntrykk av at han hadde dresset seg opp i sine fineste klær til besøket hos politiet. Selv om det slumpet til å være en slitt dress og skjorte med frynsete snipp.

– Det er kanskje best vi begynner fra begynnelsen, sa Kurt Wallander og trakk til seg en notisblokk.

Herdin så forbauset på Hanson.

– Skal jeg gjenta alt sammen? spurte han.

– Det er nok best, sa Hanson.

– Det er en lang historie, begynte Herdin nølende.

– Hva heter du? sa Kurt Wallander. – Jeg tror det er best vi begynner der.

– Lars Herdin. Jeg har en gård på 200 mål ved Hagestad. Jeg prøver å overleve på å ha slaktedyr. Men det er bare så vidt det sviver rundt.

– Jeg har hans fødselsdata, innskjøt Hanson, og Kurt

Wallander hadde en mistanke om at Hanson hadde det travelt med å komme inn til travprogrammene sine.

– Hvis jeg har forstått saken rett, så er du kommet hit fordi du mener at du har noen opplysninger når det gjelder drapet på ekteparet Lövgren, sa Kurt Wallander og skulle ønske at han hadde uttrykt seg enklere.

– Det er klart det var pengene, sa Lars Herdin.

– Hvilke penger?

– Alle pengene de hadde!

– Kan du uttrykke deg litt tydeligere?

– Tyskerpengene.

Kurt Wallander så på Hanson, som trakk diskré på skuldrene. Kurt Wallander tolket det som at han måtte være tålmodig.

– Vi må nok ta dette litt mer i detalj, sa han. – Du kunne vel ikke være litt mer utførlig?

– Lövgren og faren hans tjente penger under krigen, sa Lars Herdin. – De holdt slaktedyr i smug på noen skogsbeiter oppe i Småland. Og de kjøpte opp gamle hester. Så solgte de svart til Tyskland. De tjente grove penger på kjøttet. Det var aldri noen som kom over dem. Og Lövgren var både gjerrig og dyktig. Han plasserte pengene, og de har vokst med årene.

– Du mener Lövgrens far?

– Han døde like etter krigen. Jeg mener Lövgren.

– Du mener altså at Lövgrens var rike?

– Ikke familien. Bare Lövgren. Hun visste ingenting om pengene.

– Han har altså hemmeligholdt formuen for sin kone?

Lars Herdin nikket.

– Ingen er blitt så lurt som min søster, sa han.

Kurt Wallander hevet øyebrynene forbauset.

– Maria Lövgren var min søster. Hun ble drept fordi han hadde gjemt unna en formue.

Kurt Wallander hørte den dårlig undertrykte bitterheten. Kanskje var det faktisk hat, tenkte han.

– Og de pengene oppbevarte han hjemme?

– Bare av og til, svarte Lars Herdin.
– Av og til?
– Når han gjorde de store uttakene.
– Kan du prøve å fortelle litt mer i detalj?
Plutselig var det som om noe rant over hos mannen i den slitte dressen.
– Johannes Lövgren var et krek, sa han. – Det er bedre nå som han er borte. Men at Maria måtte dø, det kan jeg aldri tilgi . . .
Lars Herdins utbrudd kom så brått at verken Hanson eller Kurt Wallander rakk å reagere. Lars Herdin nappet til seg et tykt glassaskebeger som stod på bordet ved siden av ham, og slynget det av alle krefter i veggen, like ved Kurt Wallanders hode. Glassplintene føk, og Kurt Wallander kjente at et glasskår traff overleppen.
Stillheten etter utbruddet var øredøvende.
Hanson hadde reist seg fra stolen og stod klar til å kaste seg over den lange Lars Herdin. Men Kurt Wallander løftet hånden avvergende, og Hanson satte seg igjen.
– Jeg ber om unnskyldning, sa Lars Herdin. – Er det en feiekost og brett her, skal jeg ta opp skårene. Jeg skal betale for meg.
– Det der tar rengjøringshjelpen seg av, sa Kurt Wallander. – Det er bedre at vi fortsetter å snakke med hverandre.
Lars Herdin virket helt rolig igjen.
– Johannes Lövgren var et krek, gjentok han. – Han lot som om han var som alle andre. Men han tenkte bare på pengene som han og faren hadde lurt til seg under krigen. Han kunne klage over at alt var så dyrt og bøndene så fattige. Men han hadde pengene sine som bare vokste og vokste.
– Og de pengene hadde han i banken?
Lars Herdin trakk på skuldrene.
– I banken, i aksjer, obligasjoner, hva vet jeg.
– Hvorfor oppbevarte han av og til pengene hjemme?
– Johannes Lövgren holdt seg med en kvinne, sa Lars

Herdin. – Han hadde et menneske i Kristianstad som han fikk barn med i 50-årene. Heller ikke det visste Maria om. Verken om kvinnfolket eller barnet. Henne gav han nok mer penger hvert år enn det han unte Maria i hele hennes liv.

– Hvor mye penger dreide det seg om?

– Femogtyve, tredve tusen. Et par–tre ganger i året. Han tok ut pengene i kontanter. Så diktet han opp et passende påskudd og reiste til Kristianstad.

Kurt Wallander tenkte en kort stund over det han hadde hørt.

Han prøvde å bestemme seg for hvilke spørsmål som var viktigst. Alle detaljene ville det ta mange timer å få frem.

– Hva sa de i banken? spurte han Hanson.

– Hvis man ikke har alle ransakningspapirer i orden, sier banken som regel ingenting, sa Hanson. – Jeg fikk ikke adgang til kontiene hans. Men én ting fikk jeg tross alt svar på. Om han hadde vært i banken i det siste.

– Og det hadde han?

Hanson nikket.

– Torsdag. Tre dager før noen slaktet ham.

– Sikkert?

– En av kassererskene visste hvordan han så ut.

– Og han hadde tatt ut et stort beløp?

– Det ville de ikke svare på uten videre. Men kassererskeu nikket da banksjefen snudde ryggen til.

– Vi får snakke med statsadvokaten når vi har skrevet ut denne vitneforklaringen, sa Kurt Wallander. – Så vi kan få innsyn i hans aktiva og skaffe oss en oversikt over situasjonen.

– Blodpenger, sa Lars Herdin. Det streifet Kurt Wallander at han ville begynne å kaste ting rundt seg igjen.

– Det er mange spørsmål som gjenstår, sa han. – Men ett spørsmål er viktigere enn alle andre akkurat nå. Hvordan kan det ha seg at du vet alt dette? Det som du påstår at Johannes Lövgren holdt hemmelig for sin egen kone. Du vet om det?

Lars Herdin svarte ikke på spørsmålet.
Han stirret bare stumt ned i gulvet.
– Du må nok svare på spørsmålet, sa Kurt Wallander.
– Det må jeg slettes ikke, sa Lars Herdin. – Det er ikke jeg som har myrdet dem. Skulle jeg myrde min egen søster?
Kurt Wallander prøvde å nærme seg spørsmålet på en annen måte.
– Hvor mange vet om det du nettopp har fortalt? spurte han.
Lars Herdin svarte ikke.
– Det du sier, blir i dette rommet, fortsatte Kurt Wallander.
Lars Herdin så ned i gulvet.
Kurt Wallander følte instinktivt at han burde vente.
– Henter du litt kaffe til oss, sa han til Hanson. – Se om det er noe brød også.
Hanson forsvant ut av døren.
Lars Herdin fortsatte å stirre i gulvet, og Kurt Wallander ventet.
Hanson kom med kaffe, og Lars Herdin spiste et tørt wienerbrød.
Kurt Wallander syntes at tiden var inne til å stille spørsmålet på nytt.
– Før eller senere blir du nødt til å svare, sa han.
Lars Herdin løftet hodet og så ham rett inn i øynene.
– Alt da de giftet seg, følte jeg på meg at Johannes Lövgren var en annen bak den vennlige og fåmælte fasaden. Jeg syntes det var noe lumskt der. Maria var lillesøsteren min. Jeg ville at hun skulle få det bra. Jeg var skeptisk fra første gang Johannes Lövgren begynte å gå på frierføtter i barndomshjemmet mitt. Det tok 30 år å få greie på hvem han var. Hvordan jeg klarte det, er min sak.
– Fortalte du din søster hva du hadde fått greie på?
– Aldri. Ikke et ord.
– Fortalte du det til noen annen? Din egen kone?
– Jeg er ugift.

Kurt Wallander så på mannen som satt foran ham. Det var noe hardt og sammenbitt over ham. Som en mann som var blitt fødd opp på gråstein.

– Et siste spørsmål foreløpig, sa Kurt Wallander. – Nå vet vi at Johannes Lövgren hadde godt med penger. Kanskje hadde han også et stort beløp hjemme da han ble myrdet. Det kommer vi til å finne ut av. Men hvem kan ha visst om det? Bortsett fra du?

Lars Herdin så på ham. Kurt Wallander oppdaget plutselig et glimt av redsel i øynene hans.

– Jeg visste ikke om det, svarte Lars Herdin.

Kurt Wallander nikket.

– Vi stanser her, sa han og skjøv fra seg blokken der han hele tiden hadde gjort notater. – Men vi kommer til å trenge din hjelp heretter også.

– Kan jeg gå? sa Lars Herdin og reiste seg.

– Du kan gå, svarte Kurt Wallander. – Men reis ikke bort uten å si fra til oss først. Og kommer du på noe mer du vil fortelle, så la høre fra deg.

Ved døren stanset Lars Herdin, som om det var noe mer han ville si.

Så skjøv han opp døren og var borte.

– Be Martinson om å ta en sjekk på ham, sa Kurt Wallander. – Vi finner antagelig ingenting. Men det er best å være på den sikre siden.

– Hva tror du om det han sa? spurte Hanson.

Kurt Wallander tenkte seg om før han svarte.

– Det var noe overbevisende over ham. Jeg tror ikke at han løy eller fantaserte. Jeg tror at han har oppdaget at Johannes Lövgren førte et dobbeltliv. Jeg tror han beskyttet sin søster.

– Tror du han kan være innblandet?

Kurt Wallander var sikker da han svarte.

– Lars Herdin har ikke drept dem. Jeg tror heller ikke han vet hvem som har gjort det. Jeg tror han kom til oss av to grunner. Han vil hjelpe oss å finne en eller flere personer som han både kan takke og spytte i ansiktet. De som myrdet Johannes og ifølge ham gjorde en velgjerning. Og de som myrdet Maria og burde halshugges på et offentlig sted.

Hanson reiste seg.

– Jeg skal si fra til Martinson. Noe mer du vil akkurat nå?

Kurt Wallander så på armbåndsuret sitt.

– Vi tar et møte hos meg om en time. Se om du kan få tak i Rydberg. Han skulle inn til Malmö for å finne en som lapper seil.

Hanson så uforstående på ham.

– Renneløkken, sa Kurt Wallander. – Knuten. Du vil skjønne det senere.

Hanson gikk, og han ble alene.

Et gjennombrudd, tenkte han. All etterforskning som går bra, har et punkt der vi bryter gjennom veggen. Vi vet ikke riktig hva vi kommer til å få se. Men et eller annet sted finnes løsningen.

Han gikk bort til vinduet og så ut i tussmørket. Det trakk kaldt fra de utette vinduslistene, og på en svaiende gatelykt så han at vinden hadde økt enda mer.

Han tenkte på Nyström og hans kone.

Et helt liv hadde de levd i et nært forhold til et menneske som overhodet ikke hadde vært den han hadde utgitt seg for å være.

Hvordan ville de reagere når sannheten kom for en dag?

Med fornektelse? Bitterhet? Forbløffelse?

Han gikk tilbake til skrivebordet og satte seg. Den første følelsen av lettelse etter et gjennombrudd i en etterforskning pleide som regel å kjølne ganske fort. Nå fantes det et motiv, det mest alminnelige av alle. Penger. Men ennå fantes det ingen usynlig finger som pekte i en bestemt retning.

Det fantes ingen morder.

Kurt Wallander kastet et blikk på klokken igjen. Hvis han fortet seg, kunne han rekke å kjøre ned til grillkiosken ved jernbanestasjonen og spise noe før møtet begynte.

Denne dagen ville også gå uten at han forandret spisevanene sine.

Han skulle akkurat til å vrenge på seg jakken da telefonen ringte.

Samtidig banket det på døren.

Jakken havnet på gulvet da han tok av røret og ropte «kom inn».

Det var Rydberg som stod i døren. Han hadde en omfangsrik plastpose i den ene hånden.

I telefonen hørte han stemmen til Ebba.

– Fjernsynet vil absolutt ha tak i deg, sa hun.

Han bestemte seg raskt for at han ville snakke med Rydberg før han møtte massemedia igjen.

– Si at jeg sitter i et møte og først er tilgjengelig om en halvtime, sa han.

– Sikkert?

– Hva?

– At du vil snakke med dem om en halvtime? Svensk Television liker ikke å vente. De regner med at alle skal falle på kne når de gir lyd fra seg.

– Jeg faller ikke på kne for kameraene deres. Men jeg kan snakke med dem om en halvtime.

Han la på røret.

Rydberg hadde satt seg i stolen ved vinduet. Han holdt på å tørke håret med en papirserviett.

– Jeg har gode nyheter, sa Kurt Wallander.

Rydberg fortsatte å tørke håret.

– Jeg tror vi har et motiv. Penger. Og jeg tror at morderne skal søkes blant mennesker som på en eller annen måte befant seg i Lövgrens nærhet.

Rydberg kastet den våte servietten i papirkurven.

– Jeg har hatt en jævlig dag, sa han. – Gode nyheter er velkomne.

Kurt Wallander brukte fem minutter til å gjenfortelle møtet med bonden Lars Herdin. Rydberg så dystert på glasskårene som lå på gulvet.

– Merkelig historie, sa Rydberg da Kurt Wallander var

ferdig. – Den er så merkelig at den godt kan være helt sann.

– Jeg skal prøve meg på et sammendrag, fortsatte Wallander. – Noen visste at Johannes Lövgren fra tid til annen hadde et stort beløp liggende hjemme. Det gir oss ran som motiv. Og ranet utviklet seg til drap. Hvis Lars Herdins beskrivelse av Johannes Lövgren stemmer, at han var en uvanlig gnieraktig person, har han selvsagt nektet å avsløre hvor han har stuet bort pengene. Maria Lövgren som ikke kan ha forstått mye av det som hendte hennes siste natt i livet, har måttet følge Johannes på den siste reisen. Spørsmålet er altså hvem foruten Lars Herdin som har kjent til disse uregelmessige, men store pengeuttakene. Får vi svar på det, får vi nok svar på alt sammen.

Rydberg satt tankefull etter at Wallander var ferdig med sammendraget.

– Er det noe jeg har glemt? spurte Wallander.

– Jeg tenker på det hun sa før hun døde, sa Rydberg. – Utenlandsk. Og jeg tenker på det jeg har i plastposen.

Han reiste seg og tømte innholdet på skrivebordet.

Det var en haug med taustumper. Samtlige med en kunstferdig utført knute.

– Jeg har tilbrakt fire timer sammen med en gammel seilmaker i en leilighet der det luktet verre enn du kan forestille deg, sa Rydberg med en grimase. – Det viste seg at mannen var nesten 90 år og på god vei inn i senilitеten. Jeg studerer på om jeg ikke burde kontakte en sosial instans. Den gamle mannen var så forvirret at han trodde jeg var sønnen hans. En av naboene fortalte senere at denne sønnen hadde vært død i 30 år. Men knuter og knoper kunne han. Da jeg endelig slapp unna, hadde jeg vært der i fire timer. Disse taustumpene var en presang.

– Fikk du vite det du var ute etter?

– Mannen kikket på renneløkken og sa at han syntes knuten var elendig. Så tok det meg tre timer å få ham til å fortelle noe om den elendige knuten. Imens rakk han å sove en stund.

Rydberg la taustumpene i plastposen igjen mens han fortsatte:

– Plutselig begynte han å snakke om sin tid til sjøs. Og da sa han at den knuten hadde han sett i Argentina. Argentinske sjømenn pleide å slå slike knuter som renneløkker til hundene sine.

Kurt Wallander nikket.

– Da fikk du rett, sa han. – Knuten var utenlandsk. Spørsmålet er bare hvordan den henger sammen med det Lars Herdin fortalte.

De gikk ut i gangen. Rydberg forsvant inn på rommet sitt mens Kurt Wallander gikk inn til Martinson for å studere datastrimlene hans. Det viste seg at det fantes en forbløffende statistikk over utenlandske borgere som hadde begått forbrytelser eller vært mistenkte for forbrytelser i Sverige. Martinson hadde også rukket å sjekke tidligere overfall av eldre. Minst fire forskjellige personer eller bander hadde begått overfall på gamle isolerte mennesker i Skåne i løpet av det siste året. Men Martinson kunne også meddele at samtlige nå satt inne på forskjellige straffeanstalter. Ennå ventet han på beskjed om noen hadde hatt permisjon den aktuelle dagen.

De holdt møtet i Rydbergs rom, da en av kontordamene hadde tilbudt seg å støvsuge Kurt Wallanders gulv. Telefonen ringte nesten ustanselig, men hun brydde seg ikke om å svare.

Møtet ble langt. Alle var enige om at Lars Herdins historie innebar et gjennombrudd. Nå hadde de en kurs å følge. Samtidig gikk man enda en gang igjennom alt som hittil var kommet frem i samtaler med dem som bodde i Lenarp, og dem som hadde ringt til politiet eller svart på det utsendte spørreskjemaet. En bil som med stor fart hadde passert en bygd bare noen kilometer fra Lenarp sent søndag natt, tiltrakk seg ekstra oppmerksomhet. En lastebilsjåfør som hadde vært underveis til Göteborg alt klokken tre om natten, hadde møtt bilen i en krapp sving og nesten blitt påkjørt. Da han hadde fått høre om dobbeltdrapet, hadde han begynt å lure, og så hadde han ringt til politiet. Under tvil hadde han kommet frem til at det antagelig hadde vært en Nissan, etter å ha gått igjennom bilder av forskjellige biler.

– Glem ikke leiebiler, sa Kurt Wallander. – Folk i farten er makelig anlagt i dag. Ranere leier like ofte bil som de stjeler dem.

Klokken var alt seks da møtet var slutt. Kurt Wallander hadde merket seg at alle medarbeiderne hans nå var på offensiven. Etter Lars Herdins besøk hersket en påtagelig optimisme.

Han gikk inn på rommet sitt og renskrev notatene fra samtalen med Lars Herdin. Hanson hadde lagt igjen sine, så han kunne sammenligne. Han så straks at Lars Herdin ikke hadde vært svevende i sine uttalelser. Opplysningene var samstemmige.

Litt over syv skjøv han papirene til side. Plutselig kom han til å tenke på at fjernsynet ikke hadde latt høre fra seg. Han ringte til sentralbordet og spurte om Ebba hadde lagt igjen noen beskjed før hun gikk hjem. Piken som svarte, var vikar.

– Det er ingenting her, sa hun.

Etter en innskytelse som han ikke riktig selv forstod, gikk han ut i kantinen og slo på fjernsynet. Den lokale nyhetssendingen hadde nettopp begynt. Han lente seg inntil et bord og så åndsfraværende på et innslag om Malmö kommunes elendige økonomiske situasjon.

Han tenket på Sten Widén. Og Johannes Lövgren som hadde solgt kjøtt til tyskerne under krigen.

Han tenkte på seg selv, på magen sin som var altfor stor.

Han skulle akkurat til å slå av apparatet da den kvinnelige reporteren begynte å snakke om dobbeltdrapet i Lenarp.

Forbløffet hørte han at politiet i Ystad konsentrerte arbeidet sitt om foreløpig ukjente utenlandske borgere. Men politiet var overbevist om at forbryterne var utlendinger. Man kunne heller ikke utelukke at det dreide seg om asylsøkere.

Til slutt snakket reporteren om ham selv.

Tross gjentatte purringer hadde det vært umulig å få noen av de ansvarlige etterforskerne til å kommentere opplysningene, som var blitt gitt av anonyme, men velunderrettede kilder.

Reporteren gav også et bakgrunnsbilde av Ystad politistasjon.

Så gikk hun over til å snakke om været.

Et uvær nærmet seg fra vest. Vinden skulle øke ytterligere. Men noen risiko for snø var det ikke. Temperaturen skulle fortsette å være over null.

Kurt Wallander slo av TV-apparatet.

Han hadde vondt for å bestemme seg om han var opphisset eller trett. Eller kanskje han bare var sulten.

Men en eller annen på politistasjonen hadde altså lekket informasjon.

Kanskje man nå for tiden fikk betaling for å spre fortrolig informasjon?

Hadde til og med det statlige TV-monopolet et muldvarpfond?

Hvem? tenkte han.

Det kan være hvem som helst unntatt meg selv.

Og hvorfor?

Fantes det noen annen forklaring enn penger?

Rasehat? Flyktningskrekk?

Han gikk tilbake mot rommet sitt og kunne alt i gangen høre at telefonen hans ringte.

Dagen hadde vært lang. Helst hadde han villet dra hjem og lage litt mat. Med et sukk satte han seg i stolen og trakk til seg telefonen.

Det er bare å begynne, tenkte han. Begynne å dementere opplysningene i fjernsynet.

Og håpe at ingen nye trekors vil brenne i dagene som kommer.

# 6

I løpet av natten feide et uvær inn over Skåne. Kurt Wallander satt i den rotete leiligheten sin mens vintervinden slet i taksteinene. Han drakk whisky og lyttet til en tysk innspilling av «Aïda» da det plutselig ble helt svart og stille rundt ham. Han gikk bort til vinduet og så ut i mørket. Vinden ulte og et eller annet sted slo et reklameskilt mot en husvegg.

De selvlysende viserne på armbåndsuret pekte på ti minutter på tre. Merkelig nok følte han seg ikke det minste trett. Klokken hadde vært nesten halv tolv før han kom seg av sted fra politistasjonen kvelden før. Den siste som hadde ringt ham, hadde vært en mann som ikke hadde villet presentere seg. Han hadde foreslått at politiet skulle gjøre felles sak med de svenske nasjonalistiske bevegelsene og en gang for alle jage alle utlendinger ut av landet. Et kort sekund hadde han forsøkt å høre på hva den anonyme mannen hadde å si. Så hadde han slengt på røret, ringt til sentralbordet og stanset alle innkommende telefoner. Han hadde slukket i rommet, gått gjennom den øde gangen og reist rett hjem. Da han låste opp ytterdøren sin, hadde han bestemt seg for at han skulle finne ut hvem som hadde lekket den fortrolige informasjonen. Egentlig var det overhodet ikke hans sak. Skulle det oppstå konflikter innen etaten, var det politisjefens plikt å gripe inn. Björk kom tilbake fra vinterferie om noen dager. Da fikk han overta. Sannheten måtte frem.

Men da Kurt Wallander hadde drukket sitt første glass whisky, hadde han innsett at Björk ikke kom til å foreta seg noen ting. Selv om hver enkelt politimann var bundet av taushetsløfte, kunne det ikke betraktes som en kriminell handling om en politimann ringte til en kontakt i Sveriges Television og fortalte hva som var blitt behandlet på et internt møte i etterforskningsgruppen. Heller ikke var det sannsynlig at man kunne påvise noen uregelmessigheter om Sveriges Television hadde betalt den hemmelige informant. Kurt Wallander lurte et øyeblikk på hvordan Sveriges Television bokførte en slik utgiftspost.

Så slo det ham at Björk nok ikke ville være interessert i å stille den interne lojaliteten på prøve når de befant seg midt inne i en drapsetterforskning.

Ved det andre glasset whisky hadde han igjen grublet over hvem eller hvilke som kunne tenkes å stå bak lekkasjen. Bortsett fra seg selv kunne han bare med sikkerhet frikjenne Rydberg. Men hvorfor var han så sikker på Rydberg? Kunne han se dypere inn i ham enn noen av de andre?

Nå hadde uværet slått ut strømmen, og han satt alene i mørket.

Tankene på det myrdede ekteparet, på Lars Herdin og den merkelige knuten på renneløkken blandet seg med tanker på Sten Widén og Mona, på Linda og den gamle faren. Et eller annet sted i mørket vinket den store meningsløsheten til ham. Et grinende ansikt som lo hånlig av hans fåfengte anstrengelser for å hanskes med sitt liv . . .

Han våknet da strømmen kom tilbake. På klokken kunne han se at han hadde sovet i over en time. Platen snurret rundt på platespilleren. Han tømte glasset og gikk og la seg oppå sengen.

Jeg må snakke med Mona, tenkte han. Jeg må snakke med henne om alt som har hendt. Og jeg må snakke med min datter. Jeg må besøke far og se hva jeg kan gjøre for ham. Midt i alt dette skal jeg helst også fakke en morder . . .

Han måtte ha døset av igjen. Han trodde han var på

kontoret sitt da telefonen ringte. Søvndrukken grep han røret. Hvem ringte til ham klokken kvart over fire om morgenen?

Han rakk å tenke at han skulle ønske det var Mona som ringte, før han svarte.

Først syntes han at mannen som snakket, lød som Sten Widén.

– Nå har dere tre dager på dere, sa mannen.

– Hvem er De? spurte Kurt Wallander.

– Det er det samme hvem jeg er, svarte mannen. – Jeg er en av de «Ti tusen redderne».

– Jeg nekter å snakke med en jeg ikke vet hvem er, sa Kurt Wallander, og nå var han lys våken.

– Legg ikke på, sa mannen. – Nå har dere tre dager på dere til å gjøre godt igjen at dere har holdt hånden over noen utenlandske forbrytere. Tre dager, men ikke mer.

– Jeg skjønner ikke hva du snakker om, sa Kurt Wallander. Den ukjente stemmen gjorde ham ille berørt.

– Tre dager til å ta morderne og vise dem frem, sa mannen. – Ellers kommer vi til å overta.

– Overta hva? Hvilke vi?

– Tre dager. Ikke mer. Da kommer det til å brenne.

Samtalen ble brutt.

Kurt Wallander gikk ut og satte seg ved kjøkkenbordet. Han skrev ned samtalen på en gammel notatblokk som Mona hadde brukt til shoppinglistene sine. «Brød» stod det øverst på blokken. Hva hun hadde skrevet like under, klarte han ikke å tyde.

Det var ikke første gang Kurt Wallander hadde fått en anonym trussel i løpet av sin tid i politiet. En mann som mente seg uskyldig dømt for legemsfornærmelse, hadde forfulgt ham med insinuante brev og nattlige oppringninger noen år før. Da var det Mona som til slutt var gått lei og forlangt at han skulle reagere. Kurt Wallander hadde satt Svedberg på mannen med trussel om at han risikerte en lang straff om forfølgelsen ikke opphørte. En annen gang hadde noen skåret i stykker bildekket hans.

Men budskapet til denne mannen hadde vært annerledes.

Noe skulle brenne, hadde han sagt. Kurt Wallander innså at det kunne være alt fra asylmottak til restauranter eller boliger.

Tre dager. Eller tre døgn. Det ville si fredag, senest lørdag den 13.

Han gikk og la seg oppå sengen igjen og prøvde å sove.

Vinden rev og slet i husveggene.

Hvordan skulle han kunne sove når han egentlig bare ventet på at mannen skulle ringe igjen?

Klokken halv syv var han tilbake på politistasjonen. Han vekslet noen ord med vakthavende og fikk høre at uværsnatten ellers hadde vært rolig. En trailer hadde veltet ved innfartsveien til Ystad, en byggutstilling hadde blåst ned i Skårby. Det var alt.

Han hentet kaffe og gikk inn på rommet sitt. Med en gammel barbermaskin som han hadde liggende i en skrivebordsskuff, skrapte han kinnene rene. Så gikk han ut og hentet morgenavisene. Jo mer han bladde, desto mer misfornøyd ble han. Enda han hadde sittet i telefonen og snakket med forskjellige journalister til sent på kveld, var dementiene om at politiet konsentrerte etterforskningen om noen utenlandske borgere vage og ufullstendige. Det var som om avisene bare motstrebende godtok sannheten.

Han bestemte seg for å innkalle til ny pressekonferanse om ettermiddagen og legge frem en redegjørelse over situasjonen. Dessuten skulle han underrette om den anonyme trusselen han hadde mottatt om natten.

Han tok ned en mappe som stod på en hylle bak ryggen hans. Der hadde han opplysninger om de forskjellige flyktningmottak som lå i nærheten. Foruten den store flyktningforlegningen i Ystad var det flere mindre enheter spredt omkring i distriktet.

Men hva var det egentlig som tilsa at trusselen gjaldt et asylmottak i akkurat Ystads politidistrikt? Ingenting. Dessuten kunne trusselen like gjerne vært rettet mot en restaurant eller et bolighus. Hvor mange pizzeriaer var det for eksempel i Ystads omegn? 15? Flere?

En eneste ting var han helt sikker på. Den nattlige trusselen måtte tas alvorlig. Det siste året hadde det hendt altfor mye som bekreftet at det fantes mer eller mindre organiserte krefter i landet som ikke nølte med å gripe til åpen vold mot utenlandske borgere eller asylsøkere.

Han så på klokken. Kvart på åtte. Han tok av røret og slo nummeret hjem til Rydberg. Etter ti signaler la han på. Rydberg var underveis.

Martinson stakk hodet inn av døren.

– Hei, sa han. – Når har vi møte i dag?

– Klokken ti, svarte Kurt Wallander.

– For et vær!

– Bare det ikke kommer snø, kan det gjerne blåse for meg.

Mens han ventet på Rydberg, fant han frem lappen han hadde fått av Sten Widén. Etter Lars Herdins besøk innså han at det tross alt kanskje ikke var så merkelig at noen hadde gitt hesten høy den natten. Befant morderne seg blant Johannes og Maria Lövgrens bekjente eller kanskje til og med familien deres, så visste de selvfølgelig om hesten. Kanskje de også visste at Johannes Lövgren pleide å gå ut i stallen om natten?

Hva Sten Widén egentlig kunne bidra med, hadde han bare en uklar forestilling om. Kanskje han først og fremst ringte for ikke enda en gang å miste kontakten med ham?

Ingen svarte selv om han ventet i over ett minutt. Han la på røret og bestemte seg for å prøve litt senere igjen.

Han hadde nok en telefonsamtale han håpet å avvikle før Rydberg kom. Han slo nummeret og ventet.

– Påtalemyndighetens kontor, svarte en glad kvinnestemme.

– Det er Kurt Wallander. Har du Åkeson der?

– Han har tjenestefri i vår. Har du glemt det?

Det haddde han glemt. At statsadvokat Per Åkeson skulle videreutdanne seg, hadde helt gått i glemmeboken.

Enda de hadde spist middag sammen så sent som i slutten av november.

– Jeg kan sette deg over til vikaren hans hvis du vil, sa resepsjonsdamen.

– Gjør det, svarte Kurt Wallander.

Til hans forundring var det en kvinne som svarte.

– Anette Brolin.

– Jeg skulle snakke med statsadvokaten, sa Kurt Wallander.

– Det er meg, svarte kvinnen. – Hva gjelder det?

Kurt Wallander innså at han ikke hadde presentert seg. Han sa navnet sitt og fortsatte:

– Det gjelder dette dobbeltdrapet. Jeg tenkte det var på tide å gi påtalemyndigheten et referat. Jeg hadde glemt at Per hadde tjenestefri.

– Hadde du ikke ringt nå i formiddag, ville jeg latt høre fra meg, sa kvinnen.

Kurt Wallander syntes han hørte en bebreidende undertone i stemmen hennes. Kjerring, tenkte han. Skal du lære meg hvordan politiet samarbeider med påtalemyndigheten?

– Vi har faktisk ikke stort å komme med, sa han og merket at han lød avvisende i stemmen.

– Er det aktuelt med noen pågripelse?

– Nei. Det er først og fremst et kort referat jeg tenkte meg.

– Ja takk, sa kvinnen. – Skal vi si klokken elleve her hos meg? Jeg har en anholdelse kvart over ti. Jeg er tilbake til elleve.

– Jeg blir kanskje litt sen. Vi har et etterforskningsmøte klokken ti. Det kan trekke i langdrag.

– Gjør et forsøk til klokken elleve.

Samtalen tok slutt, og han ble sittende med røret i hånden.

Samarbeidet mellom politiet og påtalemyndigheten var ikke alltid så enkelt. Men Kurt Wallander hadde utviklet et tillitsfullt og ubyråkratisk forhold til Per Åkeson. De ringte rett som det var til hverandre og bad om råd. Sjelden eller aldri var det noen uenighet om når en fengsling eller løslatelse var på sin plass.

– Faen, sa han høyt for seg selv. – Anette Brolin, hvem er det?

I det samme hørte han den umiskjennelige lyden av Rydbergs haltende skritt ute i gangen. Han stakk hodet ut av døren og bad ham komme inn. Rydberg hadde på seg en gammeldags pelsjakke og alpelue. Da han satte seg, skar han en grimase.

– Vondt? spurte Kurt Wallander og pekte på benet.

– Regn går bra, sa Rydberg. – Eller snø. Eller kulde. Men dette forbannede benet tåler ikke vind. Hva er det du vil?

Kurt Wallander fortalte om den anonyme trusselen han hadde fått om natten.

– Hva tror du? sa han da han var ferdig. – Alvor eller ikke?

– Alvor. Iallfall må vi gå ut fra det.

– Jeg hadde tenkt meg en pressekonferanse i ettermiddag. Vi redegjør for etterforskningssituasjonen og innstiller oss på Lars Herdins historie. Uten å nevne navnet hans selvfølgelig. Så forteller jeg om trusselen. Og sier at alle rykter om utlendinger er grunnløse.

– Det er jo faktisk ikke sant, sa Rydberg tankefullt.

– Hvordan da, mener du?

– Kvinnen sa det hun sa. Og knuten er kanskje argentinsk.

– Hvordan har du tenkt å få det til å henge sammen med et ran som antagelig er utført av mennesker som kjenner Johannes Lövgren meget godt?

– Det vet jeg ikke ennå. Jeg synes det er for tidlig å trekke noen slutninger. Synes ikke du også?

– Provisoriske slutninger, sa Kurt Wallander. – Alt politiarbeid dreier seg om å trekke slutninger. Som man forkaster eller bygger videre på.

Rydberg flyttet på det vonde benet.

– Hva har du tenkt å gjøre med lekkasjen? spurte han.

– Jeg har tenkt å bli forbannet på møtet, svarte Kurt Wallander. – Så får Björk ordne opp når han kommer hjem.

– Hva tror du han kommer til å gjøre?

– Ingenting.

– Akkurat.

Kurt Wallander slo ut med armene.

– Det er like godt å innse det med en gang. Den som har lekket til fjernsynet, kommer ikke til å få nesen vridd rundt. Hva tror du forresten at Sveriges Television betaler en politimann som tyster?

– Antagelig altfor mye, svarte Rydberg. – Det er derfor de ikke har penger til noen bra programmer.

Rydberg reiste seg fra stolen.

– Glem ikke en ting, sa han da han stod med hånden på dørhåndtaket. – En politimann som tyster, kan gjøre det igjen.

– Hva mener du?

– Han kan stå fast ved at et av sporene våre peker mot utlendinger. Det er jo faktisk helt sant.

– Det er ikke noe spor, sa Kurt Wallander. – Det er en sløv og døende gammel kvinnes siste forvirrede ord.

Rydberg trakk på skuldrene.

– Du gjør som du vil, sa han. – Vi sees om en stund.

Møtet gikk så ille som et etterforskningsmøte kan gå. Kurt Wallander hadde bestemt seg for å begynne med lekkasjen og hvilke følger man kunne frykte. Han ville beskrive den anonyme oppringningen han hadde fått og så innhente synspunkter på hva som burde gjøres før tidsfristen løp ut. Men da han irritert beklaget at en blant de tilstedeværende åpenbart var så illojal at han spredte fortrolig informasjon og kanskje attpåtil tok imot penger for det, ble han møtt av sinte protester. Flere av politimennene mente at ryktet utmerket godt kunne ha sivet ut fra sykehuset. Hadde det ikke vært både lege og sykepleiere til stede da den gamle kvinnen uttalte sine siste ord?

Kurt Wallander prøvde å imøtegå innvendingene, men protestene ble gjentatt. Da diskusjonen endelig kunne gå over til etterforskningen, hadde det avleiret seg en sur stemning i rommet. Gårsdagens optimisme var byttet ut med en treg og uinspirert atmosfære. Kurt Wallander innså at han hadde begynt i gal ende.

Arbeidet med å prøve å identifisere den bilen som lastebilsjåføren nesten hadde kollidert med, hadde ennå ikke gitt noe resultat. For å øke effektiviteten ble enda en mann satt på bilsaken.

Man holdt fremdeles på å undersøke Lars Herdins fortid. Ved en første kontroll var det ikke kommet frem noe bemerkelsesverdig. Lars Herdin var ustraffet og hadde ingen oppsiktsvekkende gjeld.

– Han må støvsuges, sa Kurt Wallander. – Om ham må vi få vite alt det som det går an å vite. Jeg skal treffe statsadvokaten om en stund. Da skal jeg be om tillatelse til å komme inn i banken.

Peters var den som hadde dagens største nyhet å komme med.

– Johannes Lövgren hadde to bankbokser, sa han. – En i Föreningsbanken og en i Handelsbanken. Jeg gikk gjennom nøklene på nøkkelknippet hans.

– Fint, sa Kurt Wallander. – Dem åpner vi senere i dag.

Kartleggingen av Lövgrens familie, venner og slekt skulle fortsette.

Det ble avgjort at Rydberg skulle ta seg av den datteren som bodde i Canada og som skulle komme til luftputeterminalen i Malmö litt over tre om ettermiddagen.

– Hvor er den andre datteren? spurte Kurt Wallander. – Håndballspilleren?

– Hun er kommet, sa Svedberg. – Hun bor hos noen slektninger.

– Henne snakker du med, sa Kurt Wallander. – Har vi andre tips som kan gi noe? Spør forresten døtrene om en av dem har fått et veggur.

Martinson hadde sortert tipsene. Alt som politiet fikk

inn, ble matet inn i en datamaskin. Så foretok Martinson en grovsortering. De aller mest befengte opplysningene kom aldri lenger enn til datastrimlene.

– Hulda Yngveson ringte fra Vallby og sa at det var Guds misfornøyde hånd som hadde utdelt hugget, sa Martinson.

– Hun ringer bestandig, sukket Rydberg. – Straks den minste oksekalv er blitt borte, så er det Gud som er misfornøyd.

– Jeg har lagt henne på S, svarte Martinson.

En viss munterhet spredte seg i den gretne atmosfæren da Martinson fortalte at S stod for skrullinger.

Noen tips av umiddelbar interesse var ikke kommet. Men alt skulle tas etter tur.

Til slutt gjenstod spørsmålet om Johannes Lövgrens hemmelige forbindelse i Kristianstad og deres felles barn.

Kurt Wallander så seg omkring i rommet. Thomas Näslund, en politimann på 30 år som sjelden eller aldri gjorde mye vesen av seg, men som var grundig i arbeidet, satt i en krok og trakk seg i underleppen mens han lyttet.

– Du kan bli med meg, sa Kurt Wallander. – Se om du kan gjøre litt fotarbeid først. Ring til Herdin og pump ham for alt du kan om denne dama i Kristianstad. Og sønnen selvfølgelig.

Pressekonferansen ble fastsatt til klokken fire. Da skulle Wallander og Thomas Näslund ha rukket å gjøre et besøk i Kristianstad. Ble de forsinket, lovte Rydberg å hold pressekonferanse.

– Jeg skal skrive pressemeldingen, sa Kurt Wallander. – Hvis det ikke er noe mer, så hever vi møtet.

Klokken var fem minutter på halv tolv da han banket på Per Åkesons dør i en annen del av politistasjonen.

Kvinnen som åpnet døren, var meget pen og meget ung. Kurt Wallander stirret på henne.

– Er du ferdig med å stirre snart? sa hun. – Du er faktisk en halvtime for sen.

– Jeg sa at møtet kunne trekke ut, svarte han.

Da han kom inn på kontoret hennes, kjente han seg nesten ikke igjen. Per Åkesons strenge og fargeløse arbeidsværelse var forvandlet til et rom med fargesterke gardiner og store blomsterpotter langs veggene.

Han fulgte henne med blikket da hun tok plass bak skrivebordet. Han tenkte at hun ikke kunne være mer enn 30 år gammel. Hun var kledd i en rustbrun drakt som han ante var av god kvalitet og sikkert meget dyr.

– Sett deg, sa hun. – Vi burde kanskje håndhilse forresten. Jeg kommer til å vikariere for Åkeson hele den tiden han er borte. Vi kommer altså til å samarbeide ganske lang tid.

Han oppdaget med det samme at hun hadde giftering. Til sin forundring innså han at det gjorde ham skuffet.

Hun hadde mørkebrunt hår, kort og markert klipt rundt ansiktet. En bleket lokk buktet seg langs det ene øret.

– Jeg må vel ønske velkommen til Ystad, sa han. – Jeg må tilstå at jeg helt hadde glemt at Per har tjenestefri.

– Jeg går ut fra at vi sier du, sa hun. – Jeg heter Anette.

– Kurt. Hvordan liker du deg i Ystad?

Hun ristet av seg spørsmålet med et kort svar.

– Jeg vet ikke ennå. Stockholmere har nok litt vanskelig for å forstå den skånske sendrektigheten.

– Sendrektighet?

– Du er en halvtime for sent ute.

Kurt Wallander kjente at han ble sint. Ertet hun ham? Fattet hun ikke at et møte i en etterforskningsgruppe kunne trekke ut? Mente hun at alle skåninger var sendrektige?

– Jeg tror ikke at skåninger er latere enn andre, sa han. – Alle stockholmere er vel heller ikke blærete.

– Unnskyld?

– Det var ingenting.

Hun lente seg bakover i stolen. Han merket at han hadde vanskelig for å se henne i øynene.

– Du kunne kanskje gi meg en oversikt, sa hun.

Kurt Wallander prøvde å gjøre den så konsis som mulig. Han merket at han, uten egentlig å ville det, havnet i en forsvarsposisjon.

Lekkasjen innen politiet unnlot han å nevne.

Hun skjøt inn noen spørsmål som han svarte på. Han innså at hun tross sin ungdom var yrkeserfaren.

– Vi må få adgang til Lövgrens bankkonti, sa han. – Dessuten har han to bankbokser som vi vil åpne.

Hun skrev ut de papirene han bad om.

– Må ikke en dommer se på dette? sa Kurt Wallander da hun skjøv papirene over til ham.

– Det gjør vi etterpå, sa hun. – Så ville jeg sette pris på om jeg fikk fortløpende kopier av alt etterforskningsmateriale.

Han nikket og gjorde mine til å gå.

– Dette som har stått i avisene, sa hun. – Om utlendinger som skal være innblandet?

– Rykter, svarte Kurt Wallander. – Du vet hvordan det er.

– Gjør jeg? spurte hun.

Da han var kommet ut av rommet hennes, merket han at han var svett.

For en jente, tenkte han. Hvordan i alle dager kan en sånn som hun bli statsadvokat? Vie livet sitt til å sette fast bøllefrø og holde rent i gatene?

Han ble stående i politistasjonens store resepsjon uten å kunne bestemme seg for hva han skulle gjøre.

Spise, tenkte han. Får jeg ingen mat nå, blir det ikke noe av. Jeg kan skrive pressemeldingen mens jeg spiser.

Da han gikk ut av politistasjonen, holdt han på å blåse over ende.

Uværet hadde ikke stilnet av.

Det slo ham at han burde reise hjem og lage en enkel salat. Enda han så å si ikke hadde spist noe den dagen, kjentes magen tung og oppblåst. Men så lot han seg friste til å spise på Lurblåsaren nede på torget isteden. Heller ikke i dag ville han for alvor orke å gjøre noe med spisevanene sine.

Kvart på ett var han tilbake på politistasjonen. Siden han enda en gang hadde spist altfor fort, hadde han fått diaré og rømte inn på et toalett. Da magen hadde roet seg, leverte han pressemeldingen til en av kontordamene og gikk inn til Näslund.

– Jeg får ikke tak i Herdin, sa Näslund. – Han er ute på en slags vinterekskursjon med en naturvernforening i Fyledalen.

– Da får vi dra dit og finne ham, sa Kurt Wallander.

– Jeg tenkte at det kanskje var like godt at jeg gjorde det, så kan du gå inn i bankboksene. Hvis alt har vært så hemmelig med denne kvinnen og barnet deres, ligger det kanskje noe innelåst. Så sparer vi tid, mener jeg.

Kurt Wallander nikket. Näslund hadde rett. Han skjente av gårde som et utålmodig lokomotiv.

– Da sier vi det, sa han. – Rekker vi det ikke i dag, reiser vi til Kristianstad i morgen tidlig.

Før han satte seg inn i bilen og kjørte ned til banken, forsøkte han enda en gang å få tak i Sten Widén. Heller ikke denne gangen fikk han noe svar.

Han leverte lappen til Ebba i resepsjonen.

– Se om du får svar, sa han. – Sjekk om nummeret er riktig. Det skal gå til Sten Widén. Eller en galoppstall som kanskje har et navn jeg ikke kjenner til.

– Hanson vet det nok, sa Ebba.

– Jeg sa galopp. Ikke trav.

– Han spiller på alt som rører seg, sa Ebba og smilte.

– Jeg er i Föreningsbanken hvis det er noe viktig, sa Wallander.

Han parkerte bilen tvers overfor bokhandelen på torget. Den kraftige vinden holdt på å blåse parkeringsbilletten ut av hånden hans da han hadde matet inn penger i automaten. Byen virket forlatt. De kraftige stormkastene fikk folk til å holde seg inne.

Han stanset utenfor radioforretningen som lå på torget. Som et forsøk på å bekjempe kjedsomheten om kveldene hadde han lurt på å kjøpe video. Han så på prisene og forsøkte å regne ut om han hadde råd denne måneden. Eller skulle han heller investere i et nytt musikkanlegg?

Tross alt var det jo musikken han tydde til når han lå og vred seg og ikke fikk sove.

Han rev seg løs fra utstillingsvinduet og dreide inn i gågaten ved kinarestauranten. Föreningsbankens kontor lå vegg i vegg. Inne i den lille bankhallen var det bare en kunde da han gikk inn gjennom glassdørene. En bonde med høreapparat som med høy og skingrende stemme beklaget seg over den høye renten. Til venstre stod en dør åpen til et kontor, der det satt en mann og studerte en dataskjerm. Han antok at det var der han skulle henvende seg. Da han stod i døren, så mannen fort opp, som om Kurt Wallander hadde vært en tenkelig bankraner.

Han gikk inn i rommet og presenterte seg.

– Vi er ikke glade for dette, sa mannen bak skrivebordet. – I min tid her i banken har vi aldri hatt noe med politiet å gjøre.

Kurt Wallander ble irritert. Sverige var blitt et land der mennesker mer enn alt annet virket redde for å bli forstyrret. Ingenting var mer hellig enn det tilvante.

– Det er ikke noe å gjøre ved, sa Kurt Wallander og tok frem de papirene som Anette Brolin hadde skrevet ut.

Mannen leste nøye igjennom papirene.

– Er det nødvendig? spurte han så. – Meningen med en bankboks er at den skal være skjermet mot innsyn fra utenforstående.

– Det er nødvendig, sa Kurt Wallander. – Og jeg har ikke hele dagen på meg.

Med et sukk reiste mannen seg fra skrivebordet. Kurt Wallander innså at han hadde forberedt seg på at politiet skulle komme på besøk.

De passerte en gittergrind og gikk inn i bankbokshvelvet. Johannes Lövgrens boks lå nederst i et hjørne. Kurt Wallander låste opp, trakk frem kassen og stilte den på et bord.

Så åpnet han lokket og begynte å gå igjennom innholdet. Det lå noen skjøter på gravsteder der og tinglysningspapirer på gården i Lenarp. Dessuten noen gamle fotografier og en blek konvolutt med gamle frimerker. Det var alt.

Ingenting, tenkte han. Ingenting av det jeg hadde håpet på. Bankmannen stod ved siden av og så på ham. Kurt Wallander skrev ned tinglysningsnummeret og navnene på gravskjøtene. Så slo han igjen boksen.

– Var det alt? spurte bankmannen.

– Foreløpig, svarte Kurt Wallander. – Nå vil jeg gjerne se på kontiene hans her i banken.

På veien ut av hvelvet kom han til å tenke på noe.

– Var det flere enn Johannes Lövgren som hadde disposisjonsrett til denne bankboksen? spurte han.

– Nei, svarte bankmannen.

– Vet De om han nylig har åpnet boksen? fortsatte han.

– Jeg har sett etter i besøksregisteret, svarte bankmannen. – Det må være mange år siden sist han åpnet boksen sin.

Bonden stod fremdeles og beklaget seg da de kom ut i banklokalet. Nå hadde han begynt på et foredrag om de forverrede prisene på korn.

– Jeg har alle opplysninger på mitt kontor, sa mannen.

Kurt Wallander satte seg ved skrivebordet hans og gikk igjennom to tettskrevne dataark. Johannes Lövgren hadde fire forskjellige konti. På to av dem stod Maria Lövgren som medinnehaver. Den sammenlagte summen på disse to kontiene var 90 000 kroner. Ingen av de to kontiene var blitt rørt på lang tid. En av de siste dagene var rentene ført inn. Den tredje kontoen var fra den tiden Johannes Lövgren var aktiv bonde. Der var beholdningen 132 kroner og 97 øre.

Så gjenstod det en konto. Der var beholdningen nesten en million. Maria Lövgren var ikke oppført som medinnehaver. Den 1. januar var renter på over 90 000 ført inn på kontoen. Den 4. januar hadde Johannes Lövgren tatt ut 27 000 kroner.

Kurt Wallander så opp på mannen som satt på den andre siden av skrivebordet.

– Hvor langt bakover kan De følge denne kontoen? spurte han.

– I prinsippet ti sammenhengende år. Men det tar selvsagt tid. Vi må lete i datamaskinene.

– Begynn med i fjor. Jeg vil se alle bevegelser på kontoen i 1989.

Bankmannen reiste seg og gikk ut av rommet. Kurt Wallander begynte å studere det andre papiret. Det viste seg at Johannes Lövgren hadde nesten 700 000 kroner plassert i forskjellige aksjefond som banken bestyrte.

Så langt stemmer det Lars Herdin fortalte, tenkte han.

Han kom til å tenke på samtalen med Nyström som hadde bedyret at naboen ikke hadde noen penger.

Så lite man vet om naboen sin, tenkte han.

Etter omtrent fem minutter kom mannen tilbake fra bankhallen. Han rakte Kurt Wallander en datautskrift.

Tre ganger i løpet av 1989 hadde Johannes Lövgren tatt ut et sammenlagt beløp på 78 000 kroner. Uttakene var gjort i januar, juli og september.

– Kan jeg beholde disse papirene? spurte han.

Mannen nikket.

– Jeg ville gjerne snakke med den kassererskén som sist gav Johannes Lövgren penger, sa han.

– Britta-Lena Bodén, sa mannen. – Jeg skal hente henne.

Kvinnen som kom inn i rommet, var svært ung. Kurt Wallander tenkte at hun ikke kunne være mer enn 20 år.

– Hun vet hva det dreier seg om, sa mannen.

Kurt Wallander nikket og hilste på piken.

– Fortell, sa han.

– Det var jo ganske mye penger, sa piken. – Ellers ville jeg vel ikke ha husket det.

– Virket han urolig? Nervøs?

– Ikke det jeg kan huske.

– Hvordan ville han ha pengene?

– Tusenlapper.

– Bare tusenlapper?

– Han fikk noen femhundrelapper også.
– Hva puttet han pengene i?
Piken hadde god hukommelse.
– En brun veske. En sånn gammeldags en med rem.
– Ville du kjenne den igjen hvis du fikk se den igjen?
– Kanskje. Håndtaket var i stykker.
– På hvilken måte?
– Læret hadde sprukket.
Kurt Wallander nikket. Pikens hukommelse var ypperlig.
– Husker du noe mer?
– Da han hadde fått pengene, gikk han.
– Og han var alene?
– Ja.
– Du så ikke om noen ventet på ham ute?
– Det kan man ikke se fra kassen.
– Husker du hva klokken var?
Piken tenkte seg om før hun svarte.
– Jeg gikk til lunsj like etter. Klokken var cirka tolv.
– Du har vært til stor hjelp. Hvis du kommer på noe mer, vil jeg gjerne høre fra deg.
Wallander reiste seg og gikk ut i bankhallen. Han stanset et øyeblikk og så seg om. Piken hadde rett. Fra kassaskranken var det umulig å se om noen stod ute på gaten og ventet.
Den tunghørte bonden var borte, og det var kommet nye kunder. En som snakket et fremmed språk, holdt akkurat på å veksle til seg penger i en av kassene.
Kurt Wallander gikk ut. Handelsbankens kontor lå i Hamngatan like ved.
En atskillig hyggeligere bankmann fulgte ham ned i hvelvet. Da Kurt Wallander åpnet metallkassen, ble han straks skuffet. Det var overhodet ingenting der.
Heller ikke til denne bankboksen var det noen andre enn Johannes Lövgren som hadde disposisjonsrett. Boksen hadde han anskaffet i 1962.
– Når var han her sist? spurte Kurt Wallander.

Svaret fikk ham til å fare sammen.

– Den 4. januar, svarte bankmannen etter å ha gransket registeret over besøkende. – 13.15 for å være nøyaktig. Han ble her i 20 minutter.

Men enda Wallander spurte hele personalet, var det ingen som kunne huske om han hadde hatt med seg noe da han forlot banken. Ingen kunne heller huske vesken hans.

Piken fra Föreningsbanken, tenkte han. En sånn som hun burde finnes i enhver bank.

Kurt Wallander strevde seg på blåsende bakgater til Fridolfs konditori, der han drakk kaffe og spiste en kanelbolle.

Jeg skulle gjerne ha visst hva Johannes Lövgren gjorde mellom klokken tolv og kvart over ett, tenkte han. Hva gjorde han mellom sitt første og andre bankbesøk? Og hvordan kom han til Ystad? Hvordan kom han herfra? Noen bil hadde han ikke.

Han tok opp notatblokken sin og børstet bort noen smuler fra bordet. Etter en halvtime hadde han satt opp en liste over de spørsmålene som snarest burde bli besvart.

På veien tilbake til bilen gikk han inn i en herre-ekvipering og kjøpte et par sokker. Han stusset over prisen, men betalte uten å protestere. Før hadde det alltid vært Mona som hadde kjøpt klærne hans. Han forsøkte å huske når han sist hadde kjøpt et par sokker selv.

Da han kom tilbake til bilen, satt en blankett for parkeringsbot under den ene vindusviskeren.

Hvis jeg ikke betaler, kommer jeg til å bli tiltalt, tenkte han. Da kommer statsadvokat Anette Brolin til å stille meg til ansvar i retten.

Han slengte blanketten inn i hanskerommet og tenkte igjen at hun var veldig pen. Pen og forlokkende. Så tenkte han på den bollen han nettopp hadde spist.

Klokken ble tre før Thomas Näslund lot høre fra seg i telefonen. Da hadde Kurt Wallander alt bestemt seg for at turen til Kristianstad fikk vente til dagen etter.

– Jeg er søkkvåt, sa Näslund i telefonen. – Nå har jeg trampet rundt i gjørma i hele Fyledalen.

– Pump ham skikkelig, svarte Kurt Wallander. – Øv litt press på ham. Vi vil vite alt han vet.

– Skal jeg ta ham med inn? spurte Näslund.

– Bli med ham hjem. Kanskje han har lettere for å snakke fritt hvis han får gjøre det ved sitt eget kjøkkenbord.

Pressekonferansen begynte klokken fire. Kurt Wallander lette etter Rydberg, men ingen visste hvor han var. Rommet var fullt av journalister. Kurt Wallander så at den kvinnelige reporteren fra lokalradioen var der, og han bestemte seg for å få greie på hva hun egentlig visste om Linda.

Han kjente at det hugg til i magen.

Jeg fortrenger, tenkte han. Og alt det jeg ikke rekker. Jeg leter etter de dødes drapsmenn og rekker ikke å ta meg av de levende.

I et svimlende kort sekund var hele bevisstheten dominert av et eneste ønske.

Å bryte opp. Flykte. Forsvinne. Begynne et annet liv.

Så stilte han seg på den lille forhøyningen og ønsket velkommen til pressekonferansen.

57 minutter senere var det hele over. Kurt Wallander syntes han hadde vært heldig med sin dementering av alt snakket om at politiet lette etter noen utenlandske borgere. Han hadde ikke fått noen spørsmål som det hadde vært vanskelig å svare på. Da han steg ned fra podiet, følte han seg fornøyd.

Piken fra lokalradioen ventet mens han ble intervjuet av fjernsynet. Som alltid når et fjernsynskamera ble rettet mot ansiktet hans, ble han nervøs og gikk i stå. Men reporteren var fornøyd og ville ikke ta nytt opptak.

– Dere får skaffe dere bedre informanter, sa Kurt Wallander da det hele var over.

– Kanskje det, svarte reporteren og smilte.

Da fjernsynsteamet var dradd, foreslo Kurt Wallander

at piken fra lokalradioen skulle bli med inn på arbeidsværelset hans.

Foran en mikrofon ble han mindre nervøs enn foran kameraet.

Da hun var ferdig, slo hun av båndopptakeren. Kurt Wallander skulle akkurat til å begynne å snakke om Linda da Rydberg banket på døren og kom inn.

– Vi er straks ferdige, sa Kurt Wallander.

– Vi er ferdige nå, sa piken og reiste seg.

Kurt Wallander så slukkøret på henne. Ikke et ord hadde han rukket å si om Linda.

– Nye bekymringer, sa Rydberg. – De ringte akkurat fra flyktningmottaket her i Ystad. En bil hadde svingt inn i gården og kastet en pose råtne neper i hodet på en gammel mann fra Libanon.

– Faen også, sa Kurt Wallander. – Hvordan gikk det?

– Han er på sykehuset og blir bandasjert. Men bestyreren er bekymret.

– Fikk de bilnummeret?

– Det gikk for fort.

Kurt Wallander tenkte seg om en stund.

– Vi gjør ikke noe ekstra akkurat nå, sa han. – I morgen kommer det til å stå kraftige dementier om utlendingene i alle aviser. Det kommer i fjernsynet alt i kveld. Så får vi bare håpe at det roer seg ned. Vi kan jo be nattpatruljene kikke inn på mottaket.

– Jeg skal gi beskjed, sa Rydberg.

– Kom tilbake etterpå så lager vi en oversikt, sa Kurt Wallander.

Klokken var halv ni da Kurt Wallander og Rydberg brøt opp.

– Hva tror du? sa Kurt Wallander da de samlet sammen papirene sine.

Rydberg klødde seg i pannen.

– Det er klart at dette Herdin-sporet er bra, sa han. – Bare vi får tak i denne hemmelige konen og gutten. Det er vel mye som tyder på at løsningen ligger snublende nær. Så nær at den er vanskelig å få øye på. Men samtidig . . .

Rydberg fullførte ikke setningen.

– Samtidig?

– Jeg vet ikke, fortsatte Rydberg. – Det er noe rart med alt sammen. Ikke minst med denne renneløkken. Jeg vet ikke hva det er.

Han trakk på skuldrene og reiste seg.

– Vi får fortsette i morgen, sa han.

– Husker du noen gammel brun veske hjemme hos Lövgren? spurte Kurt Wallander.

Rydberg ristet på hodet.

– Ikke det jeg kan komme på, sa han. – Men det veltet jo gammelt skrot ut av skapene. Mon tro hvorfor gamle mennesker blir som ekorn?

– Send ut noen i morgen tidlig for å lete etter en gammel brun veske, sa Kurt Wallander. – Håndtaket er i stykker.

Rydberg gikk. Kurt Wallander så at han var sterkt plaget av det vonde benet. Han tenkte at han burde høre om Ebba hadde fått tak i Sten Widén. Men han lot det være. Isteden fant han Anette Brolins adresse i en internkatalog. Til sin forundring oppdaget han at de nesten var naboer.

Jeg kunne invitere henne til middag, tenkte han.

Så kom han til å huske på at hun hadde hatt giftering.

Han kjørte hjem gjennom uværet og tok et bad. Så la han seg oppå sengen og bladde i en bok om Guiseppe Verdis liv.

Han våknet med et rykk noen timer senere av at han frøs.

Armbåndsuret viste noen minutter på tolv.

Han følte seg oppgitt over at han hadde våknet. Nå kom han til å ligge søvnløs igjen.

Drevet av motløshet kledde han på seg. Han tenkte at han like gjerne kunne tilbringe noen nattlige timer på kontoret.

Da han kom ut på gaten, kjente han at vinden hadde løyet. Nå hadde det begynt å bli kaldere igjen.

Snøen, tenkte han. Nå kommer den snart.

Han svingte inn på Österleden. En enslig drosje var på vei i motsatt retning. Han kjørte langsomt gjennom den tomme byen.

Plutselig bestemte han seg for å kjøre forbi flyktningmottaket som lå ved den vestre innfartsveien.

Mottaket bestod av en lang rekke brakker på et åpent område. Kraftige strålekastere lyste opp de grønnmalte kassene.

Han stanset på en parkeringsplass og gikk ut av bilen. Bølgene fra havet rullet tett inntil ham.

Han så på flyktningmottaket.

Et gjerde rundt og det hadde vært en fangeleir, tenkte han.

Han skulle akkurat til å sette seg inn i bilen igjen da han hørte en svak klirrelyd.

I neste øyeblikk hørtes et dumpt smell.

Så slo høye flammer ut fra en av brakkene.

# 7

Hvor lenge han ble stående paralysert av ilden som flammet i vinternatten, visste han ikke. Kanskje var det flere minutter, kanskje bare noen sekunder. Men da han fikk summet seg, hadde han åndsnærværelse nok til å rive til seg biltelefonen og slå alarm.

Mannen som svarte, hørtes dårlig i den susende telefonen.

– Flyktningmottaket i Ystad brenner! ropte Wallander.
– Vi må ha full utrykning! Vinden er kraftig.

– Hvem er det som snakker? spurte mannen på alarmsentralen.

– Det er Wallander fra Ystad-politiet. Jeg slumpet til å komme forbi da det begynte å brenne.

– Kan du identifisere deg? fortsatte telefonstemmen uanfektet.

– Faen også! 471121! Fort dere nå!

Han la på røret for å slippe å svare på flere spørsmål. Dessuten visste han at alarmsentralen kunne identifisere de politifrekvensene som tjenestegjorde i distriktet.

Så løp han over veien mot den brennende brakken. Ilden freste i vinden. Et kort sekund tenkte han på hva som ville ha skjedd om brannen hadde begynt kvelden før under det kraftige uværet. Men alt nå holdt flammene på å få feste i brakken ved siden av.

Hvorfor går det ingen alarm? tenkte han. Heller ikke visste han om det bodde flyktninger i alle brakker. Han kjente varmen fra ilden slå mot ansiktet da han banket på døren til den brakken som fremdeles bare ble slikket av flammene.

Brakken der ilden hadde begynt, var nå helt overtent. Han forsøkte å gå bort til døren, men ilden drev ham tilbake. Han løp rundt huset. Der var det et enslig vindu. Han dundret på ruten og forsøkte å se inn, men røyken var så tett at han bare stirret rett inn i en hvit tåke. Han så seg om etter et slagvåpen, men fant ingenting. Da rev han av seg jakken, surret den rundt den ene armen og slo neven tvers gjennom vindusglasset. Han holdt pusten for ikke å trekke inn røyken og famlet etter vindushaspene. To ganger måtte han kaste seg bakover og snappe etter luft før han klarte å få opp vinduet.

– Ut, ropte han inn i ilden. – Ut, ut!

Inne i brakken var det to dobbeltbrisker. Han løftet seg opp på vinduskarmen og kjente at glassplinter skar inn i det ene låret. De øverste briskene var tomme. Men på en av de nederste lå det et menneske.

Han ropte igjen, men fikk ikke noe svar. Da kastet han seg inn gjennom vinduet og slo hodet i en bordkant da han landet på gulvet. Han holdt på å bli kvalt av røyken da han famlet seg frem til sengen. Først trodde han at det var en livløs kropp han tok i. Så innså han at det han hadde tatt for å være et menneske, bare var en sammenrullet madrass. I samme øyeblikk tok jakken hans fyr, og han kastet seg hodekulls ut gjennom vinduet. Et eller annet sted langt borte kunne han høre sirener, og da han vaklet bort fra ilden, så han at det myldret av halvpåkledde mennesker utenfor brakkene. Ilden hadde nå tent på enda to av de lave husene. Han rev opp dørene og så at brakkene var bebodde. Men de som hadde sovet der, var alt ute. Det verket i hodet og det ene låret, og han kjente seg kvalm av all røyken han hadde trukket ned i lungene. Samtidig kom den første brannbilen og like etter en ambulanse. Han så at tjenestegjørende brannbefal var Peter Edler, en 35-åring som drev med drakeflyging i fritiden. Ham hadde han bare hørt godt om. Det var en mann som aldri ble overveldet av usikkerhet. Han stolpret bort til ham og merket samtidig at han hadde brent seg på den ene armen.

– Brakkene som brenner, er tomme, sa han. – Hvordan det er med de andre, vet jeg ikke.

– Sånn som du ser ut da, mann, sa Peter Edler. – Det skal nok gå med de andre brakkene.

Brannmennene holdt alt på å oversprøyte de nærmest liggende brakkene med vann. Kurt Wallander hørte at Peter Edler arbeidet for å få isolert brannstedene.

Den første politibilen kom skjenende med ulende blålys. Kurt Wallander så at det var Peters og Norén. Han humpet bort til bilen deres.

– Hvordan går det? spurte Norén.

– Det holder, sa Kurt Wallander. – Begynn å sperre av og hør med Edler om han trenger noen hjelp.

Peters så på ham.

– Sånn som du ser ut, sa han. – Hvordan kom du hit?

– Jeg var ute og kjørte, svarte Kurt Wallander. – Sett i gang nå.

I timen som fulgte hersket en merkelig blanding av kaos og effektiv brannslukning. En forvirret bestyrer for mottaket flakket omkring, og Kurt Wallander måtte ta kraftig i for å få beskjed om hvor mange flyktninger som befant seg på mottaket, og så foreta en opptelling. Til hans store forundring viste det seg at Innvandreretatens oversikt over de flyktningene som befant seg i Ystad, var ufullstendig og håpløst uoversiktlig. Noen hjelp fikk han heller ikke av den forvirrede bestyreren. Imens hadde brannmennene snart brannen under kontroll. Ambulansepersonalet trengte bare å ta noen få flyktninger med til sykehuset. De fleste var sjokkskadde. Men det var en liten libanesisk gutt som hadde snublet og slått hodet mot en stein.

Peter Edler trakk Kurt Wallander til side.

– Dra og få noen til å lappe deg sammen, sa han.

Kurt Wallander nikket. Armen sved og brant, og han kjente at det ene benet var klissent av blod.

– Jeg tør ikke tenke på hva som ville ha hendt hvis du ikke hadde slått alarm i samme sekund som brannen brøt ut, sa Peter Edler.

– Hvordan pokker kan de stille brakkene så tett? spurte Kurt Wallander.

Peter Edler ristet på hodet.

– Den gamle sjefen begynner å bli trett, sa han. – Jaggu har du rett i at de står pokker så nær hverandre.

Kurt Wallander gikk bort til Norén som nettopp var ferdig med å sperre av området.

– Bestyreren skal komme opp på mitt kontor i morgen tidlig, sa han. – Sørg for det.

Norén nikket.

– Så du noe? spurte han.

– Jeg hørte noe som klirret. Så eksploderte brakken. Men ingen bil. Ingen mennesker. Hvis den er påsatt, så er det med en detonator med forsinket utløsning.

– Skal jeg kjøre deg hjem eller til sykehuset?

– Jeg greier meg selv. Men jeg drar nå.

På sykehusets akuttmottak innså han at han var atskillig verre tilredt enn han hadde rukket å legge merke til før. På den ene underarmen hadde han et stort brannsår, lysken og det ene låret var oppskåret, og over det høyre øyet hadde han en stor kul og noen kraftige skrubbsår. Dessuten hadde han bitt seg i tungen uten at han selv hadde merket det.

Klokken var nærmere fire før han kunne forlate sykehuset. Bandasjen strammet, og han kjente seg fremdeles kvalm av røyken han hadde pustet inn.

Akkurat idet han gikk ut fra sykehuset, flammet en blits opp i ansiktet hans. Han kjente igjen fotografen fra den største morgenavisen i Skåne. Han ristet avvergende med den ene hånden da en journalist dukket opp fra skyggen og ville ha et intervju. Så reiste han hjem.

Til sin egen store forundring følte han seg søvnig. Han kledde av seg og krøp ned under teppet. Kroppen verket og ildtunger danset i hodet hans. Men likevel sovnet han med det samme.

Klokken åtte våknet han av at noen stod og dunket en slegge i hodet hans. Da han slo øynene opp, kjente han at det hamret i tinningene. Igjen hadde han drømt om den ukjente fargede kvinnen som hadde besøkt ham i drømmene før. Men da han hadde strukket ut hånden etter henne, hadde plutselig Sten Widén stått der med whiskyflasken sin i hånden, og kvinnen hadde vendt Kurt Wallander ryggen og fulgt med ham isteden.

Han lå helt stille og kjente etter hvordan han hadde det. Det sved i halsen og på armen. Hodet hamret. Et øyeblikk var han fristet til å snu seg mot veggen og sovne igjen. Glemme alle drapsetterforskninger og branner som flammet i natten.

Han rakk ikke å bestemme seg. Han ble avbrutt i tankene sine av telefonen.

Jeg gidder ikke å svare, tenkte han.

Så akte han seg opp i sengen og tok røret.

Det var Mona som ringte.

– Kurt, sa hun. – Det er Mona.

En helt overveldende glede strømmet gjennom ham.

Mona, tenkte han. Herregud! Mona! Sånn som jeg har savnet deg!

– Jeg så deg i avisen, sa hun. – Hvordan har du det?

Han husket fotografen utenfor sykehuset om natten. Blitsen som hadde flammet.

– Bra, sa han. – Litt vondt bare.

– Er det sant?

Plutselig var gleden borte. Nå kom det vonde tilbake, hugget i magen.

– Bryr du deg virkelig om hvordan det er med meg?

– Hvorfor skulle jeg ikke gjøre det?

– Hvorfor skulle du?

Han hørte pusten hennes i øret.

– Jeg synes du er modig, sa hun. – Jeg er stolt av deg. I avisen stod det at du har reddet liv med fare for ditt eget.

– Jeg har ikke reddet noen liv! Hva er dette for noe sludder?

– Jeg ville bare høre at du ikke var skadet.
– Hva hadde du gjort da?
– Hva jeg hadde gjort?
– Om jeg hadde vært skadet? Om jeg hadde vært døende? Hva hadde du gjort da?
– Hvorfor er du så sint?
– Jeg er ikke sint. Jeg bare spør. Jeg vil at du skal komme tilbake. Hit. Til meg.
– Det vet du at jeg ikke gjør. Jeg skulle bare ønske at vi kunne snakke med hverandre.
– Du gir jo aldri livstegn fra deg! Hvordan skal vi da kunne snakke med hverandre?
Han hørte at hun sukket. Det gjorde ham rasende. Eller kanskje redd.
– Det er klart vi kan treffes, sa hun. – Men ikke hjemme hos meg. Eller hos deg.
Plutselig bestemte han seg. Det han hadde sagt var ikke helt sant. Men heller ikke løgn.
– Det er en del ting vi burde snakke om, sa han. – Praktiske ting. Jeg kan dra inn til Malmö hvis du vil.
Det varte en stund før hun svarte.
– Ikke i kveld, sa hun. – Men i morgen kan jeg.
– Hvor? Skal vi spise? De eneste stedene jeg vet om er Savoy og Centralen.
– Savoy er så dyrt.
– Centralen da? Når?
– Klokken åtte?
– Jeg kommer.
Samtalen var forbi. Han så på det mørbankede ansiktet sitt i speilet.
Gledet han seg? Eller var han engstelig?
Han kunne ikke bestemme seg. Tankene i hodet hans var plutselig meget forvirrede. Istedenfor å møte Mona så han seg plutselig sammen med Anette Brolin på Savoy. Og enda hun fremdeles var statsadvokat i Ystad, hadde hun forvandlet seg til en negresse.
Han kledde på seg, hoppet over kaffen og gikk ut til

bilen sin. Det hadde helt sluttet å blåse. Igjen var det blitt varmere. Rester av en fuktig tåke drev inn over byen fra havet.

Han ble møtt av vennlige nikk og klapp på skulderen da han kom til stasjonen. Av Ebba fikk han en klem og en boks pæresyltetøy. Han følte seg både flau og samtidig litt hovmodig.

Nå skulle Björk ha vært her, tenkte han.

Her og ikke i Spania.

Dette er det han drømmer om. Politikorpsets helter . . .

Klokken halv ti var alt ved det gamle igjen. Da hadde han alt rukket å gi bestyreren for flyktningmottaket en kraftig skyllebøtte for den slumsete kontrollen av flyktningene som oppholdt seg i brakkene. Bestyreren, som var liten og rund og utstrålte en god del viljeløs dovenskap, hadde energisk forsvart seg med at han til punkt og prikke fulgte Innvandreretatens regler og forordninger.

– Det er politiets sak å garantere sikkerheten, sa han og forsøkte å vri hele diskusjonen i den retning.

– Hvordan skal vi kunne garantere noe som helst når dere ikke har noen anelse om hvor mange eller hvem som bor i de forbannede brakkene?

Bestyreren var rød i ansiktet av raseri da han forlot Kurt Wallanders kontor.

– Jeg skal klage, sa han. – Det er politiets plikt å garantere flyktningenes sikkerhet.

– Klag til kongen, svarte Kurt Wallander. – Klag til statsministeren. Klag til Europadomstolen. Klag til hvem faen du vil. Men fra og med nå skal det finnes nøyaktige lister over hvor mange som bor på mottaket ditt, hva de heter og hvilke brakker de holder til i.

Like før møtet med drapsetterforskerne skulle begynne, ringte Peter Edler.

– Hvordan går det med deg? sa han. – Dagens helt.

– Kyss meg bak, svarte Kurt Wallander. – Har dere funnet noe?

– Det var ikke vanskelig, svarte Peter Edler. – En liten hendig tennsats som satte fyr på filler gjennomtrukne av bensin.

– Er du sikker?

– Klart jeg er! Du får rapporten om noen timer.

– Vi får prøve å kjøre brannetterforskningen parallelt med dobbeltdrapet. Men hender det noe mer, må jeg få inn forsterkning fra Simrishamn eller Malmö.

– Er det politi i Simrishamn? Jeg trodde det var avviklet?

– Det er de frivillige brannkorpsene som tas bort. Det går faktisk rykter om at vi skal få nye stillinger her nede.

Møtet begynte med at Kurt Wallander fortalte hva Peter Edler hadde sagt. Så fulgte en kort diskusjon om hvem som kunne tenkes å ligge bak attentatet. Alle var enige om at det antagelig var en mer eller mindre godt organisert guttestrek. Og det alvorlige i det som hadde hendt, var det ingen som benektet.

– Det er viktig at vi får tak i dem, sa Hanson. – Like viktig som at vi griper morderne i Lenarp.

– Det var kanskje den samme som kastet neper i hodet på den gamle mannen, sa Svedberg.

Kurt Wallander merket et umiskjennelig innslag av forakt i stemmen hans.

– Snakk med ham. Han kan kanskje gi et signalement.

– Jeg snakker ikke arabisk, sa Svedberg.

– Det fins da for faen tolker! Jeg vil høre hva han har å si senest i ettermiddag. Wallander merket at han var blitt sint.

Møtet ble svært kort. Det var en dag da politimennene var midt inne i en intenst utredende fase. Konklusjonene og resultatene var få.

– Vi hopper over ettermiddagsmøtet, avsluttet Kurt Wallander. – Hvis det ikke skjer noe oppsiktsvekkende. Martinson konsentrerer seg om mottaket. Svedberg! Du kan kanskje ta over det Martinson holder på med hvis det ikke kan vente.

– Jeg leter etter denne bilen som lastebilsjåføren så, svarte Martinson. – Du skal få papirene mine.

Da møtet var over, ble Näslund og Rydberg igjen inne på Kurt Wallanders rom.

– Vi får begynne med overtid, sa Kurt Wallander. – Når er det Björk kommer tilbake fra Spania?

Ingen visste det.

– Vet han i det hele tatt om det som har hendt? spurte Rydberg.

– Er han interessert? repliserte Kurt Wallander.

Han ringte ut til Ebba og fikk straks svar. Hun visste til og med hvilket flyselskap han skulle komme hjem med.

– Lørdag kveld, sa han. – Men siden jeg er stedfortreder, beordrer jeg all den overtid som trengs.

Rydberg gikk over til å fortelle om besøket på gården der drapet hadde skjedd.

– Jeg har snust omkring, sa han. – Jeg har vendt opp og ned på alt. Jeg har til og med gravd igjennom høyballene i stallen. Men ingen brun veske.

Kurt Wallander visste at det var sant. Rydberg gav seg ikke før han var helt sikker.

– Da vet vi det, sa han. – En brun veske med 27 000 kroner er borte.

– Mennesker er blitt drept for atskillig mindre beløp, sa Rydberg.

De satt tause en stund og tenkte over det Rydberg hadde sagt.

– At det skal være så vanskelig å finne denne bilen, sa Kurt Wallander og klemte på den vonde kulen i pannen. – Jeg beskrev jo bilen på pressekonferansen og bad sjåføren kontakte oss.

– Tålmodighet, sa Rydberg.

– Hva er det kommet ut av samtalen med døtrene? Er det noen papirer, så kan jeg lese dem i bilen til Kristianstad. Er det forresten noen av dere som tror at attentatet i natt hadde noe med den trusselen jeg fikk å gjøre?

Både Rydberg og Näslund ristet på hodet.

– Ikke jeg heller, sa Wallander. – Det betyr at vi må bygge opp en beredskap for at noe kan hende fredag eller lørdag. Jeg tenkte at du, Rydberg, kunne grunne litt på det og komme med et forslag i ettermiddag.

Rydberg skar en grimase.

– Den slags er jeg ikke flink til.

– Du er en dyktig politimann. Det klarer du finfint.

Rydberg gransket ham kritisk.

Så reiste han seg og gikk. Ved døren stanset han.

– Den datteren jeg snakket med, hun fra Canada, hadde med seg mannen sin. Han som er ridende politi. Han lurte på hvorfor vi ikke bar våpen.

– Om noen år gjør vi det kanskje, sa Kurt Wallander.

Han skulle akkurat begynne å snakke med Näslund om hans samtale med Lars Herdin da telefonen ringte. Det var Ebba som meddelte at sjefen for Innvandreretaten var i telefonen.

Han ble overrasket da han innså at det var en kvinne som snakket til ham. Statlige generaldirektører var fremdeles i hans forestillingsverden eldre herrer med avmålt verdighet og arrogant selvfølelse.

Kvinnen hadde en behagelig stemme. Men det hun sa gjorde ham straks opphisset. Det slo ham at det kanskje var en tjenestefeil av en konstituert politisjef på landsbygden å motsi det en yppersteprest for et statlig departement hadde å fremføre.

– Vi er meget utilfredse, sa kvinnen. – Politiet må kunne garantere våre flyktningers sikkerhet.

Hun lyder som den forbannede bestyreren, tenkte han.

– Vi gjør hva vi kan, sa han og forsøkte ikke å skjule at han var sint.

– Åpenbart er det ikke nok.

– Det ville vært atskillig enklere om vi hadde fått løpende informasjon om hvor mange flyktninger som oppholdt seg på de forskjellige mottakene.

– Vårt kontor har fullstendig kontroll over flyktningene.

– Det inntrykket har ikke jeg.
– Innvandrerministeren er meget bekymret.

Kurt Wallander så for seg en rødhåret dame som stadig uttalte seg i fjernsynet.

– Hun er velkommen til å la høre fra seg, sa Kurt Wallander og skar en grimase mot Näslund, som satt og bladde i noen papirer.

– Tydeligvis avsetter ikke politiet tilstrekkelige ressurser for å beskytte flyktningene.

– Eller så kommer det for mange. Uten at dere har noen anelse om hvor de oppholder seg.

– Hva mener De med det?

Den vennlige stemmen var plutselig kjølig.

Kurt Wallander kjente raseriet stige.

– Ved brannen i natt ble det avslørt en kolossal forvirring på mottaket. Det er det jeg mener. Det er i det hele tatt vanskelig å få klare direktiver fra Innvandreretaten. Ofte får politiet beskjed fra dere om at vi skal iverksette utvisninger. Men dere vet ikke hvor de som skal utvises, befinner seg. Av og til blir vi nødt til å lete i flere uker for å finne dem som skal sendes ut av landet.

– Det der er løgn, sa kvinnen. – Jeg akter ikke å bruke min dyrebare tid til å diskutere med Dem.

Samtalen tok slutt.

– Kjerring, sa Kurt Wallander og slengte på røret.

– Hvem var det? spurte Näslund.

– En generaldirektør i staten, svarte Kurt Wallander. – Som ikke vet noen verdens ting om virkeligheten. Henter du kaffe?

Rydberg leverte utskrifter av de samtalene han og Svedberg hadde hatt med de to døtrene til Lövgren. Kurt Wallander refererte raskt innholdet av telefonsamtalen.

– Snart ringer vel innvandrerministeren og er bekymret, sa Rydberg og lo ondskapsfullt.

– Henne får du snakke med, sa Kurt Wallander. – Jeg skal prøve å være tilbake fra Kristianstad til klokken fire.

Da Näslund kom tilbake med de to kaffekoppene,

hadde han mistet lysten på kaffe. Han følte trang til å komme ut av huset. Bandasjen strammet og hodet verket. En bilreise ville kanskje gjøre ham godt.

– Du får fortelle i bilen, sa han og skjøv vekk kaffen.

Näslund så tvilrådig ut.

– Jeg vet faktisk ikke hvor vi skal kjøre. Lars Herdin visste like lite om denne hemmelige kvinnens identitet som han hadde inngående kjennskap til Lövgrens økonomiske aktiva.

– Noe visste han vel?

– Jeg kryssforhørte ham, sa Näslund. – Jeg tror faktisk han fortalte sannheten. Det eneste han var sikker på var at hun fantes.

– Hvordan visste han det?

– Ved en tilfeldighet hadde han vært i Kristianstad en gang og sett Lövgren og kvinnen på gaten.

– Når da?

Näslund bladde i notatene sine.

– For 11 år siden.

Kurt Wallander tok en slurk av kaffen.

– Det stemmer ikke, sa han. – Han må vite mer, mye mer. Hvordan kan han da være så sikker på at dette barnet er til? Hvordan vet han om utbetalingene? Presset du ham ikke?

– Han påstod at noen hadde skrevet til ham og fortalt hvordan det forholdt seg.

– Hvem hadde skrevet?

– Det ville han ikke si.

Kurt Wallander tenkte seg om.

– Vi drar til Kristianstad uansett, sa han. – Kollegene der oppe får hjelpe oss. Så skal jeg personlig ta meg av Lars Herdin.

De tok en av politiets biler. Kurt Wallander satte seg i baksetet og lot Näslund kjøre. Da de var kommet ut av byen, merket Wallander at Näslund kjørte altfor fort.

– Dette er ikke en utrykning, sa Kurt Wallander. – Kjør langsomt. Jeg skal lese papirer og tenke.

Näslund slo ned farten.

Landskapet var grått og disig. Kurt Wallander stirret ut i den trøstesløse tomheten. Like mye som han følte seg hjemme i den skånske våren og sommeren, var han en fremmed i høstens og vinterens karrige stillhet.

Han lente seg bakover og lukket øynene. Det verket i kroppen og sved i armen. Dessuten kjente han at han hadde hjerteklapp.

Skilte menn får hjerte-anfall, tenkte han. Vi spiser oss tykke og gremmer oss. Eller så kaster vi oss inn i nye forhold, og til slutt orker ikke hjertet mer.

Tanken på Mona gjorde ham både rasende og lei seg.

Han slo øynene opp og så ut over det skånske landskapet igjen.

Så leste han igjennom utskriftene av de samtalene som politiet hadde hatt med de to døtrene til Lövgren.

Der var det ingenting som førte dem videre. Ingen fiender, ingen oppdemmede konflikter.

Heller ingen penger.

Johannes Lövgren hadde holdt til og med døtrene uvitende om den store formuen.

Kurt Wallander prøvde å forestille seg mannen. Hvordan hadde han fungert? Hva var det som hadde drevet ham? Hva hadde han tenkt skulle skje med alle pengene den dagen han var borte?

Han rykket til straks tanken var tenkt.

Et eller annet sted burde det være et testamente.

Men når det ikke lå i bankboksen, hvor var det da? Hadde den myrdede mannen enda en bankboks et sted?

– Hvor mange bankkontorer er det i Ystad? spurte han Näslund.

Näslund var godt inne i de lokale forhold.

– Et titall, sa han.

– I morgen undersøker du dem vi ikke har oppsøkt. Har Johannes Lövgren enda flere bankbokser? Dessuten vil jeg vite hvordan han kom frem og tilbake til Lenarp. Taxi, busser, alt.

Näslund nikket.
– Han kan ha tatt skolebussen, sa han.
– Noen må ha sett ham.
De kjørte over Tomelilla. De passerte hovedveien til Malmö og fortsatte nordover.
– Hvordan så det ut hjemme hos Lars Herdin? spurte Kurt Wallander.
– Gammeldags. Men rent og ordentlig. Merkelig nok laget han mat i en mikrobølgeovn. Han bød på hjembakte boller. I et bur hadde han en stor papegøye. Hagen var velstelt. Hele gården så pen ut. Ingen nedfalne gjerder.
– Hva slags bil hadde han?
– En rød Mercedes.
– En Mercedes?
– Ja. En Mercedes.
– Jeg syntes han sa at det var vanskelig å få det hele til å svive rundt.
– Den Mercedes'en han har koster over 300 000.
Kurt Wallander grunnet litt.
– Vi må vite mer om Lars Herdin, sa han. – Selv om han ikke aner hvem som tok livet av dem, så kanskje han vet det uten at han er klar over det selv.
– Hva har det med Mercedes'en å gjøre?
– Ikke noe. Det er bare det at jeg føler på meg at Lars Herdin er viktigere for oss enn han selv aner. Så kan man jo gruble på hvordan en bonde i dag har råd til å kjøpe en bil til 300 000 kroner. Han fikk kanskje en kvittering der det står at han har kjøpt en traktor.
De kjørte inn i Kristianstad og stanset utenfor politistasjonen akkurat idet det begynte å sludde. Kurt Wallander kjente de første svake stikkene i halsen som varslet en forkjølelse.
Faen, tenkte han. Jeg kan ikke bli syk nå. Jeg vil ikke treffe Mona med feber og snue.
Ystad-politiet og Kristianstad-politiet samarbeidet bare når det dukket opp noe spesielt. Men Kurt Wallander kjente noen av politifolkene litt nærmere etter forskjellige

møter på fylkesnivå. Fremfor alt håpet han at Göran Boman skulle være i tjeneste. Han var på Wallanders egen alder, og de hadde funnet hverandre under et selskapelig samvær med whisky på Tylösand. Da hadde de gjennomlidd en uengasjerende studiedag i Rikspolitiets regi. Meningen hadde vært at de skulle inspireres til en bedre og mer effektiv personalpolitikk på sine respektive arbeidsplasser. Om kvelden hadde de sittet og delt en halv flaske whisky og snart oppdaget at de hadde mye til felles. Ikke minst hadde fedrene deres hatt mye imot at sønnene valgte politibanen.

Wallander og Näslund gikk inn i resepsjonen. Damen ved sentralbordet, som merkelig nok snakket syngende norrlandsk, kunne fortelle at Göran Boman var i tjeneste.

– Han har et forhør, sa damen. – Men det tar nok ikke lang tid.

Kurt Wallander gikk ut på toalettet. Han kvakk da han fikk øye på seg selv i speilet. Kulene og skrubbsårene lyste røde. Han skyllet ansiktet med kaldt vann. Samtidig kunne han høre Göran Bomans stemme ute i gangen.

Gjensynet var hjertelig. Kurt Wallander innså at han var mer enn glad over å se Göran Boman igjen. De hentet kaffe og slo seg ned i hans rom. Wallander oppdaget at han hadde samme type skrivebord som ham selv. Men Bomans rom var koseligere møblert. Omtrent som Anette Brolin hadde forandret det sterile kontoret hun hadde overtatt.

Göran Boman visste selvsagt om dobbeltdrapet i Lenarp, likesom angrepet mot flyktningmottaket og Kurt Wallanders oppskrytte redningsinnsats. De snakket en stund om flyktninger. Göran Boman hadde det samme inntrykket som Kurt Wallander av at mottakingen av asylsøkere var kaotisk og uorganisert. Kristianstad-politiet hadde også mange eksempler på utvisningsbeslutninger som det hadde vært uhyre vanskelig å effektuere. Så sent som en uke før jul var det kommet beskjed om at noen bulgarske borgere skulle utvises. Ifølge Innvandreretaten befant de seg på mottaket i Kristianstad. Først etter flere dagers arbeid hadde politiet brakt på det rene at bulgarerne befant seg på mottaket i Arjeplog.

Så gikk de over til den egentlige årsaken til besøket. Wallander gav et detaljert referat.

– Henne vil du at vi skal finne for deg, sa Göran Boman da han var ferdig.

– Det ville ikke ha vært så dumt.

Näslund hadde sittet taus under hele redegjørelsen.

– Jeg har tenkt på en ting, sa han. – Hvis Johannes Lövgren har et barn med denne kvinnen, og vi går ut fra at barnet er født her i byen, så må det jo gå an å finne det i folkeregisteret. Johannes Lövgren bør vel være oppført som barnets far?

Kurt Wallander nikket.

– Ja, sa han. – Dessuten vet vi omtrent når barnet er født. Vi kan konsentrere oss om en tiårsperiode, 1947 til 1957 omtrent, hvis det stemmer det Lars Herdin har fortalt. Og det tror jeg.

– Hvor mange barn blir født på 10 år i Kristianstad? sa Göran Boman. – Det ville det tatt forferdelig lang tid å gå igjennom før vi fikk datamaskiner.

– Det er selvsagt en mulighet for at Johannes Lövgren er oppført som «far ukjent», sa Kurt Wallander. – Men da får vi gå ekstra nøye igjennom alle de tilfellene.

– Hvorfor går du ikke ut og etterlyser kvinnen? spurte Göran Boman. – Ber henne gi livstegn fra seg.

– Fordi jeg er temmelig sikker på at hun ikke vil gjøre det, sa Kurt Wallander. – Det er en følelse jeg har. Ikke særlig politimessig kanskje. Men jeg vil helst gripe det an på denne måten.

– Vi finner henne, sa Göran Boman. – Vi lever i et samfunn og en tid der det er nesten umulig å forsvinne. Hvis man ikke begår selvmord på en så sinnrik måte at kroppen slettes helt ut. Vi hadde et sånt tilfelle i fjor sommer. Iallfall tror jeg det er slik det foregikk. En mann som var lei alt. Han ble etterlyst av sin kone. Båten hans var borte.

Vi har ikke funnet ham. Og det tror jeg heller ikke vi kommer til å gjøre. Jeg tror at han drog til havs og senket seg selv og båten. Men hvis denne kvinnen og barnet eksisterer, så finner vi henne. Jeg skal sette en mann på det straks.

Det sved i halsen.

Kurt Wallander kjente at han hadde begynt å svette.

Helst hadde han villet bli sittende der og i ro og mak gå igjennom dobbeltdrapet med Göran Boman. Han hadde på følelsen at Boman var en dyktig politimann. Hans syn på saken ville ha vært av verdi. Men nå følte han seg plutselig for trett.

De avsluttet samtalen. Göran Boman fulgte dem ut til bilen.

– Vi finner henne, sa han igjen.

– Da treffes vi en kveld, sa Kurt Wallander. – I ro og mak. Og drikker whisky.

Göran Boman nikket.

– Kanskje det blir en ny meningsløs studiedag, sa han.

Det var slapsete ute. Kurt Wallander kjente at fuktigheten trengte gjennom skoene. Han satte seg i baksetet og krøp sammen i en krok. Snart sov han.

Han våknet først da Näslund stanset utenfor politistasjonen i Ystad. Han kjente seg feberhet og elendig og bad Ebba om noen hodepinetabletter. Enda han innså at han burde gå hjem og legge seg, kunne han ikke la være å skaffe seg et overblikk over hva som hadde hendt i løpet av dagen. Dessuten ville han høre hva Rydberg var kommet frem til når det gjaldt flyktningbevoktningen.

Bordet hans var fullt av telefonbeskjeder. Blant mange andre hadde Anette Brolin ringt. Og hans far. Men ikke Linda. Heller ikke Sten Widén. Han bladde gjennom lappene og la bort alle unntatt dem fra Anette Brolin og sin far. Så ringte han inn til Martinson.

– Fine greier, sa Martinson. – Jeg tror vi har funnet bilen. En bil som passer til beskrivelsen, ble leid ut i forrige uke av et Aviskontor i Göteborg. Den er ikke blitt levert tilbake. Det er bare en ting som er rart.

– Hva da?

– Bilen ble leid av en kvinne.

– Hva er det som er rart med det?

– Jeg har litt vanskelig for å tenke meg at det er en kvinne som har begått dobbeltdrapet.

– Nå tenker du feil. Vi skal ha tak i bilen. Og sjåføren. Kvinne eller ikke. Så får vi se om de overhodet har noe med dette å gjøre. Å kunne utelukke noen, er like viktig som å få en bekreftelse. Men gi nummeret til lastebilsjåføren og se om han tross alt kjenner igjen kombinasjonen.

Han avsluttet samtalen og gikk inn til Rydberg.

– Hvordan går det? sa han.

– Dette er ikke morsomt, svarte Rydberg dystert.

– Hvem har sagt at politiarbeid skal være morsomt?

Men Rydberg hadde gått grundig til verks, akkurat som Wallander hadde regnet med. De forskjellige mottakene var ringet inn, og Rydberg hadde satt opp et kort PM for samtlige. Inntil videre foreslo han at nattpatruljene skulle besøke mottakene regelmessig ifølge et sinnrikt uttenkt tidsskjema.

– Fint, sa Kurt Wallander. – Sørg bare for at patruljene skjønner at det er alvor.

Han gav Rydberg et kort referat fra besøket i Kristianstad. Så reiste han seg.

– Jeg går hjem nå, sa han.

– Du ser slapp ut?

– Jeg holder på å bli forkjølet. Men alt går vel bra av seg selv akkurat nå?

Han kjørte rett hjem, kokte te og krøp til sengs. Da han våknet noen timer senere, stod tekoppen urørt ved sengen. Klokken var kvart på syv. Søvnen hadde hjulpet litt. Han helte ut den kalde teen og kokte kaffe i steden. Så ringte han til faren.

Kurt Wallander skjønte fort at faren ikke hadde hørt om brannen.

– Skulle ikke vi spille kort? sa faren iltert.

– Jeg er syk, sa Kurt Wallander.

– Du er vel aldri syk.
– Jeg er forkjølet.
– Det kaller jeg ikke å være syk.
– Alle kan ikke ha like god helse som deg.
– Hva mener du med det?

Kurt Wallander sukket.

Hvis han ikke fant på noe, ville samtalen med faren bli uutholdelig.

– Jeg kommer ut til deg i morgen tidlig, sa han. – Like over åtte. Hvis du er oppe da.

– Jeg sover aldri lenger enn til halv fem.

– Men det gjør jeg.

Han avsluttet samtalen og la på røret.

Samtidig angret han den avtalen han hadde inngått med faren. Å begynne dagen med å reise ut til ham, var det samme som å godta at det kom til å bli en dag preget av mismot og skyldfølelser.

Han så seg om i leiligheten. Overalt lå tykke lag med støv. Enda han luftet ofte, luktet det innestengt. Ensomt og innestengt.

Plutselig begynte han å tenke på den fargede kvinnen han hadde drømt om i det siste. Den kvinnen som villig kom til ham, natt etter natt. Hvor kom hun fra? Hvor hadde han sett henne? Var det et bilde i et blad eller hadde hun flimret forbi på fjernsynsskjermen?

Han lurte på hva det kom av at han i drømmene var så mye mer erotisk besatt enn han hadde vært sammen med Mona.

Tankene gjorde ham opphisset. Enda en gang overveide han om han skulle ringe til Anette Brolin. Men han fikk seg ikke til det. Irritert satte han seg i den blomstrete sofaen og slo på fjernsynet. Klokken var ett minutt på syv. Han lette seg frem til en av de danske kanalene der nyhetssendingen akkurat skulle begynne.

Nyhetsoppleseren nevnte hovedinnslagene. Enda en sultkatastrofe. Terroren i Romania var verre. Et stort beslag av narkotika i Odense.

Han grep fjernkontrollen og slo av. Plutselig orket han ikke noen nyheter.

Han tenkte på Mona. Men tankene antok uventede former. Plutselig var han ikke lenger sikker på om han virkelig ville at hun skulle komme tilbake til ham. Hva var det egentlig som sa at noe kom til å bli bedre?

Ingenting. Tanken var et selvbedrag.

Urolig gikk han ut på kjøkkenet og drakk et glass saft. Så satte han seg og foretok en gjennomgang av etterforskningssituasjonen. Da han var ferdig, bredte han ut alle notatene på bordet og så på dem som om de hadde vært biter i et puslespill. Følelsen av at de kanskje ikke var så langt fra en løsning, ble plutselig veldig sterk. Selv om mange av trådene hang løse, var det en del detaljer som samspilte.

Ingen bestemt kunne pekes ut. Det fantes ikke engang noen som var mistenkte. Likevel hadde han en følelse av at politiet nærmet seg målet. Det både tilfredsstilte og bekymret ham. Altfor mange ganger hadde han hatt ansvaret for kompliserte etterforskninger som hadde begynt lovende, men som så havnet i blindgater de aldri klarte å komme seg ut av og som i verste fall brøt helt sammen.

Tålmodighet, tenkte han. Tålmodighet . . .

Klokken var snart ni. Enda en gang følte han seg fristet til å ringe til Anette Brolin. Men han lot være. Han visste overhodet ikke hva han skulle si til henne. Og kanskje ville det være hennes mann som tok telefonen.

Han satte seg i sofaen og slo på fjernsynet igjen.

Til sin store forbløffelse stirret han på sitt eget ansikt. I bakgrunnen hørtes en messende kvinnelig reporter. Innslaget handlet om at Wallander og politiet i Ystad viste uforsvarlig liten interesse for å garantere sikkerheten ved de forskjellige flyktningmottakene.

Ansiktet hans forsvant og ble erstattet av en kvinne som ble intervjuet utenfor et stort kontorbygg. Da navnet hennes ble vist på skjermen, innså han at han burde ha kjent henne igjen. Det var sjefen for Innvandreretaten som han hadde snakket med i telefonen samme dag.

Det kunne ikke utelukkes at det fantes rasistiske innslag i politiets manglende interesse, forklarte hun.

Sinnet vellet opp inni ham.

Kjerring, tenkte han. Det du sier, er ren og skjær løgn. Og hvorfor har ikke disse forbannede reporterne kontaktet meg? Jeg kunne ha fremlagt Rydbergs bevoktningsplan.

Rasister? Hva mente hun? Opphisselsen ble blandet med skammen over å bli urettferdig uthengt.

Da ringte telefonen. Først tenkte han at han ikke ville ta den. Så gikk han ut i entreen og rev til seg røret.

Stemmen var den samme som forrige gang. Litt hes, tilsløret. Wallander gjettet at mannen holdt et lommetørkle over mikrofonen.

– Vi venter på resultater, sa mannen.

– Dra til helvete! brølte Kurt Wallander.

– Senest lørdag, fortsatte mannen.

– Var det dere jævler som tente på i går natt? ropte han inn i røret.

– Senest lørdag, gjentok mannen uanfektet. – Senest lørdag.

Samtalen ble brutt.

Kurt Wallander følte seg plutselig ille til mote. Han klarte ikke å jage bort den onde anelsen han hadde inni seg. Det var som en verk i kroppen som spredte seg langsomt.

Nå er du redd, tenkte han. Nå er Kurt Wallander redd.

Han gikk ut på kjøkkenet igjen og stilte seg ved vinduet og så ut på gaten.

Plutselig oppdaget han at det var vindstille. Gatelykten hang urørlig.

Noe kom til å skje. Det var han overbevist om.

Men hva? Og hvor?

# 8

Om morgenen tok han frem den beste dressen sin.

Mismodig stirret han på en flekk på det ene jakkeslaget.

Ebba, tenkte han. Dette er en typisk oppgave for henne. Når hun får høre at jeg skal treffe Mona, kommer hun til å legge hele sin sjel i å få bort denne flekken. Ebba er en kvinne som mener at antallet skilsmisser er en atskillig større trussel mot samfunnets utvikling enn den økende kriminaliteten . . .

Kvart over syv la han dressen inn i baksetet og begav seg av sted. Et tungt skydekke hang over byen.

Er det snøen? tenkte han. Snøen som jeg overhodet ikke vil ha.

Han kjørte langsomt østover, gjennom Sandskogen, forbi den øde golfbanen og tok av ned mot Kåseberga.

For første gang på mange dager kjente han seg utsovet. Han hadde sovet ni timer i strekk. Kulen i pannen hadde begynt å gå ned, og det sved ikke lenger i den brannskadde armen.

Metodisk tenkte han igjennom den oversikten han hadde gjort kvelden før. Det avgjørende nå var å finne den hemmelige kvinnen til Johannes Lövgren. Og sønnen. Et eller annet sted der, i ringer rundt disse menneskene, måtte gjerningsmennene være. At dobbeltdrapet hang sammen med de forsvunne 27 000 kronene, og kanskje også med resten av Johannes Lövgrens formue, var helt klart.

En som hadde tatt seg tid til å gi hesten høy før han forsvant. En eller noen som kjente til Johannes Lövgrens vaner.

Leiebilen fra Göteborg passet ikke inn i mønsteret. Kanskje hadde den heller ikke noe der å gjøre.

Han så på klokken. Ti over halv åtte. Torsdag den 11. januar.

Istedenfor å kjøre rett til farens hus fortsatte han noen kilometer og svingte inn på den lille grusveien som slynget seg mellom bølgende strandknauser opp mot Backåkra. Han lot bilen stå på den tomme parkeringsplassen og gikk opp på høyden, der han kunne se havet bre seg ut.

Det var en steinsetting der. En ettertankens steinsetting, murt opp for noen år siden. Den innbød til ensomhet og sinnsro.

Han satte seg på en stein og så ut over havet. Filosofisk anlagt hadde han nok aldri vært. Han hadde aldri følt noe behov for å synke inn i seg selv. Livet var et stadig vekselspill mellom forskjellige praktiske spørsmål som ventet på sin løsning. Det som fantes bortenfor, var noe uunngåelig som ikke ble påvirket av hans grubling over en mening som nok ikke fantes likevel.

Å få noen minutters ensomhet var en helt annen sak. Det var den store roen som lå gjemt i fullstendig tanketomhet. Bare lytte, se, være urørlig.

En båt var på vei et sted. En stor havfugl seilte lydløst med oppvindene. Alt var stille.

Etter ti minutter reiste han seg og gikk tilbake til bilen.

Faren stod og malte da han kom inn gjennom atelierdøren. Denne gangen skulle det bli et lerret med storfugl.

Faren så grettent på ham.

Kurt Wallander så at han var skitten. Dessuten luktet det av ham.

– Hvorfor kommer du hit? sa han.

– Det bestemte vi jo i går?

– Klokken åtte, sa du.

– Men herregud! Jeg er jo bare 11 minutter for sen.

– Hvordan faen kan du være i politiet som ikke engang kan passe tiden?

Kurt Wallander svarte ikke. Isteden tenkte han på sin

søster Kristina. I dag måtte han gi seg tid til å ringe til henne. Spørre om hun var klar over farens tiltagende forfall. Selv hadde han alltid forestilt seg at senilitet var en langsom prosess. Nå innså han at det ikke var tilfelle.

Faren dyppet penselen i en ny farge på paletten. Hendene var fremdeles støe. Så prikket han bestemt inn en svakt rød nyanse i storfuglens fjærprakt.

Kurt Wallander hadde satt seg på den gamle sparken og fulgte ham med øynene.

Stanken som slo ut fra kroppen hans, var ram. Kurt Wallander kom til å tenke på en illeluktende mann som hadde ligget på en benk i Paris' metro da han og Mona hadde vært der på bryllupsreise.

Jeg må si noe, tenkte han. Selv om min far holder på å vende tilbake til barndommen, må jeg snakke til ham som til et voksent menneske.

Faren malte konsentrert videre.

Hvor mange ganger har han malt dette motivet? tenkte Kurt Wallander.

En rask og ufullstendig hoderegning førte frem til tallet 7 000.

7 000 solnedganger.

Han skjenket opp kaffe fra kjelen som stod og dampet på spritapparatet.

– Hvordan har du det?

– Når man er så gammel som jeg, har man det som man har det, svarte faren avvisende.

– Du har ikke tenkt på å flytte?

– Hvor skulle jeg flytte? Hvorfor skulle jeg flytte?

Motspørsmålene kom som piskesnerter.

– Til et aldershjem.

Faren rettet penselen brått mot ham, som om den hadde vært et våpen.

– Vil du at jeg skal dø?

– Det er klart jeg ikke gjør! Jeg tenker på ditt eget beste.

– Hvordan tror du jeg skulle overleve blant en haug

gamle kjerringer og gubber? Og man har sikkert ikke lov til å male på rommet.

– Nå til dags kan man få egen leilighet.

– Jeg har et eget hus. Jeg vet ikke om du har lagt merke til det. Det er du kanskje for syk til?

– Jeg er bare litt forkjølet.

Først nå innså han at forkjølelsen ikke hadde brutt ut. Den var forsvunnet like fort som den var kommet. Han hadde opplevd det noen ganger før. Når han hadde mye å gjøre, tillot han seg ikke å bli syk. Men når en etterforskning vel var over, kunne en infeksjon bryte ut med det samme.

– Jeg skal treffe Mona i kveld, sa han.

Det var nytteløst å fortsette å snakke om et aldershjem eller en serviceleilighet. Først måtte han snakke med sin søster.

– Har hun gått fra deg, så har hun det. Bare glem henne.

– Jeg har overhodet ikke lyst til å glemme henne.

Faren malte videre. Nå holdt han på med de rosa skyene. Samtalen gikk i stå.

– Er det noe du trenger? spurte Kurt Wallander.

Faren svarte uten å se på ham.

– Skal du alt gå?

Anklagen lyste frem mellom ordene. Kurt Wallander innså det umulige i å prøve å kvele den dårlige samvittigheten som straks blusset opp.

– Jeg har arbeidet mitt, sa han. – Jeg er konstituert politisjef. Vi prøver å løse et dobbeltdrap og finne noen pyromaner.

Faren fnøs og klødde seg i skrittet.

– Politisjef, sa han. – Skulle det være noe?

Kurt Wallander reiste seg.

– Jeg kommer tilbake, pappa, sa han. – Jeg skal hjelpe deg å rydde i dette rotet.

Farens utbrudd kom helt uforberedt på ham.

Han slengte penselen i gulvet og stilte seg foran ham og hyttet med den ene knyttneven.

– Skal du komme og si at det er rotete her? brølte han. – Skal du komme og blande deg inn i livet mitt? Jeg kan fortelle deg at jeg har både rengjøringshjelp og husholderske. Forresten skal jeg reise til Rimini på vinterferie. Jeg skal ha en utstilling der. 25 000 kroner pr. maleri er prisen jeg forlanger. Og du kommer hit og snakker om aldershjem. Men du skal ikke greie å gjøre kål på meg. Det kan du stole på!

Han skrittet ut og smelte døren igjen etter seg.

Han er gal, tenkte Kurt Wallander. Jeg må få en slutt på dette her. Kanskje han virkelig innbiller seg at han har en rengjøringshjelp og husholderske? At han skal til Italia og åpne en utstilling?

Han lurte litt på om han skulle gå inn til faren som romsterte på kjøkkenet. Det hørtes ut som om han kastet kjeler rundt seg.

Så gikk han ut til bilen. Det beste var om han ringte til sin søster. Nå, med det samme. Sammen ville de kanskje greie å få faren til å innse at det ikke kunne fortsette som nå.

Klokken ni gikk han inn gjennom døren på stasjonen og gav dressen sin til Ebba, som lovte å få den renset og presset til utpå ettermiddagen.

Klokken ti hadde han samlet de politimennene som var inne, til et etterforskningsmøte. De som hadde sett innslaget i Aktuellt kvelden før, var like opprørte som ham. Etter en kort diskusjon ble de enige om at Wallander skulle skrive et skarpt svar og distribuere det via Telegrambyrået.

– Hvorfor reagerer ikke rikspolitisjefen? sa Martinson.

Spørsmålet ble møtt av foraktelig latter.

– Han! sa Rydberg. – Han reagerer bare hvis han personlig har noe å vinne. Han gir blaffen i hvordan politiet i landdistriktene har det.

Etter den kommentaren gikk de over til å behandle dobbeltdrapet.

Det hadde ikke hendt noe oppsiktsvekkende nytt. Ennå befant de seg i den grunnleggende fasen.

Materiale ble samlet inn og gjennomgått, forskjellige tips ble kontrollert og protokollført.

Det hersket stor enighet blant politimennene om at den hemmelige kvinnen og sønnen i Kristianstad var det heteste sporet. Ingen tvilte heller på at det de skulle løse, var et rovmord.

Kurt Wallander spurte om det hadde vært rolig ved de forskjellige flyktningmottakene.

– Jeg har sjekket nattrapporten, sa Rydberg. – Det har vært rolig. Det mest dramatiske i natt var en elg som løp rundt på E 14.

– I morgen er det fredag, sa Kurt Wallander. – I går kveld fikk jeg en anonym telefon igjen. Samme person. Han gjentok trusselen om at noe ville skje i morgen, fredag.

Rydberg foreslo at de skulle kontakte rikspolitiet. Så fikk de bestemme om det skulle settes inn ekstra mannskap.

– Det gjør vi, sa Kurt Wallander. – Det er like godt å være på den sikre siden. I vårt eget distrikt tar vi ut en ekstra nattpatrulje som utelukkende konsentrerer seg om flyktningmottakene.

– Da får du beordre overtid, sa Hanson.

– Jeg er klar over det, sa Kurt Wallander. – Jeg vil ha Peters og Norén på dette spesielle nattskiftet. Så vil jeg at noen skal ringe og snakke med de forskjellige bestyrerne på mottakene. Skrem dem ikke opp. Be dem bare være litt ekstra vaktsomme.

Etter en drøy time var møtet over.

Kurt Wallander var alene på rommet sitt og klar til å skrive dementiet til Sveriges Television.

Da ringte telefonen.

Det var Göran Boman fra Kristianstad.

– Jeg så deg på Aktuellt i går, sa han og lo.

– Er det ikke som faen?

– Jo. At du ikke protesterer.

– Jeg holder akkurat på å skrive et brev.

– Hva er det egentlig de journalistene tenker på?

– Iallfall ikke på hva som er sant eller ei. Derimot hvor store overskrifter de kan få til.

– Jeg har gode nyheter til deg.

Kurt Wallander kjente at spenningen steg.

– Har du funnet henne?

– Kanskje. Noen papirer er på vei over telefaksen. Vi tror vi har funnet ti mulige kandidater. Folkeregisteret er ikke så dumt å ha. Jeg tenkte du ville kikke på det vi er kommet frem til. Og så kan du ringe til meg og si om det er noen av dem du vil at vi skal ta først.

– Fint, Göran, sa Kurt Wallander. – Jeg ringer deg.

Telefaksen stod ute i resepsjonen. En ung kvinnelig vikar som han aldri hadde sett før, holdt akkurat på å ta et papir ut av mottakeren.

– Hvem er det som er Kurt Wallander? spurte hun.

– Det er meg, svarte han. – Hvor er Ebba?

– Hun skulle til renseriet, svarte piken.

Kurt Wallander ble flau. Han lot Ebba løpe private ærend for seg.

Göran Boman hadde sendt sammenlagt fire sider. Kurt Wallander gikk tilbake til rommet sitt og bredte dem ut på skrivebordet. Han gikk igjennom navn etter navn, fødselsdata og når barna med ukjente fedre var født. Ganske raskt plukket han bort fire av kandidatene. Så gjenstod det fem kvinner som hadde født sønner i 50-årene.

To av dem bodde fremdeles i Kristianstad. En hadde adresse i Gladsax utenfor Simrishamn. Av de to andre var en bosatt i Strömsund og den andre utflyttet til Australia.

Han smilte ved tanken på at det kanskje ble nødvendig å sende noen til den andre kanten av kloden.

Så ringte han til Göran Boman.

– Fint, sa han igjen. – Dette ser lovende ut. Hvis vi er på riktig spor, har vi fem å velge mellom.

– Skal jeg begynne å innkalle dem til samtale?

– Nei. Jeg tar meg av dette selv. Rettere sagt, jeg tenkte at vi kunne gjøre det sammen. Hvis du har tid?

– Jeg tar meg tid. Skal vi begynne i dag?

Kurt Wallander så på klokken.

– Vi venter til i morgen, svarte han. – Jeg skal prøve å være hos deg ved nitiden. Hvis det ikke hender noe jævelskap i natt.

Han fortalte fort om de anonyme truslene.

– Har dere funnet de som tente på her forrige natten?

– Ikke ennå.

– Jeg skal gjøre alt klart til i morgen. Sjekke at ingen av dem har flyttet.

– Kanskje vi kan treffes i Gladsax, foreslo Kurt Wallander. – Det er på halvveien.

– Klokken ni på Hotel Svea i Simrishamn, sa Göran Boman. – En kopp kaffe å begynne dagen med.

– Høres fint ut. Vi sees. Og takk for hjelpen.

Jaha, tenkte Kurt Wallander da han hadde lagt på røret. Nå begynner det for alvor.

Så skrev han brevet til Sveriges Television. Han la ikke fingrene imellom og bestemte seg for å sende kopier til Innvandreretaten, innvandrerministeren, fylkespolitimesteren og rikspolitisjefen.

Rydberg stod ute i gangen og leste igjennom det han hadde skrevet.

– Fint, sa han. – Men tro ikke at de gjør noe med det. Journalister i dette landet, og særlig i fjernsynet, tar aldri feil.

Han leverte brevet til renskrift og gikk inn i kantinen og drakk kaffe. Mat hadde han ikke rukket å tenke på. Klokken nærmet seg ett, og han bestemte seg for å renske opp blant alle lappene med telefonbeskjeder før han gikk og spiste.

Kvelden før hadde han følt seg ille til mote da han fikk den anonyme oppringningen. Nå hadde han greid å skyve fra seg de bange anelsene. Skjedde det noe, var politiet forberedt.

Han slo nummeret til Sten Widén. Men akkurat da signalene begynte å slå igjennom, la han røret fort på igjen.

Sten Widén kunne vente. De kunne tidsnok more seg med å måle hvor lang tid det tok før en hest hadde spist opp en høyrasjon.

Isteden slo han nummeret til påtalemyndigheten.

Piken ved sentralbordet sa at Anette Brolin var inne.

Han reiste seg og gikk over til den andre enden av politistasjonen. Akkurat idet han løftet hånden for å banke, gikk døren opp.

Hun hadde yttertøyet på seg.

– Jeg skal akkurat ut til lunsj, sa hun.

– Skal vi slå følge?

Det så ut som hun tenkte seg om et øyeblikk. Så smilte hun fort.

– Hvorfor ikke?

Kurt Wallander foreslo Continental. De fikk et vindusbord mot stasjonen og begge bestilte røkelaks.

– Jeg så deg på Aktuellt i går, sa Anette Brolin. – Hvordan kan de sende så ufullstendige og insinuante reportasjer?

Wallander som hadde forberedt seg på å få kritikk, slappet av igjen.

– Journalister betrakter politifolk som lovlig vilt, sa han. – Enten vi gjør for mye eller for lite, så får vi kritikk. Heller ikke skjønner de at vi av og til må holde inne med forskjellige opplysninger av hensyn til etterforskningen.

Uten å tenke seg om, fortalte han så om lekkasjen. Hvor ubehagelig til mote han var blitt da opplysninger fra etterforskningsmøtet hadde gått rett til fjernsynet.

Han merket at hun hørte etter. Plutselig var det som han oppdaget et annet menneske bak statsadvokatrollen og de smakfulle klærne.

Etter maten bestilte de kaffe.

– Har familien også flyttet hit? spurte han.

– Min mann er igjen i Stockholm, sa hun. – Og barna trenger ikke å bytte skole for ett år.

Kurt Wallander merket at han ble skuffet.

Et eller annet sted hadde han håpet at gifteringen tross alt ikke betydde noe.

Servitøren kom med regningen, og Kurt Wallander strakte ut hånden for å betale.

– Vi deler, sa hun.

De fikk påfyll med kaffe.

– Fortell om denne byen, sa hun. – Jeg har sett igjennom en del straffesaker fra de siste årene. Forskjellen fra Stockholm er stor.

– Den blir mindre, sa han. – Snart er hele den svenske landsbygden en sammenhengende forstad til de største byene. For 20 år siden var det for eksempel ikke noe narkotika her. For ti år siden var den i byer som Ystad og Simrishamn. Men vi hadde fremdeles en viss kontroll over hva som foregikk. I dag fins rusmidlene overalt. Når jeg kjører forbi en nydelig gammel skånegård, kan jeg tenke: Der skjuler det seg kanskje en stor amfetaminfabrikk.

– Voldsforbrytelsene er færre, sa hun. – Og ikke fullt så grove.

– Det kommer, sa han. – Dessverre må jeg vel si. Men snart er forskjellen mellom storbyene og landsbygden helt utvisket. I Malmö er det en omfattende organisert kriminalitet. De åpne grensene og alle ferjene er som sukkerbiter for bermen. Vi har en kriminalbetjent som flyttet ned fra Stockholm for noen år siden. Svedberg heter han. Han flyttet hit fordi han ikke holdt ut i Stockholm. For noen dager siden sa han at han kanskje skulle flytte tilbake.

– Likevel er det en egen ro her, sa hun tankefullt. – Noe som har gått helt tapt i Stockholm.

De gikk ut fra Continental. Kurt Wallander hadde parkert bilen sin i Stickgatan like ved.

– Kan du virkelig parkere her? spurte hun.

– Nei, svarte han. – Men når jeg får bot, betaler jeg som regel. Ellers ville det kanskje være en bra erfaring å blåse i det og bli tiltalt.

De kjørte tilbake til politistasjonen.

– Jeg hadde tenkt å foreslå middag en kveld, sa han. – Jeg kunne vise deg rundt i omegnen.

– Gjerne, sa hun.

– Hvor ofte reiser du hjem?

– Annenhver uke.

– Og din mann? Barna?

– Han kommer når han har tid. Og barna når de har lyst.

Jeg elsker deg, tenkte Kurt Wallander.

Jeg skal treffe Mona i kveld, og jeg skal si til henne at jeg elsker en annen kvinne.

De skiltes i resepsjonen.

– Du skal få en oppsummering mandag, sa Kurt Wallander. – Vi begynner å få en del spor å gå etter.

– Er det aktuelt med anholdelse?

– Nei. Ikke ennå. Men undersøkelsene i banken gav en hel del resultater.

Hun nikket.

– Helst før ti mandag, sa hun. – Resten av dagen har jeg arrestasjoner og rettsmøter.

De bestemte klokken ni.

Kurt Wallander så etter henne da hun forsvant bortover gangen.

Han følte seg merkelig opprømt da han gikk tilbake til rommet sitt.

Anette Brolin, tenkte han. Hva kan ikke skje i en verden der alt skal være mulig?

Resten av dagen avsatte han til å lese forskjellige avhørsprotokoller som han før bare hadde rukket å bla igjennom. De endelige obduksjonsprotokollene var også kommet. Igjen støkket det i ham over den hemningsløse volden som de to gamle var blitt utsatt for. Han leste igjennom rapportene over samtalen med de to døtrene, og redegjørelsen for hva som var kommet ut av dør-til-døraksjonene i Lenarp.

Opplysningene stemte overens og kompletterte hverandre.

Ingen hadde ant at Johannes Lövgren var en atskillig mer sammensatt person enn han hadde gitt inntrykk av. Den enkle bonden hadde vært en forkledd dobbeltnatur.

En gang under krigen, høsten 1943, var han blitt innstevnet for legemsfornærmelse. Men han var blitt frikjent. En eller annen hadde gravd frem en kopi av etterforskningsrapporten, og han leste nøye igjennom den. Men noe sannsynlig hevnmotiv kunne han ikke finne. Det så mest ut som en vanlig trette som var gått over i håndgemeng på Erikslunds bygdegård.

Halv fire kom Ebba inn til ham med den nyrensede dressen.

– Du er en engel, sa han.

– Håper du får det hyggelig i kveld, sa hun og smilte.

Kurt Wallander fikk en klump i halsen. Hun mente virkelig det hun sa.

Frem til klokken fem fylte han ut en tippekupong, bestilte tid hos bilsakkyndige og tenkte igjennom de viktige samtalene som ventet dagen etter. Så skrev han en huskelapp til seg selv – at han måtte forberede et PM til Björk kom tilbake.

Tre minutter over fem stakk Thomas Näslund hodet inn av døren.

– Sitter du her? sa han. – Jeg trodde du var gått hjem.

– Hvorfor skulle jeg ha gjort det?

– Ebba sa det.

Ebba vokter på meg, tenkte han med et smil. I morgen skal jeg gi henne en blomst før jeg drar til Simrishamn.

Näslund kom inn.

– Har du tid? spurte han.

– Ikke så mye.

– Det går fort. Det er han Klas Månson.

Kurt Wallander måtte tenke seg om et øyeblikk før han kom på hvem det var.

– Han som ranet den kveldsbutikken?

– Akkurat. Vi har vitner som peker ham ut enda han

hadde en strømpe over ansiktet. En tatovering på håndleddet. Det er helt opplagt at det er ham. Men den nye statsadvokaten er ikke enig med oss.

Kurt Wallander hevet øyebrynene.

– Hvordan da?

– Hun synes etterforskningen er slumsete.

– Er den det?

Näslund så forbauset på ham.

– Den er ikke mer slumsete enn noen annen etterforskning. Saken er jo klar.

– Hva har hun sagt?

– Hvis vi ikke kan prestere et mer uttømmende bevismateriale, har hun ikke tenkt å gå med på en pågripelse. Det er for jævlig at en sånn stockholmskjerring skal komme hit og gjøre seg viktig!

Kurt Wallander merket at han ble sint. Men det holdt han for seg selv.

– Pelle hadde ikke gjort noe utenom det vanlige, fortsatte Näslund. – Det er klart at det er den slasken som har ranet butikken.

– Har du rapporten? spurte Kurt Wallander.

– Jeg bad Svedberg lese igjennom den.

– Legg den inn hit, så skal jeg se på den i morgen.

Näslund gjorde seg klar til å gå.

– Noen burde snakke til den kjerringa, sa han.

Kurt Wallander nikket og smilte.

– Jeg skal gjøre det, sa han. – Det er klart at vi ikke kan ha en statsadvokat fra Stockholm som ikke gjør som vi er vant til.

– Jeg tenkte at du ville si det, sa Näslund og gikk.

En ypperlig grunn til middag, tenkte Kurt Wallander. Han tok på seg jakken, hengte den rensede dressen over armen og slukket taklampen.

Etter en rask dusj var han inne i Malmö like før syv. Han fant en parkeringsplass ved Stortorget og gikk ned trappen til Kockska kro. Et par drinker ville han rekke å ta før han traff Mona på Centralens restaurant.

Enda prisen var avskrekkende, bestilte han en dobbel whisky. Han foretrakk maltwhisky, men nå fikk det greie seg med et enklere merke.

Ved den første slurken sølte han på seg.

Han ville få en ny flekk på jakkeslaget. Nesten på samme sted som den gamle.

Jeg drar hjem, tenkte han, full av selvforakt. Jeg drar hjem og legger meg. Jeg greier ikke lenger å holde i et glass uten å søle. Samtidig visste han at det var forfengelighet. Forfengelighet og uhelbredelig nervøsitet. Møtet med Mona var kanskje det viktigste møtet siden den gangen han foreslo at de skulle gifte seg.

Nå hadde han pålagt seg oppgaven å annullere en skilsmisse som alt var gjennomført.

Men hva var det egentlig han ville?

Han tørket av jakkeslaget med en papirserviett, tømte glasset og bestilte en ny whisky.

Om ti minutter måtte han gå.

Innen den tid var han nødt til å bestemme seg. Hva skulle han si til Mona?

Han fikk glasset sitt og drakk fort. Alkoholen brant i tinningene, og han kjente at han hadde begynt å svette.

Han kom ikke frem til noe resultat.

Innerst inne håpet han at Mona skulle komme med de forløsende ordene.

Det var hun som hadde villet ha skilsmissen.

Da var det også hun som måtte ta initiativet til å oppheve den.

Han betalte og gikk. Langsomt, for ikke å komme for tidlig.

To ting bestemte han seg for da han ventet på grønt lys ved Vallgatan.

Han skulle snakke alvorlig med Mona om Linda. Og han skulle be henne om råd når det gjaldt faren. Mona kjente ham godt. Selv om de aldri hadde hatt særlig god kontakt, kjente hun til det lunefulle humøret hans.

Jeg skulle ha ringt til Kristina, tenkte han da han gikk over gaten.

Antagelig glemte jeg det med vilje.

Han gikk over kanalbroen og ble forbikjørt av en raggarbil. En full gutt hang med halve overkroppen ut og brølte et eller annet.

Kurt Wallander husket at han hadde gått over denne broen for over 20 år siden. Akkurat i dette strøket hadde byen sett likedan ut. Her hadde han gått som ung politimann, som regel sammen med en eldre kollega, og de hadde gått inn på stasjonen for å se om alt gikk ordentlig for seg. Noen ganger hadde de avvist en som var beruset og manglet billett. Sjelden eller aldri hadde det forekommet vold.

Den verdenen fins ikke lenger, tenkte han.

Den er borte, tapt for alltid.

Han gikk inn på stasjonen. En hel del var forandret siden han gikk der og patruljerte. Men steingulvet var det samme. Likesom lyden av de hvinende vognene og de bremsende lokomotivene.

Plutselig fikk han øye på sin datter.

Først trodde han at han så feil. Det kunne like gjerne ha vært piken som lempet høyballer på Sten Widéns gård. Men så ble han sikker. Det var Linda.

Hun stod sammen med en kullsvart mann og forsøkte å få en billett ut av en automat. Afrikaneren var nesten halvmeteren lengre enn henne. Han hadde stort krusete hår og var kledd i lilla kjeledress.

Kurt Wallander trakk seg fort tilbake og stilte seg bak en søyle, som om han var ute og skygget noen i embets medfør.

Afrikaneren sa et eller annet, og Linda lo.

Han tenkte at det var flere år siden sist han hadde sett datteren le.

Det han så, gjorde ham fortvilt. Han følte at han ikke kunne nå henne. Hun var borte for ham, enda hun stod så nær.

Min familie, tenkte han. Jeg står på en jernbanestasjon og spionerer på min datter. Samtidig som hennes mor og min kone kanskje alt er kommet til restauranten, hvor vi skal treffes og spise og kanskje også klare å snakke med hverandre uten å begynne å brøle og skrike.

Plutselig merket han at han hadde vondt for å se. Øynene var sløret av tårer.

Han hadde tårer i øynene. Det var like lenge som det var siden han hadde sett Linda le.

Afrikaneren og Linda gikk mot utgangen til perrongen. Han ville styrte etter henne, trekke henne med seg.

Så var de ute av synsfeltet hans, og han fortsatte med oppdraget. Han listet seg frem i skyggene på perrongen, der den isnende vinden fra Sundet feide forbi. Han så at de gikk hånd i hånd og lo. Det siste han så, var at de blå dørene vislet igjen og toget rullet mot Landskrona eller Lund.

Han prøvde å tenke på at hun hadde sett glad ut. Like frimodig som da hun var helt ung. Men det eneste han kjente, var sin egen elendighet.

Kurt Wallander. Den patetiske politimannen med sin bedrøvelige familie.

Og nå var han sen. Kanskje Mona hadde snudd på hælen og gått derfra? Hun som alltid var så presis og hatet å måtte vente.

Særlig på ham.

Han gav seg til å løpe bortover perrongen. Et ildrødt lokomotiv hvinte som et tirret rovdyr like ved ham.

Han hadde sånt hastverk at han snublet i trappen som førte opp til restauranten. Den snauklipte vakten så avvisende på ham.

– Hvor tror du at du skal? spurte vakten.

Kurt Wallander ble helt lamslått av spørsmålet. Betydningen stod straks klart for ham.

Vakten trodde at han var beruset. Han ville bli nektet adgang.

– Jeg skal spise middag med min kone, sa han.

– Det skal du absolutt ikke, sa vakten. – Det er like godt at du går hjem.

Kurt Wallander kjente at raseriet rant over.

– Jeg er politimann! brølte han. – Og jeg er ikke beruset, hvis det er det du tror. Slipp meg inn nå før jeg blir forbannet for alvor.

– Kyss meg bak! sa vakten. – Gå hjem før jeg tilkaller purken.

Et kort øyeblikk tenkte han at han ville slå til vakten. Så hadde han tross alt åndsnærværelse nok til å holde seg rolig. Han tok opp identitetskortet fra innerlommen.

– Jeg er faktisk politimann, sa han. – Og jeg er ikke beruset. Jeg snublet. Dessuten er det faktisk sant at min kone venter på meg.

Vakten så mistenksomt på identitetskortet.

Så lyste han plutselig opp.

– Jeg kjenner deg igjen, sa han. – Du var på TV her forrige kvelden.

Endelig har jeg noen glede av fjernsynet, tenkte han.

– Jeg holder med deg, sa vakten. – Hundre prosent.

– I hva da?

– At de jævla typene må holdes i stramme tøyler. Hva er det for noe dritt vi slipper inn i landet? Dreper gamle mennesker! Jeg er enig med deg i at de bør sparkes ut av landet. Kjeppjages.

Kurt Wallander innså at det var nytteløst å gi seg inn i en diskusjon med vakten. Isteden prøvde han seg med et smil.

– Nå skal det bli godt med mat, sa han.

Vakten holdt opp døren.

– Du skjønner at en må være forsiktig, ikke sant?

– Det er klart, sa Kurt Wallander og gikk inn i restaurantvarmen.

Han hengte av seg og så seg rundt.

Mona satt ved et vindusbord med utsikt over kanalen.

Kanskje hadde hun sittet der og sett at han kom?

Han trakk inn magen så godt det lot seg gjøre, strøk hånden over håret og gikk bort til henne.

Så ble alt galt fra første stund.

Han så at hun oppdaget flekken på jakken, og han ble rasende.

Heller ikke visste han om han helt klarte å skjule det.

– Hei, sa han og satte seg tvers overfor henne.

– Som vanlig sen, svarte hun. – Så tykk du er blitt!

Straks skulle hun fornærme ham. Ingen vennlighet, ingen kjærlighet.

– Men du er deg selv lik. Så brun du er!

– Vi har vært en uke på Madeira.

Madeira. Først Paris, så Madeira. Bryllupsreisen. Hotellet som balanserte ytterst ute på klippene, den lille fiskerestauranten som lå nede på stranden. Og nå hadde hun vært der igjen. Med en annen.

– Jaså, sa han. – Jeg trodde at Madeira var vår øy.

– Ikke vær barnslig!

– Jeg mener det!

– Da er du barnslig!

– Klart jeg er barnslig! Hva er det for noe galt med det?

Samtalen sneglet seg frem. Da en hyggelig servitrise kom bort til bordet deres, var det som om de var blitt reddet opp av en iskald råk.

Da vinen kom på bordet, ble stemningen bedre.

Kurt Wallander satt og så på den kvinnen som hadde vært hans kone og tenkte at hun var meget pen. Iallfall i hans øyne. Han prøvde å unngå å tenke tanker som gav ham et hugg i magen av sjalusi.

Han prøvde å gi inntrykk av en stor ro som han såvisst ikke hadde, men som han strebet etter.

De skålte.

– Kom tilbake, sa han. – La oss begynne på nytt.

– Nei, sa hun. – Du må skjønne at det er slutt. Det er forbi.

– Jeg gikk inn på stasjonen mens jeg ventet på deg, sa han. – Der så jeg datteren vår.

– Linda?

– Du virker overrasket?

– Jeg trodde hun var i Stockholm?
– Hva skulle hun gjøre i Stockholm?
– Hun skulle oppsøke en folkehøyskole for å se om det kanskje var noe som passet for henne.
– Jeg så ikke feil. Det var henne.
– Snakket du med henne?
Kurt Wallander ristet på hodet.
– Hun gikk akkurat på toget, sa han. – Jeg rakk det ikke.
– Hvilket tog?
– Lund eller Landskrona. Hun var sammen med en afrikaner.
– Det var da enda bra.
– Hva mener du med det?
– Jeg mener at Herman er det beste som har hendt Linda på lang tid.
– Herman?
– Herman Mboya. Han er fra Kenya.
– Han gikk med lilla kjeledress!
– Han kler seg litt rart av og til.
– Hva gjør han i Sverige?
– Han studerer medisin. Han er snart ferdig lege.
Kurt Wallander lyttet forundret. Drev hun gjøn med ham?
– Lege?
– Ja! Lege! Doktor, eller hva du kaller det. Han er hyggelig, omtenksom, humoristisk.
– Bor de sammen?
– Han har en liten studentleilighet i Lund.
– Jeg spurte om de bodde sammen!
– Jeg tror at Linda endelig har bestemt seg.
– Bestemt seg for hva?
– Å flytte sammen med ham.
– Hvordan skal hun da kunne gå på folkehøyskole i Stockholm?
– Det var Herman som foreslo det.
Servitrisen fylte på vinglassene deres. Kurt Wallander kjente at han holdt på å bli påseilet.

– Hun ringte en dag, sa han. – Hun var i Ystad. Men hun kom ikke og besøkte meg. Hvis du ser henne, kan du jo si at jeg savner henne.

– Hun gjør som hun selv vil.

– Jeg bare ber deg si det til henne!

– Jeg skal det! Ikke skrik!

– Jeg skriker ikke!

Akkurat da kom tartaren. De spiste i taushet. Kurt Wallander syntes ikke at den smakte noen ting. Han bestilte en flaske vin til og lurte på hvordan han skulle komme seg hjem.

– Du ser ut til å ha det bra, sa han.

Hun nikket, bestemt og kanskje også trossig.

– Og du!

– Jeg har det for jævlig. Ellers er det bra.

– Hva var det du ville snakke med meg om?

Det hadde han glemt. At han skulle pønske ut et påskudd for møtet deres. Nå visste han overhodet ikke hva han skulle si.

Sannheten, tenkte han ironisk. Hvorfor ikke prøve med den?

– Jeg ville bare treffe deg, sa han. – Det andre jeg sa, var bare løgn.

Hun smilte.

– Jeg er glad for at vi kunne treffes, sa hun.

Plutselig brast han i gråt.

– Jeg savner deg så forferdelig, mumlet han.

Hun strakte ut hånden og la den over hans. Men hun sa ingenting.

Og det var i det øyeblikket at Kurt Wallander innså at det var forbi. Skilsmissen gikk det ikke an å rokke ved. Middager kunne de kanskje spise sammen. Men livet deres gikk ugjenkallelig i forskjellig retning. Tausheten hennes løy ikke.

Han begynte å tenke på Anette Brolin. Og den fargede kvinnen som besøkte ham i drømme.

Han hadde vært uforberedt på ensomheten. Nå ville

han bli tvunget til å ta den inn over seg og kanskje smått om senn finne det nye livet ingen annen enn han selv kunne ta ansvaret for.

– Svar meg på en eneste ting, sa han. – Hvorfor gikk du fra meg?

– Hadde jeg ikke gjort det, ville livet gått fra meg, sa hun. – Jeg skulle ønske du ville forstå at det ikke var din skyld. Det var jeg som følte at det var nødvendig å bryte over tvert, det var jeg som bestemte meg. En dag kommer du til å forstå hva jeg mener.

– Jeg vil forstå nå.

Da de skulle gå, ville hun betale selv. Men han stod på sitt, og hun gav seg.

– Hvordan kommer du hjem? spurte hun.

– Det går en nattbuss, svarte han. – Hvordan kommer du selv hjem?

– Jeg går, sa hun.

– Jeg følger deg et stykke.

Hun ristet på hodet.

– Vi skilles her, sa hun. – Det er best. Men ring gjerne igjen. Jeg vil at vi skal holde kontakten.

Hun gav ham et fort kyss på kinnet. Han så henne gå over kanalbroen med energiske skritt. Da hun forsvant mellom Savoy og Turistbyrået, fulgte han etter henne. Før på kvelden hadde han skygget sin datter. Nå fulgte han etter sin kone.

Utenfor radiobutikken på hjørnet av Stortorget stod det en bil. Hun satte seg inn i forsetet. Kurt Wallander smatt inn i en trappeoppgang da bilen kjørte forbi. Han fikk et glimt av mannen som satt bak rattet.

Han gikk mot sin egen bil. Det gikk ingen nattbuss til Ystad. Han gikk inn i en telefonkiosk og ringte hjem til Anette Brolin. Da hun svarte, la han fort på røret.

Han satte seg inn i bilen og trykket inn kassetten med Maria Callas og lukket øynene.

Han våknet med et rykk av at han frøs. Han hadde sovet i nesten to timer. Til tross for at han ikke var edru, bestemte han seg for å kjøre hjem. Han skulle ta småveier over Svedala og Svaneholm. Der risikerte han ikke å støte på noen politipatruljer.

Men likevel gjorde han det. Han hadde helt glemt at nattpatruljene fra Ystad overvåket flyktningmottakene. Og det var han selv som hadde gitt ordre om det.

Peters og Norén oppdaget en vinglete bilist mellom Svaneholm og Slimminge da de hadde kontrollert at alt var rolig ved Hageholm. Enda de begge under vanlige omstendigheter kjente igjen Wallanders bil, falt det dem ikke inn at det kunne være han som var ute og kjørte bil om natten. Dessuten var nummerskiltet så tilgriset av gjørme at det ikke gikk an å identifisere det. Først da de hadde stanset bilen og banket på frontruten og Kurt Wallander hadde sveivet ned, kjente de igjen sin konstituerte sjef.

Ingen av dem sa noe. Noréns lommelykt lyste mot Wallanders blodskutte øyne.

– Alt rolig? spurte Wallander.

Norén og Peters så på hverandre.

– Ja, sa Peters. – Alt virker rolig.

– Det er bra, sa Wallander og skulle akkurat til å sveive opp ruten.

Da tok Norén et skritt frem.

– Det er best du går ut av bilen, sa han. – Nå, med det samme.

Kurt Wallander så spørrende opp i det ansiktet han nesten ikke kunne skjelne i det skarpe lyset fra lommelykten.

Så bøyde han seg og gjorde som han ble bedt om.

Han steg ut av bilen.

Natten var kald. Han kjente at han frøs.

Noe var forbi.

# 9

Kurt Wallander følte seg minst av alt som noen leende politimann da han gikk inn gjennom dørene til hotell Svea i Simrishamn klokken litt over syv fredag morgen. Det falt et nesten ugjennomtrengelig snøblandet regn over Skåne og fuktigheten hadde lett seg gjennom skoene hans da han hadde gått til hotellet fra bilen sin.

Dessuten hadde han vondt i hodet.

Han bad servitrisen om et par hodepinetabletter. Hun kom tilbake med et glass vann som skummet av et hvitt pulver.

Da han drakk kaffen sin, merket han at hånden skalv.

Han tenkte at det var like mye av angst som av lettelse.

Da Norén noen timer før hadde bedt ham stige ut av bilen på den lille veien mellom Svaneholm og Slimminge, hadde han tenkt at alt var forbi. Nå var han ikke politimann lenger. Han hadde kjørt med høy promille og det ville føre til umiddelbar suspensjon. Og selv om han noen gang skulle kunne gå tilbake til aktiv tjeneste i politiet, etter avtjent fengselsstraff, ville han aldri orke å se de gamle kollegene i øynene.

Det hadde streifet ham at han kanskje kunne bli sikkerhetsansvarlig i en bedrift. Eller smette gjennom kontrollen i et mindre nøyeregnende vaktselskap. Men hans 20-årige virksomhet som politimann ville være over. Og det var politimann han var.

Han hadde aldri reflektert over å bestikke Peters og Norén. Det visste han var en umulighet. Det han kunne gjøre var å appellere. Appellere til korpsånden, til kameratskapet, vennskapet som egentlig ikke fantes.

Men det var ikke blitt nødvendig.

– Kjør med Peters, så kjører jeg bilen din hjem, hadde Norén sagt.

Kurt Wallander husket lettelsen, men også den umiskjennelige klangen av forakt i Noréns stemme.

Uten et ord hadde han satt seg i politibilens baksete. Peters hadde vært taus og lukket under hele turen inn til Mariagatan i Ystad.

Norén var kommet like etterpå, hadde parkert bilen og gitt ham nøklene.

– Har noen sett deg? hadde Norén spurt.

– Ingen andre enn dere.

– Det kan du være sjeleglad for.

Peters hadde nikket. Og da hadde Kurt Wallander innsett at ingenting ville komme ut. Norén og Peters begikk en grov tjenestefeil for hans skyld. Hvorfor hadde han ingen anelse om.

– Takk, hadde han sagt.

– Det ordner seg, hadde Norén svart.

Så hadde de kjørt derfra.

Kurt Wallander hadde gått opp i leiligheten sin og helt ut innholdet i en nesten tom whiskyflaske. Så hadde han sovet noen timer på sengen. Uten å tenke, uten å drømme. Kvart over seks hadde han satt seg i bilen igjen, etter en slurvete barbering.

Han visste at han selvsagt ikke var edru ennå. Men nå risikerte han ikke å treffe Peters og Norén igjen. De var gått av vakt klokken seks.

Han forsøkte å konsentrere seg om det som ventet ham. Göran Boman skulle komme, og sammen skulle de begi seg ut på jakt etter et manglende mellomledd i etterforskningen av dobbeltdrapet i Lenarp.

Alle andre tanker skjøv han fra seg. Dem skulle han slippe frem når han orket. Når han ikke var i bakrus, når han hadde fått alt på avstand.

Han var alene i spisesalen på hotellet. Han så ut over havet som glimtet grått gjennom sluddet. En fiskebåt var på vei ut av havnen, og han prøvde å tyde nummeret som stod med svart på bordkledningen.

En øl, tenkte han. En gammeldags pilsner er det jeg trenger akkurat nå.

Fristelsen var sterk. Han tenkte også at han skulle prøve å rekke inn på Systembolaget så han hadde noe å drikke til kvelden.

Han følte at han ikke orket å bli edru for fort.

Jeg er meg litt av en politimann, tenkte han.

Et dårlig papir.

Servitrisen fylte på kaffe i koppen hans. Han forestilte seg at han tok inn på hotellet og at hun kom til ham. Bak fortrukne gardiner skulle han glemme at han var til, glemme alt rundt seg, og bare synke inn i et land som ikke hadde noe med virkeligheten å gjøre.

Han drakk kaffe og grep mappen sin. Ennå hadde han en stund på seg til å gå igjennom etterforskningsmaterialet.

Drevet av en plutselig uro gikk han ut i resepsjonen og ringte til politistasjonen i Ystad. Det var Ebba som svarte.

– Hadde du en hyggelig kveld? spurte hun.

– Den kunne ikke ha vært bedre, svarte han. – Og takk igjen for hjelpen med dressen.

– Bare si fra en annen gang.

– Jeg ringer fra hotell Svea i Simrishamn. I tilfelle det er noe. Så reiser jeg rundt med Boman fra Kristianstad-politiet. Men jeg ringer senere.

– Alt er rolig. Det har ikke hendt noe på flyktningmottakene.

Han avsluttet samtalen og gikk ut på toalettet og vasket seg i ansiktet. Speilbildet sitt unnvek han. Med fingertuppene kjente han på kulen i pannen. Den var øm. Smerten i armen var derimot nesten borte.

Bare når han strakte på seg, kjente han at det hugg til i låret.

Da han kom tilbake til spisesalen, bestilte han frokost. Mens han spiste, bladde han igjennom alle papirene sine.

Göran Boman var presis. På slaget ni kom han inn i spisesalen.

– For et vær! sa han.

– Det er iallfall bedre enn snøstorm, svarte Kurt Wallander.

Mens Göran Boman drakk kaffe, gjennomgikk de hva som ville skje den dagen.

– Det ser ut til at vi har flaks, sa Göran Boman. – Det skulle ikke by på noen problemer å få tak i verken kvinnen i Gladsax eller de to i Kristianstad.

De begynte med kvinnen i Gladsax.

– Hun heter Anita Hessler, sa Göran Boman. – 58 år. Hun giftet seg om igjen for et par år siden med en eiendomsmekler.

– Er Hessler pikenavnet hennes? spurte Kurt Wallander.

– Hun heter Johanson nå. Mannen hennes heter Klas Johanson. De bor i et villaområde like utenfor selve bygda. Vi har lusket litt omkring. Så vidt vi kan se, er hun hjemmeværende.

Han sjekket papirene sine.

– Den niende mars 1951 fødte hun en sønn på Kristianstads fødselsklinikk. Klokken 4.13 for å være nøyaktig. Så vidt vi kan se, er det hennes eneste barn. Men Klas Johanson har fire barn fra før. Han er dessuten seks år yngre enn henne.

– Sønnen hennes er altså 39 år, sa Kurt Wallander.

– Han ble døpt Stefan, sa Göran Boman. – Han bor i Åhus og jobber som takseringsmann i Kristianstad. Ordnet økonomi. Rekkehus, kone, to barn.

– Pleier takseringsmenn å begå drap? spurte Kurt Wallander.

– Ikke særlig ofte, svarte Göran Boman.

De kjørte til Gladsax. Sluddet var nå gått over i striregn. Like ved innfartsveien til bygda svingte Göran Boman til venstre.

Villaområdet stod i skarp kontrast til de lave hvite husene i selve bygda. Kurt Wallander tenkte at det like gjerne kunne ha vært en velstående forstad utenfor en storby.

Huset lå ytterst i en rekke. En diger parabolantenne stod på en sementplate inntil huset. Hagen var velstelt. De satt noen minutter i bilen og så på den røde mursteinsvillaen. En hvit Nissan stod parkert ved innkjørselen til garasjen.

– Mannen er nok ikke hjemme, sa Göran Boman. – Han har kontor inne i Simrishamn. Han skal ha spesialisert seg på å selge eiendom til velbergede vesttyskere.

– Er det lov? spurte Kurt Wallander forbauset.

Göran Boman trakk på skuldrene.

– Stråmenn, sa han. – Vesttyskerne betaler bra og konsesjonen plasseres på svenske hender. Det er mennesker i Skåne som lever av å stå ansvarlig for ulovlig overtagelse av fast eiendom.

Plutselig så de at noe rørte seg bak en gardin. Bevegelsen var så flyktig at bare trenede politiøyne kunne oppfatte den.

– Det er noen hjemme, sa Kurt Wallander. – Skal vi avlegge et besøk?

Kvinnen som lukket opp, var frapperende tiltrekkende. Hun hadde på seg en posete joggedress, men utstrålingen var meget sterk. Kurt Wallander tenkte fort at hun hadde et meget usvensk utseende.

Han tenkte også at presentasjonen kunne være like viktig som alle spørsmål til sammen.

Hvordan ville hun reagere når de sa at de var fra politiet?

Det eneste han kunne se var at hun hevet en anelse på øyebrynene. Så smilte hun og viste en rad jevne, hvite tenner. Kurt Wallander lurte på om Göran Boman virkelig hadde rett. Var hun 58 år? Hadde han ikke visst det, ville han ha gjettet på 45.

– Det var uventet, sa hun. – Kom inn.

De gikk inn i en smakfullt møblert dagligstue. Veggene var dekket av velfylte bokhyller. Et av Bang & Olufsens mest eksklusive fjernsynsapparater stod i et hjørne. I et akvarium svømte tigerstripete fisker. Wallander hadde vondt for å forbinde denne dagligstuen med Johannes Lövgren. Det var ingenting som tydet på noen sammenheng.

– Er det noe jeg kan by på? spurte kvinnen.

De svarte benektende og satte seg.

– Vi er kommet for å stille noen rutinemessige spørsmål, sa Wallander. – Jeg heter altså Kurt Wallander og dette er Göran Boman fra politiet i Kristianstad.

– Så spennende med politibesøk, sa kvinnen smilende. – Her i Gladsax hender det aldri noe uventet.

– Vi ville bare spørre om De kjenner en mann som heter Johannes Lövgren, sa Kurt Wallander.

Hun så forbauset på ham.

– Johannes Lövgren? Nei? Hvem er det?

– Er De sikker?

– Selvsagt er jeg det!

– Han ble myrdet sammen med sin kone i en bygd som heter Lenarp for noen dager siden. De har kanskje sett det i avisen?

Forbauselsen virket ekte.

– Nå skjønner jeg ingenting, sa hun. – Jeg husker at jeg har sett noe i avisene. Men hva har det med meg å gjøre?

Nei, tenkte Kurt Wallander og så på Göran Boman. Han så ut til å mene det samme. Hva har hun med Johannes Lövgren å gjøre?

– I 1951 fødte De en sønn i Kristianstad, sa Göran Boman. – På alle papirer i forskjellige registre har De oppført faren som ukjent. Det skulle ikke tilfeldigvis være en mann ved navn Johannes Lövgren som er den ukjente faren?

Hun så lenge på dem før hun svarte.

– Jeg skjønner ikke hvorfor dere spør, sa hun. – Og jeg skjønner enda mindre hva det skulle ha med den myrdede bonden å gjøre. Men hvis det kan være til noen hjelp, kan jeg fortelle at Stefans far het Rune Stierna. Han var gift med en annen. Jeg visste hva jeg gjorde, og jeg valgte å takke for barnet ved å hemmeligholde hans identitet. Han døde for 12 år siden. Og Stefan hadde god kontakt med sin far under hele oppveksten.

– Jeg forstår at spørsmålene virker underlige, sa Kurt Wallander, – Men vi må stille merkelige spørsmål av og til.

De stilte enda noen spørsmål og gjorde notater. Så var det hele over.

– Jeg håper De unnskylder at vi forstyrret, sa Kurt Wallander da han reiste seg fra stolen.

– Tror dere at jeg snakker sant? sa hun plutselig.

– Ja, sa Kurt Wallander. – Vi tror at De snakker sant. Men hvis De ikke gjør det, kommer vi til å få greie på det. Før eller senere.

Hun lo.

– Jeg snakker sant, sa hun. – Jeg har så vanskelig for å lyve. Men kom gjerne tilbake hvis dere har flere underlige spørsmål.

De gikk tilbake til bilen.

– Ja, sånn var det, sa Göran Boman.

– Henne var det ikke, svarte Kurt Wallander.

– Gidder vi å snakke med sønnen i Åhus?

– Det tror jeg vi hopper over. Foreløpig iallfall.

De hentet Kurt Wallanders bil og drog rett til Kristianstad.

I høyde med bakkene i Brösarp sluttet regnet, og skydekket begynte å sprekke.

Utenfor politistasjonen i Kristianstad byttet de bil igjen og fortsatte sammen i en av politiets biler.

– Margareta Velander, sa Göran Boman. – 49 år, har en damefrisørsalong som heter Die Welle i Krokarpsgatan. Tre barn, skilt, gift igjen, skilt enda en gang. Bor i et rekkehus på Blekingekanten. Fødte en sønn i desember 1958. Sønnen heter Nils. Åpenbart en temmelig eventyrlysten natur. Har fartet rundt på markeder og solgt importert krimskrams. Står dessuten som eier av et agentur for raffinert dameundertøy. Har slått seg ned i Sölvesborg av alle steder. Hvem faen kjøper raffinert dameundertøy som selges på postordre fra den byen?

– Mange, trodde Kurt Wallander.

– Han har sittet inne en gang for legemsfornærmelse, fortsatte Göran.

– Jeg har ikke sett rapporten. Men han fikk ett år. Det tyder på at legemsfornærmelsen var ganske grov.

– Den rapporten vil jeg se, sa Kurt Wallander. – Hvor skjedde det?

– Han ble dømt av Kalmar underrett. De holder på å lete frem dommen.

– Når skjedde det?

– I 1981, tror jeg.

Kurt Wallander tenkte mens Göran Boman kjørte gjennom byen.

– Da var hun altså bare 17 år da gutten ble født. Og skal vi tenke oss Johannes Lövgren som faren, blir det en veldig aldersforskjell.

– Jeg har tenkt på det. Men det kan jo bety både det ene og det andre.

Frisørsalongen lå i en vanlig leiegård i utkanten av Kristianstad. Den holdt til i kjelleretasjen.

– Kanskje vi skulle passe på å klippe oss, sa Göran Boman. – Hvem er det som klipper deg forresten?

Kurt Wallander holdt på å svare at det var hans kone Mona som tok seg av det.

– Det er litt forskjellig, svarte han unnvikende.

I salongen var det tre stoler. Alle var opptatt da de kom inn.

To kvinner satt under hårtørkere mens en tredje fikk vasket håret.

Kvinnen som masserte hodet hennes, så forbauset på dem.

– Jeg klipper bare etter timebestilling, sa hun. – I dag er det fullt. I morgen også. Hvis dere skal bestille til fruene deres.

– Margareta Velander? spurte Göran Boman.

Han viste frem identitetskortet sitt.

– Vi vil gjerne snakke med Dem, fortsatte han.

Kurt Wallander så at hun ble redd.

– Jeg kan ikke gå fra akkurat nå, sa hun.

– Vi venter gjerne, sa Göran Boman.

– Inne i bakværelset, sa Margareta Velander. – Det tar ikke lang tid.

Rommet var svært lite. Et bord med voksduk og noen stoler opptok nesten hele plassen. På en hylle lå en del ukeblader mellom noen kaffekopper og en skitten kaffetrakter. Kurt Wallander gransket et svarthvitt foto som var festet til veggen med knappenåler. Det var utydelig og bleknet og forestilte en ung mann i marineuniform. Kurt Wallander så det stod «Halland» på luen.

– «Halland», sa han. – Var det en krysser eller en jager?

– Jager. Hogd opp for lenge siden.

Margareta Velander kom inn i rommet. Hun tørket hendene med et frottéhåndkle.

– Nå har jeg noen minutter, sa hun. – Hva gjelder det?

– Vi lurer på om De kjenner en mann som heter Johannes Lövgren, begynte Kurt Wallander.

– Si du, sa hun og satte seg. – Vil dere ha kaffe?

Begge avslo, og Kurt Wallander irriterte seg over at hun hadde snudd ryggen til ham da han hadde stilt spørsmålet.

– Johannes Lövgren, sa han igjen. – En bonde i en liten bygd utenfor Ystad. Kjente du ham?

– Han som ble myrdet? spurte hun og så ham rett inn i øynene.

– Ja, sa han. – Mannen som ble myrdet. Nettopp.

– Nei, svarte hun og helte kaffe i en plastkopp. – Hvorfor skulle jeg ha kjent ham?

Politimennene vekslet et fort blikk. Det var noe i stemmen hennes som røpet at hun var presset.

– I desember 1958 fødte du en sønn som ble døpt Nils, sa Wallander. – Du oppgav faren som ukjent.

I samme sekund som han nevnte sønnens navn, begynte hun å gråte.

Kaffekoppen veltet, og det dryppet ned på gulvet.

– Hva har han gjort? sa hun. – Hva har han gjort nå?

De ventet til hun hadde roet seg før de fortsatte med spørsmålene.

– Vi er ikke her for å si at det har hendt noe, sa Kurt Wallander. – Men vi skulle gjerne vite om Nils' far kan ha hett Johannes Lövgren.

– Nei.

Svaret lød ikke særlig overbevisende.

– Da skulle vi gjerne vite hva han het?

– Hvorfor vil dere vite det?

– Det er viktig for etterforskningen.

– Jeg har jo sagt at jeg ikke kjenner noen som heter Lövgren.

– Hva het Nils' far?

– Det sier jeg ikke.

– Svaret blir mellom oss.

Hun nølte litt for lenge med svaret.

– Jeg vet ikke hvem som er far til Nils.

– Det er den slags kvinner pleier å si.

– Jeg var sammen med flere på den tiden. Jeg vet ikke. Det var jo derfor jeg oppgav faren som ukjent.

Hun reiste seg fort fra stolen.

– Jeg må arbeide, sa hun. – Damene koker i hjel i hårtørkerne.

– Da venter vi.

– Men jeg har ikke mer å si!

Hun lød mer og mer opprevet.

– Vi har flere spørsmål.

Ti minutter senere var hun tilbake igjen. Hun hadde noen sedler i hånden som hun puttet ned i en veske som hang på en stol. Nå virket hun fattet og kampberedt.

– Jeg kjenner ingen som heter Lövgren, sa hun.

– Og du fastholder at du ikke vet hvem som var far til den sønnen du fødte i 1958?

– Ja.

– Du er klar over at du eventuelt må svare på de spørsmålene under ed?

– Jeg lyver ikke.
– Hvor kan vi treffe din sønn Nils?
– Han reiser mye.
– Ifølge folkeregisteret bor han i Sölvesborg.
– Reis dit da!
– Det kommer vi også til.
– Jeg har ikke mer å si.

Kurt Wallander nølte et øyeblikk. Så pekte han på det utydelige og blekede fotoet som var festet til veggen.

– Er det Nils' far? spurte han.

Hun hadde akkurat tent en sigarett. Da hun blåste ut røyken, lød det som fresing.

– Jeg kjenner ingen Lövgren. Jeg skjønner ikke hva dere snakker om.

– Neivel, sa Göran Boman og avbrøt samtalen. – Da går vi. Men vi kommer kanskje til å la høre fra oss.

– Jeg har ikke mer å si. Hvorfor kan jeg ikke få være i fred?

– Ingen får være i fred når politiet leter etter en dobbeltmorder, sa Göran Boman. – Sånn er det.

Da de kom ut på gaten, skinte solen. De ble stående ved bilen.

– Hva tror du? spurte Göran Boman.
– Jeg vet ikke. Men et eller annet er det.
– Skal vi prøve å finne sønnen før vi fortsetter med den tredje?
– Jeg tror det.

De kjørte til Sölvesborg og fant endelig den adressen som skulle være den rette. Et forfallent trehus utenfor sentrum av byen, omgitt av bilvrak og maskindeler. En ilter schæferhund rev og slet i en jernlenke. Huset så øde ut. Göran Boman bøyde seg frem og så på et slurvete tekstet navneskilt som var spikret på døren.

– Nils Velander, sa han. – Det stemmer.

Han banket gjentatte ganger på døren. Men ingen svarte. De gikk en runde rundt huset.

– For et høl, sa Göran Boman.

Da de kom tilbake til utgangspunktet, kjente Kurt Wallander på dørhåndtaket.

Huset var ulåst.

Kurt Wallander så spørrende på Göran Boman, som trakk på skuldrene.

– Er det åpent, så er det det, sa han. – Vi går inn.

De gikk inn i en innestengt entré og lyttet. Alt var stille til begge kvakk til av en katt som spratt fresende frem fra en mørk krok og forsvant oppover trappen til annen etasje. Rommet til venstre så ut som en slags kontor. Der stod det to buklete sikkerhetsskap og et overlesset skrivebord med en telefon og en telefonsvarer. Wallander tok lokket av en kartong som stod på skrivebordet. Der lå det et sett undertøy i svart skinn og en navnelapp.

– Fredrik Åberg i Dragongatan i Alingsås har bestilt dette, sa han og skar en grimase. – Diskré avsender antagelig.

De fortsatte til neste rom, som var et lager for Nils Velanders raffinerte undertøy. Der var det også en del pisker og hundekobbel.

Alt så ut som det var slengt inn på lageret, uten noen form for orden.

Neste rom var et kjøkken med skitne tallerkener på oppvaskbenken. En halvspist kylling lå på gulvet. Det luktet kattepiss overalt.

Kurt Wallander skjøv opp døren til spiskammerset.

Der stod det et hjemmebrentapparat og to store glassballonger.

Göran Boman flirte og ristet på hodet.

De gikk opp i annen etasje. Kikket inn i soveværelser med skitne lakener og hauger med klær. Gardinene var trukket for, og de talte syv katter som spratt unna da de nærmet seg.

– For et høl, sa Göran Boman igjen. – Hvordan orker noen å leve sånn?

Huset så ut til å ha blitt forlatt i stor hast.

– Det er kanskje best vi går, sa Kurt Wallander. – Vi

må vel ha en ransakingsordre før vi kan gå igjennom dette for alvor.

De gikk ned trappen igjen. Göran Boman gikk inn på kontoret og slo på telefonsvareren.

Nils Velander, hvis det nå var han, meddelte at Raff-Sets kontor for tiden var ubemannet, men at man bare kunne levere bestillingen til telefonsvareren.

Schæferhunden rykket i lenken sin da de kom ut.

Like ved venstre hushjørne fikk Kurt Wallander øye på en kjellerdør som nesten var helt skjult bak restene av en gammel rulle.

Han åpnet den ulåste døren og gikk inn i halvmørket. Der famlet han seg frem til en bryter. En gammel oljekjele stod i et hjørne. Resten av kjellerrommet var fylt av tomme fuglebur. Han ropte på Göran Boman.

– Underbukser i skinn og tomme fuglebur, sa Kurt Wallander. – Hva er det egentlig denne mannen driver med?

– Jeg tror vi burde sjekke det, svarte Göran Boman.

Idet de skulle til å gå, fikk Kurt Wallander øye på et lite stålskap bak oljekjelen. Han bøyde seg ned og vred på håndtaket. Det var ulåst som alt annet i dette huset. Han stakk hånden inn og fikk tak i en plastpose. Han tok den frem og åpnet den.

– Se på dette, sa han til Göran Boman.

I plastposen lå en haug med tusenlapper.

Kurt Wallander talte til 23.

– Jeg tror vi skal snakke litt med denne fyren, sa Göran Boman.

De la pengene tilbake og gikk ut igjen. Schæferhunden bjeffet.

– Vi får snakke med kollegene her i Sölvesborg, sa Göran Boman. – De får finne denne karen for oss.

På Sölvesborgs politistasjon traff de en politimann som kjente Nils Velander meget godt.

– Han driver med en hel del ulovligheter, sa politimannen. – Men det eneste vi har på ham er mistanker om illegal import av burfugler fra Thailand. Og hjemmebrenning.

– Han er dømt for grov legemsfornærmelse en gang i tiden, sa Göran Boman.

– Han pleier ikke å slåss, svarte politimannen. – Men jeg skal prøve å finne ham for dere. Tror dere virkelig at han har myrdet noen?

– Vi vet ikke, sa Kurt Wallander. – Men vi vil ha tak i ham.

De drog tilbake til Kristianstad. Nå hadde det begynt å regne igjen. Begge hadde fått et godt inntrykk av politimannen i Sölvesborg og antok at han ville finne Nils Velander for dem.

Men Kurt Wallander var tvilrådig.

– Vi vet jo ingenting, sa han. – Tusenlapper i en plastpose beviser verken det ene eller det andre.

– Men noe er det, sa Göran Boman.

Kurt Wallander var enig. Noe var det med frisørdamen og sønnen hennes.

De stanset og spiste lunsj på et motell like utenfor Kristianstad.

Kurt Wallander tenkte at han burde ringe til politistasjonen i Ystad.

Telefonautomaten var i ustand da han forsøkte.

Klokken var halv to da de kom tilbake til Kristianstad. Før de fortsatte med den tredje kvinnen, måtte Göran Boman en tur opp på kontoret sitt.

Damen i resepsjonen stanset dem.

– De har ringt fra Ystad, sa hun. – Kurt Wallander skal melde seg.

– Ta den på mitt kontor, sa Göran Boman.

Fylt av bange anelser slo Kurt Wallander nummeret mens Göran Boman gikk etter kaffe.

Uten et ord koblet Ebba ham over til Rydberg.

– Det er best du kommer hit, sa Rydberg. – En gærning har skutt en somalisk flyktning på Hageholm.

– Hva faen mener du med det?

– Jeg mener akkurat det jeg sier. Denne somalieren hadde gått ut på en liten tur. Noen skjøt ham med en hagle. Jeg har lett etter deg overalt. Hvor er du egentlig?

– Er han død?

– Han fikk skutt bort hele hodet.

Kurt Wallander kjente at han ble kvalm.

– Jeg kommer, sa han.

Han la på røret i det samme Göran Boman kom balanserende med to kaffekopper. Kurt Wallander fortalte hva som hadde hendt.

– Du får utrykningstransport, sa Göran Boman. – Jeg sender ned bilen din med en av karene.

Alt gikk svært fort.

Etter et par minutter var Kurt Wallander underveis til Ystad i en bil med hylende sirener. Rydberg møtte ham på politistasjonen og de fortsatte rett til Hageholm.

– Har vi noen spor? spurte Kurt Wallander.

– Ingen. Men redaksjonen i Sydsvenska Dagbladet fikk en telefon bare noen minutter etter drapet. En mann sa at det var en hevn for drapet på Johannes Lövgren. Neste gang de slo til, skulle de ta en kvinne for Maria Lövgren.

– Det er jo rene vanviddet, sa Kurt Wallander. – Vi mistenker jo ingen utlendinger lenger.

– Noen ser ut til å tro det. At vi holder hånden over noen utlendinger.

– Jeg har jo dementert.

– De som har gjort dette, blåser i dementiene. De ser en ypperlig grunn til å finne frem våpen og begynne å skyte flyktninger.

– Det er jo vanvidd!

– Visst faen er det vanvidd. Men det er sant!

– Tok avisen samtalen opp på bånd?

– Ja.

– Det vil jeg høre. Om det er samme person som har ringt til meg.

Bilen suste frem gjennom det skånske landskapet.

– Hva gjør vi nå? sa Kurt Wallander.

– Vi må få tak i dem som myrdet i Lenarp, sa Rydberg. – Fort som bare faen.

På Hageholm var det kaos. Opphissede og gråtende flyktninger hadde samlet seg i spisesalen, journalister intervjuet og telefoner ringte. Wallander steg ut av bilen på en sølete kjerrevei noen hundre meter fra husene. Det hadde begynt å blåse, og han slo opp jakkekragen. Et område rundt veien var avsperret. Den døde kroppen lå nesegrus i sølen.

Kurt Wallander lettet forsiktig på lakenet som lå over liket.

Rydberg hadde ikke overdrevet. Det var nesten ingenting igjen av hodet.

– Skudd på kloss hold, sa Hanson som stod ved siden av. – Den som gjorde dette, må ha ligget på lur og fyrt av skuddene på et par meters hold.

– Skuddene, sa Kurt Wallander.

– Bestyreren ved mottaket sa at hun hørte to skudd like etter hverandre.

Kurt Wallander så seg omkring.

– Bilspor, sa han. – Hvor fører denne veien?

– To kilometer lenger nede kommer du ut på E14.

– Og ingen har sett noe?

– Det er vanskelig å forhøre flyktninger som snakker 15 forskjellige språk. Men vi holder på.

– Vet vi hvem den døde er?

– Han hadde kone og ni barn.

Kurt Wallander så perpleks på Hanson.

– Ni barn?

– Tenk deg overskriftene i morgen, sa Hanson. – En uskyldig flyktning myrdet under en spasertur. Ni barn uten far.

Svedberg kom løpende fra en av politibilene.

– Politisjefen er i telefonen, sa han.

Kurt Wallander så forbauset ut.

– Han kommer jo fra Spania først i morgen?

– Ikke han. Rikspolitisjefen.

Kurt Wallander satte seg i bilen og tok telefonen. Rikspolitisjefen snakket forsert, og Kurt Wallander ble straks irritert over det han sa.

– Dette ser ille ut, sa politisjefen. – Rasedrap bør vi helst ikke ha i dette landet.

– Nei, svarte Kurt Wallander.

– Etterforskningen av dette må prioriteres.

– Ja. Men vi har alt dobbeltdrapet i Lenarp på nakken.

– Gjør dere noen fremskritt?

– Jeg tror det. Men det tar jo tid.

– Jeg vil at du skal rapportere til meg personlig. Jeg skal være med i et debattprogram i fjernsynet i kveld og trenger all den informasjon jeg kan få.

– Jeg skal ordne det.

Samtalen var over.

Kurt Wallander ble sittende i bilen.

Dette får Näslund ta seg av, tenkte han. Han får mate Stockholm med papirer.

Han følte seg uopplagt. Bakrusen var gått over, og han tenkte på det som hadde hendt kvelden før. En påminnelse fikk han også da han så Peters komme gående fra en nyankommet politibil.

Så tenkte han på Mona og mannen som hadde hentet henne.

Og Linda som hadde ledd. Den mørke mannen ved siden av henne.

Faren som malte det evige bildet sitt.

Han tenkte også på seg selv.

*Å leve har sin tid, å være død har sin.*

Så tvang han seg ut av bilen for å gå i gang med etterforskningen.

Nå må det ikke bli mer, tenkte han.

Da klarer vi det ikke.

Klokken var kvart over tre. Igjen hadde det begynt å regne.

# 10

Kurt Wallander stod i øsregnet og frøs. Klokken var nesten blitt fem, og politiet hadde rigget opp strålekastere rundt drapsstedet. Han så på to ambulansemenn som kom sjabbende i sølen med en båre. Den døde somalieren skulle bæres bort. Da han så på gjørmegrøten, lurte han på om selv en så dyktig politimann som Rydberg ville finne noen spor.

Likevel kjente han seg lettet akkurat nå. Inntil for ti minutter siden hadde politimennene vært omringet av en hysterisk kone og ni illskrikende barn. Konen til den døde hadde kastet seg i gjørmen, og klagingen hadde vært så skjærende at flere av politimennene ikke hadde hoidt ut og var gått sin vei. Til sin forundring hadde Kurt Wallander innsett at den eneste som klarte å håndtere den sørgende kvinnen og de fortvilte barna, var Martinson. Den yngste av politifolkene, som hittil i sin karriere ikke hadde vært nødt til å fremføre et eneste dødsbudskap til noen pårørende. Han hadde holdt rundt kvinnen, stått på kne i gjørmen, og på en eller annen måte hadde de forstått hverandre, tvers over alle språklige grenser. En prest som i all hast var blitt tilkalt, hadde selvsagt ikke utrettet noe. Smått om senn hadde Martinson klart å få kvinnen og barna med seg tilbake til hovedbygningen, der en lege stod parat til å ta seg av dem.

Rydberg kom klampende i gjørmen. Buksene hans var flekkete til langt oppe på lårene.

– For en smørje, sa han. – Men Hanson og Svedberg

har gjort en kjempejobb. De har greid å få tak i to flyktninger og en tolk som faktisk tror de har sett noe.

– Hva?

– Hvordan skal jeg kunne vite det? Jeg snakker verken arabisk eller swahili. Men de drar til Ystad nå. Innvandreretaten har lovt oss tolker. Jeg tenkte det var best at du tok deg av avhørene.

Kurt Wallander nikket.

– Har vi noe å gå etter? spurte han.

Rydberg tok frem den halvskitne notatboken sin.

– Han ble drept presis klokken ett. Bestyreren hørte på nyhetene i radioen da det smalt. Det var to skudd. Men det vet du alt. Han var død før han segnet om. Det ser ut til å ha vært vanlige hagl. Gyttorp, antar jeg. Nitrox 36, antagelig. Det er omtrent alt.

– Det var ikke mye.

– Absolutt ingenting etter min mening. Men kanskje vitnene har noe å komme med.

– Jeg har sagt fra at alle må jobbe overtid, sa Kurt Wallander. – Nå er vi nødt til å sprengjobbe døgnet rundt hvis det må til.

Vel tilbake på politistasjonen holdt den første vitneforklaringen på å drive ham til fortvilelse. Tolken som skulle beherske swahili, forstod ikke den dialekten som vitnet snakket. Det var en ung mann fra Malawi. Det tok Kurt Wallander nesten en halv time før han innså at tolken overhodet ikke oversatte det vitnet sa. Så tok det enda nesten 20 minutter før det viste seg at malawieren av en eller annen merkelig grunn behersket luvale, et språk som ble snakket i deler av Zaire og Zambia. Men der var de heldige. En av Innvandreretatens representanter kjente til en gammel misjonær som snakket luvale flytende. Hun var nærmere 90 år og bodde i en eldrebolig i Trelleborg. Etter kontakt med kollegene sine i byen, fikk han løfte om at misjonæren skulle få polititransport til Ystad. Det ante Kurt Wallander at en 90-årig misjonær kanskje ikke ville være i den aller beste form. Men han tok feil. En liten hvithåret dame med kvikke øyne stod plutselig på terskelen til rommet hans, og før han visste ordet av det, var hun fordypet i en livlig samtale med den unge mannen. Dessverre viste det seg at malawieren ikke hadde sett noen ting.

– Spør hvorfor han meldte seg som vitne, sa Kurt Wallander trett.

Misjonæren og den unge mannen forsvant i en langtrukken samtale.

– Han syntes nok bare det var litt spennende, sa hun endelig. – Og det kan man jo forstå.

– Kan man det? spurte Wallander.

– Du har vel vært ung selv, sa den gamle damen.

Malawieren ble sendt tilbake til Hageholm, og misjonæren reiste tilbake til Trelleborg.

Neste vitne hadde faktisk noe å komme med. Det var en iransk tolk som snakket bra svensk. I likhet med den døde somalieren hadde han vært ute på en tur i området rundt Hageholm da skuddet falt.

Kurt Wallander fant frem et kart over området rundt Hageholm. Han satte et kryss på drapsstedet, og tolken kunne straks peke ut hvor han hadde vært da han hørte de to skuddene. Kurt Wallander beregnet avstanden til cirka 300 meter.

– Etter skuddene hørte jeg en bil, sa tolken.

– Men du så den ikke?

– Nei. Jeg var inne i skogen. Veien syntes ikke.

Tolken pekte igjen. Sørover.

Så ble Kurt Wallander paff.

– Det var en Citroën, sa mannen.

– En Citroën?

– Den dere kaller padde her i Sverige.

– Hvordan kan du være så sikker på det?

– Jeg vokste opp i Teheran. Som barn lærte vi oss å kjenne igjen forskjellige bilmerker på motorlyden. Citroën er lett. Særlig padden.

Kurt Wallander hadde vondt for å tro det han hørte. Så bestemte han seg fort.

– Bli med ut i gården, sa han. – Og når du kommer ut, snur du ryggen til og lukker øynene.

Ute i regnet startet han Peugeot'en sin og kjørte en runde på parkeringsplassen. Hele tiden holdt han øye med tolken.

– Nå, sa han etterpå. – Hva var det?

– En Peugeot, svarte tolken skråsikkert.

– Bra, sa Kurt Wallander. – Forbannet bra.

Han sendte vitnet hjem og gav ordre om at man skulle etterlyse en Citroën som kunne ha vært synlig mellom Hageholm og E14 vestover. Telegrambyrået fikk også beskjed om at politiet nå lette etter en Citroën som man antok hadde med drapet å gjøre.

Det tredje vitnet var en ung kvinne fra Romania. Hun satt på Kurt Wallanders kontor og ammet barnet sitt mens avhøret pågikk. Tolken snakket dårlig svensk, men Wallander syntes likevel han fikk en bra oppfatning av hva kvinnen hadde sett.

Hun hadde gått samme vei som den myrdede somalieren, og hun hadde møtt ham på veien tilbake til mottaket.

– Hvor lang tid? spurte Wallander. – Hvor lang tid mellom at du møtte ham og at du hørte skuddene?

– Kanskje tre minutter.

– Så du noen andre?

Kvinnen nikket, og Kurt Wallander lente seg spent over skrivebordet.

– Hvor? sa han. – Pek på kartet!

Tolken holdt spedbarnet mens kvinnen lette på kartet.

– Der, sa hun og trykket pennen mot kartet.

Kurt Wallander så at det var like ved drapsstedet.

– Fortell, sa han. – Ta deg god tid. Tenk etter.

Tolken oversatte og kvinnen tenkte.

– En mann i blå kjeledress, sa hun. – Han stod ute på jordet.

– Hvordan så han ut?

– Han hadde lite hår.

– Hvor høy var han?
– Vanlig høyde.
– Er jeg vanlig høy?
Kurt Wallander stilte seg på gulvet.
– Han var litt høyere.
– Hvor gammel var han?
– Han var ikke ung. Ikke gammel heller. Kanskje 45 år.
– Så han deg?
– Jeg tror ikke det.
– Hva gjorde han ute på jordet?
– Han spiste.
– Spiste?
– Han spiste på et eple.
Kurt Wallander tenkte seg om.
– En mann i blå kjeledress står på et jorde ved veien og spiser et eple? Har jeg oppfattet riktig?
– Ja.
– Var han alene?
– Jeg så ingen flere. Men jeg tror ikke han var alene.
– Hvorfor tror du ikke det?
– Det var som om han ventet på noen.
– Hadde denne mannen noe våpen?
Kvinnen tenkte igjen.
– Kanskje lå det en brun pakke ved føttene hans, sa hun. – Kanskje var det bare jord.
– Hva skjedde etter at du hadde sett mannen?
– Jeg skyndte meg hjem så fort jeg kunne.
– Hvorfor hadde du det så travelt?
– Det er ikke bra å treffe fremmede menn ute i skogen.
Kurt Wallander nikket.
– Så du noen bil? spurte han.
– Nei. Ingen bil.
– Kan du beskrive mannen enda tydeligere?
Hun tenkte lenge før hun svarte. Barnet sov i armene på tolken.
– Han så sterk ut, sa hun. – Jeg tror han hadde store hender.

– Hvilken farge hadde han på håret? Det lille han hadde?

– Svensk farge.

– Lyst hår?

– Ja. Og han var skallete sånn.

Hun tegnet en halvmåne i luften.

Så fikk hun dra tilbake til mottaket. Wallander hentet en kopp kaffe. Svedberg lurte på om han ville ha en pizza. Han nikket.

Klokken kvart på ni om kvelden kom politifolkene sammen til et møte i kantinen. Kurt Wallander syntes fremdeles at alle unntatt Näslund så forbløffende opplagte ut. Näslund var forkjølet og hadde feber, men nektet likevel å reise hjem.

Mens de delte pizzaer og smørbrød, forsøkte Kurt Wallander seg på en oppsummering. På den ene kortveggen hadde han tatt ned et maleri og projisert et lysbilde som viste et kart over drapsstedet. Han hadde satt et kryss ved stedet og tegnet inn begge vitnenes plasseringer og bevegelser.

– Vi er altså ikke helt bånnskrapet, begynte han. – Vi har tidspunkter, og vi har to troverdige vitner. Noen minutter før skuddet faller, ser det kvinnelige vitnet en mann i blå kjeledress som står på et jorde like ved veien. Det stemmer nøyaktig med hvor lang tid det bør ha tatt den døde å komme frem til det stedet. Ytterligere vet vi at morderen har forsvunnet i en Citroën og at han har dradd sørvestover.

Gjennomgangen ble avbrutt av at Rydberg kom inn i kantinen. Alle politifolkene satte i å le. Rydberg hadde gjørme helt opp til haken. Han sparket av seg de skitne og våte skoene og tok imot et smørbrød som noen rakte ham.

– Du kommer som bestilt, sa Kurt Wallander. – Hva har du funnet?

– Jeg har krøpet omkring på det jordet i to timer, svarte Rydberg. – Den rumenske kvinnen var ganske flink til å peke ut hvor mannen kunne ha stått. Vi har avtrykk av fotspor der. Av gummistøvler. Og det sa hun at mannen hadde hatt. Vanlige grønne gummistøvler. Så fant jeg en epleskrott.

Rydberg tok en plastpose opp av lommen.

– Er vi heldige, finner vi fingeravtrykk, sa han.

– Kan man ta fingeravtrykk på en epleskrott? spurte Kurt Wallander forbauset.

– Man kan ta fingeravtrykk på hva som helst, sa Rydberg. – Det kan være et hårstrå, litt spytt, hudfragmenter.

Han satte plastposen på bordet, forsiktig, som om den hadde vært av porselen.

– Så fulgte jeg fotsporene, sa han. – Og hvis det er denne Eplemannen som er morderen, tror jeg det har foregått på denne måten.

Rydberg tok pennen sin ut av notatboken og stilte seg ved lysbildet.

– Han har sett somalieren komme på veien. Da har han slengt fra seg epleskrotten og gått rett ut på veien foran ham. Jeg syntes jeg kunne se at støvlene hadde slept litt jord ut på veien. Der har han fyrt av de to skuddene på cirka fire meters hold. Så har han snudd og løpt cirka 50 meter langs veien fra drapsstedet. Der gjør veien en sving, og der er det også en liten innbuktning i veien som gjør det mulig for en bil å snu. Der var det ganske riktig også bilspor. Dessuten fant jeg to sigarettstumper.

Han tok enda en plastpose opp av lommen.

– Så har mannen hoppet inn i bilen og kjørt sørover. Sånn tror jeg det har gått for seg. Ellers akter jeg å sende en renseriregning til politiet.

– Jeg skal attestere, lovte Kurt Wallander. – Men nå må vi tenke.

Rydberg rakte opp hånden, som om han satt i et klasseværelse.

– Jeg har fått noen ideer, sa han. – For det første er jeg sikker på at de var to. En som ventet ved bilen og en som skjøt.

– Hvorfor tror du det? spurte Kurt Wallander.

– Mennesker som velger å spise et eple i en viktig situasjon, er neppe røykere. Jeg tror at det var en person som ventet ved bilen. En røyker. Og en morder som spiste et eple.

– Det lyder rimelig.

– Dessuten har jeg en følelse av at alt virker meget nøye planlagt. Det skal ikke mye til for å bringe på det rene at flyktningene på Hageholm bruker denne veien til turer. Som regel går de vel i gruppe. Men nå og da går noen alene. Hvis man da kler seg som en bonde, er det neppe noen som synes det virker mistenkelig. Dessuten var stedet velvalgt med tanke på at bilen kunne stå på veien like ved uten å synes. Jeg tror altså at denne ugjerningen var en kaldblodig henrettelse. Det eneste morderne ikke visste, var hvem som skulle komme alene på veien. Og det brydde de seg altså heller ikke om.

Det ble stille i rommet. Rydbergs analyse hadde vært så klar at ingen hadde noe å innvende. Det hensynsløse i drapet fremstod nå også som helt åpenbart.

Det var Svedberg som til slutt brøt stillheten.

– Det er kommet et bud med en kassett fra Sydsvenska Dagbladet, sa han.

En hentet en opptaker.

Kurt Wallander kjente straks igjen stemmen. Det var den samme mannen som hadde ringt og truet ham to ganger.

– Vi sender dette båndet til Stockholm, sa Kurt Wallander. – Kanskje de kan få noe ut av en analyse.

– Jeg synes også vi skal undersøke hvilken eplesort han spiste, sa Rydberg. – Er vi heldige, går det kanskje an å finne butikken der det ble kjøpt.

Så begynte de å snakke om motivet.

– Rasisme, sa Kurt Wallander. – Det kan være så jævlig mye. Men jeg går ut fra at vi må begynne å sjekke de nysvenske bevegelsene som fins. Vi er åpenbart kommet inn i en ny og alvorligere fase. Nå males det ikke slagord lenger. Nå kastes det brannbomber og myrdes. Men jeg tror overhodet ikke at det er de samme menneskene som satte fyr på brakken her i Ystad. Det tror jeg fremdeles var en slags guttestrek eller påfunn av noen fylliker som har hisset seg opp over alle flyktningene. Dette drapet er noe annet. Enten er det mennesker som arbeider på egen hånd. Eller så inngår de i en bevegelse. Og der må vi ta i bruk kraftige midler. Vi må rykke ut og be folk om tips. Jeg akter å ta Stockholm til hjelp for å kartlegge de nysvenske bevegelsene. Dette drapet har riksstatus. Det vil si at vi har ubegrensede ressurser. Dessuten må noen ha sett denne Citroën'en.

– Det er en klubb for Citroën-eiere, sa Näslund med hes stemme. – Vi kan jo samkjøre registeret deres med bilregisteret. De som er med i denne klubben, har sikkert kjennskap til hver eneste Citroën som ruller i dette landet.

Oppgavene ble fordelt. Klokken var nesten halv elleve før møtet var over. Det streifet ingen å gå hjem.

Kurt Wallander arrangerte en improvisert pressekonferanse i politistasjonens resepsjon. Enda en gang poengterte han at alle som hadde sett en Citroën på E14, måtte gi livstegn fra seg. Dessuten gav han et foreløpig signalement på morderen.

Da han var ferdig, begynte spørsmålene å hagle over ham.

– Ikke nå, sa han. – Jeg har sagt det jeg har å si.

Da han var på vei tilbake til rommet sitt, kom Hanson og spurte om han ville se et opptak av det debattprogrammet som rikspolitisjefen hadde vært med i.

– Helst ikke, svarte han. – Iallfall ikke nå.

Han ryddet unna på skrivebordet sitt. Lappen der det stod at han skulle ringe sin søster, klistret han fast på telefonrøret. Så ringte han hjem til Göran Boman. Det var Boman selv som tok telefonen.

– Hvordan går det? spurte Boman.

– Vi har en del å gå etter, svarte Kurt Wallander. – Vi får jobbe i vei.

– Jeg har forresten gode nyheter til deg.

– Det var det jeg håpet.

– Kollegene i Sölvesborg fant Nils Velander. Han har åpenbart en båt på et verft som han drar ut og steller med nå og da. Protokollen fra avhøret kommer i morgen, men jeg har fått høre det viktigste. Pengene i plastposen påstår han at han har tjent på undertøyet sitt. Og han gikk med på at sedlene ble byttet ut med andre, så vi kan sjekke fingeravtrykk.

– Föreningsbanken her i Ystad, sa Kurt Wallander. – Vi må undersøke om seddelnumrene kan etterspores.

– Pengene kommer i morgen. Men ærlig talt, så tror jeg ikke at det er han.

– Hvorfor ikke?

– Jeg vet ikke.

– Jeg syntes du sa at du hadde gode nyheter.

– Det har jeg også. Nå kommer jeg til den tredje kvinnen. Jeg tenkte at du ikke hadde noe imot at jeg oppsøkte henne alene.

– Selvfølgelig ikke.

– Som du husker, heter hun Ellen Magnuson. Hun er 60 år og arbeider på et apotek her i Kristianstad. Jeg har faktisk støtt på henne en gang før. For noen år siden kjørte hun i hjel en veiarbeider ved en trafikkulykke. Det var utenfor Everöds flyplass. Hun påstod at hun var blitt blendet av solen. Det var sikkert sant. I 1955 fødte hun en sønn med faren oppført som ukjent. Sønnen heter Erik og bor i Malmö. Han er ansatt ved fylkestinget. Jeg drog hjem til henne. Hun virket skremt og opprevet, som om hun hadde gått og ventet på politibesøk. Hun nektet for at Johannes Lövgren var far til denne gutten. Men jeg fikk en helt bestemt følelse av at hun løy. Hvis du stoler på min dømmekraft, så har jeg faktisk lyst til å konsentrere meg om henne. Men jeg skal selvfølgelig ikke glemme denne fuglehandleren og moren hans.

– Det nærmeste døgnet rekker jeg nok ikke stort annet

enn det jeg holder på med akkurat nå, sa Kurt Wallander.
– Jeg er takknemlig for alt du tar deg tid til.

– Jeg sender over papirene, sa Gösta Boman. – Og sedlene. Jeg går ut fra at du må kvittere for dem.

– Når alt dette er over, tar vi en whisky, sa Kurt Wallander.

– Det skal være en konferanse på Snogeholms slott i mars om de nye narkotikaveiene i øststatene, sa Göran Boman. – Ville det være noe?

– Høres bra ut, svarte Kurt Wallander.

Samtalen tok slutt, og han gikk inn til Martinson for å høre om det var kommet inn noen tips om den etterlyste Citroën'en.

Martinson ristet på hodet. Ingenting ennå.

Kurt Wallander gikk tilbake til rommet sitt og la bena opp på bordet. Klokken var halv tolv. Langsomt lot han tankene falle på plass. Først gikk han metodisk igjennom mordet utenfor flyktningmottaket. Hadde han glemt noe? Var det noe hull i Rydbergs tenkte hendelsesforløp eller noe mer som de burde ta fatt på med det samme?

Han satte pris på at etterforskningen skjøt fart så effektivt som tenkes kunne. Nå gjaldt det bare å vente på forskjellige tekniske analyser og håpe at bilen kunne etterspores.

Han flyttet på seg i stolen, løsnet på slipset og tenkte på det som Göran Boman hadde fortalt. Han stolte helt på hans dømmekraft.

Hadde han fått inntrykk av at kvinnen løy, så stemte det nok.

Men hvorfor tok han så lett på Nils Velander?

Han tok bena ned fra skrivebordet og trakk til seg et tomt ark. Så satte han opp en huskeliste over alt han måtte rekke de nærmeste dagene. Han bestemte seg også for å prøve å få Föreningsbanken til å åpne dørene sine for ham allerede dagen etter, enda det var lørdag.

Da han var ferdig med huskelisten, reiste han seg og strakte på ryggen. Klokken var litt over tolv. Ute i gangen kunne han høre at Hanson snakket med Martinson. Men hva de snakket om, oppfattet han ikke.

Utenfor vinduet svaiet en gatelykt i vinden. Han kjente seg svett og skitten og lurte på om han skulle ta en dusj nede i politistasjonens garderobe. Han åpnet vinduet og trakk inn den kalde luften. Det hadde sluttet å regne.

Han følte seg urolig. Hvordan skulle de kunne forhindre at morderen slo til enda en gang?

Den neste ville bli en kvinne som svar på Maria Lövgrens død.

Han satte seg ved skrivebordet og trakk til seg mappen med oversikter over flyktningmottakene i Skåne.

Det var lite sannsynlig at morderen ville dra tilbake til Hageholm. Men det var en hel del tenkelige alternativer. Og valgte morderen ut offeret like tilfeldig som ved Hageholm, hadde de enda mindre å gå etter.

Dessuten var det umulig å forlange at flyktningene skulle holde seg innendørs.

Han skjøv fra seg mappen og skrudde et ark inn i skrivemaskinen.

Klokken nærmet seg halv ett. Han tenkte at han like gjerne kunne skrive sitt PM til Björk som noe annet.

I det samme gikk døren opp og Svedberg kom inn i rommet.

– Noe nytt? spurte Kurt Wallander.

– På en måte, sa Svedberg og så ulykkelig ut.

– Hva er det?

– Jeg vet ikke riktig hvordan jeg skal forklare det. Men vi fikk nettopp en telefon fra en bonde ute ved Löderup.

– Har han sett Citroën'en?

– Nei. Men han påstod at faren din gikk rundt ute på et jorde i pyjamas. Med en koffert i hånden.

Kurt Wallander ble helt lamslått.

– Hva faen er det du sier?

– Han som ringte, virket grei. Han ville egentlig snakke med deg. Men oppringningen ble koplet feil og havnet hos meg. Jeg tenkte at du måtte bestemme hva som må gjøres.

Kurt Wallander satt helt stille med tomt blikk.

Så reiste han seg.

– Hvilket jorde? spurte han.

– Det virket som om din far gikk nedover mot hovedveien.

– Jeg ordner dette selv. Jeg kommer tilbake så fort jeg kan. Sørg for at jeg får en bil med radio, så dere kan anrope meg hvis det er noe.

– Vil du at jeg eller en annen skal bli med?

Kurt Wallander ristet på hodet.

– Far er senil, sa han. – Jeg må prøve å få ham inn på et hjem et sted.

Svedberg sørget for at han fikk nøklene til en radiobil. Akkurat da han skulle gå ut av døren, oppdaget han en mann som stod i skyggene utenfor. Han kjente ham igjen som en journalist i en av aftenavisene.

– Jeg vil ikke ha ham etter meg, sa han til Svedberg.

Svedberg nikket.

– Vent til du ser meg rygge ut og få motorstopp foran bilen hans. Da kan du kjøre.

Kurt Wallander satte seg inn i bilen og ventet.

Han så at journalisten la på sprang mot bilen sin. 30 sekunder etter kom Svedberg med sin private bil. Han slo av motoren.

Bilen sperret journalistens bil inne. Kurt Wallander kjørte derfra.

Han kjørte fort. Altfor fort. Fartsbegrensningen gjennom Sandskogen brydde han seg ikke om. Dessuten var han nesten alene på veien. Forskremte harer pilte over den regnvåte asfalten.

Da han kom frem til bygda der faren bodde, trengte han ikke å lete etter ham. Frontlyktene fanget ham inn der han jabbet barføtt ute på et jorde i den blåstripete pyjamasen sin. Han hadde den gamle hatten på hodet og en stor koffert i den ene hånden. Irritert la faren hånden over øynene da han ble blendet av lyktene. Så fortsatte han å gå. Energisk, som om han var på vei mot et nøye utstaket reisemål.

Kurt Wallander slo av motoren, men lot frontlyktene lyse.

Så gikk han ut på jordet.

– Far! ropte han. – Hva faen er det du driver med?

Faren svarte ikke, fortsatte bare videre. Kurt Wallander fulgte etter ham. Han snublet og falt og ble våt på magen.

– Far! ropte han igjen. – Stans nå! Hvor skal du?

Ingen reaksjon. Det så ut som faren satte opp farten. Snart ville de være nede på landeveien. Kurt Wallander la på sprang og grep tak i armen hans. Men faren rev seg løs og fortsatte.

Da ble Kurt Wallander forbannet.

– Det er politiet, brølte han. – Hvis du ikke stanser, skyter vi et varselskudd.

Faren bråstanset og snudde seg. Kurt Wallander så at han blunket i skjæret fra frontlyktene.

– Hva var det jeg sa? ropte han. – Du vil ta livet av meg!

Så kastet han kofferten mot Kurt Wallander. Lokket for opp og avslørte skittent undertøy, tuber og pensler.

Kurt Wallander kjente at en stor sorg vellet opp inni ham. Faren hadde altså stolpret ut i natten med sin forvirrede forestilling om å være på vei til Italia.

– Ro deg ned nå, far, sa han. – Jeg hadde bare tenkt å kjøre deg til stasjonen. Så du slipper å gå.

Faren så tvilende på ham.

– Det tror jeg ikke noe på, sa han.

– Det sier seg selv at jeg skal kjøre min egen far til stasjonen når han skal ut og reise.

Kurt Wallander tok opp kofferten, smelte igjen lokket og begynte å gå mot bilen. Han la kofferten inn i bagasjerommet og stilte seg til å vente. Faren så ut som et dyr som frontlyktene hadde fanget inn der ute på jordet. Et dyr som ble jaget til sitt sluttpunkt og nå bare ventet på det drepende skuddet.

Så begynte han å gå mot bilen. Kurt Wallander kunne ikke bestemme seg for om det han så var et uttrykk for verdighet eller fornedrelse. Han åpnet bakdøren og faren kløv inn. Det hadde ligget et pledd i bagasjerommet som han tullet rundt skuldrene hans.

Han rykket til da en mann plutselig dukket opp fra skyggene. En gammel mann, kledd i skitten kjeledress.

– Det var jeg som ringte, sa mannen. – Hvordan går det?

– Det går bra, sa Wallander. – Takk for at du ringte.

– Det var en ren tilfeldighet at jeg så ham.

– Jeg forstår. Takk enda en gang.

Han satte seg bak rattet. Da han vred på hodet, så han at faren frøs så han ristet under pleddet.

– Nå kjører jeg til stasjonen, far, sa han. – Det tar ikke lang tid.

Han kjørte rett til sykehusets akuttmottak. Han var så heldig å treffe den unge legen som han hadde snakket med ved Maria Lövgrens dødsleie. Han forklarte hva som hadde hendt.

– Vi legger ham inn over natten og observerer ham, sa legen. – Han kan jo ha frosset ordentlig i natt. I morgen får jeg kuratoren til å prøve å finne en plass til ham.

– Takk, sa Kurt Wallander. – Jeg blir hos ham en stund.

Faren var blitt tørket og lagt på en båre.

– Sovevogn til Italia, sa han. – Endelig kommer jeg dit.

Kurt Wallander satt på en stol ved båren.

– Javisst, sa han. – Nå kommer du til Italia.

Klokken var over to da han forlot sykehuset. Han kjørte den korte strekningen opp til politistasjonen. Alle med unntak av Hanson var gått hjem for natten. Han satt og så på debattprogrammet der rikspolitisjefen var med.

– Har det hendt noe? spurte Wallander.

– Ingenting, svarte Hanson. – En del tips selvfølgelig. Men ikke noe avgjørende. Jeg tok meg den frihet å sende hjem folk for å sove noen timer.

– Det var bra. Rart at ingen lar høre fra seg om bilen.

– Jeg satt akkurat og tenkte på det. Kanskje han bare kjørte ut på E14 et kort stykke og så tok av på en av småveiene igjen. Jeg har kikket på kartet. Det er et virvar av småveier i dette området. Pluss et stort turterreng som ingen begir seg ut i om vinteren. Patruljene som kontrollerer mottakene, finkjemmer disse veiene i natt.

Wallander nikket.

– Vi setter inn et helikopter når det lysner, sa han. – Bilen står kanskje gjemt i turområdet et sted.

Han skjenket opp en kopp kaffe.

– Svedberg fortalte om faren din, sa Hanson. – Hvordan gikk det?

– Det gikk bra. Han er blitt senil. Han er på sykehuset. Men det gikk bra.

– Gå hjem og sov noen timer. Du ser helt gåen ut.

– Jeg har noe skrivearbeid jeg må ha unna.

Hanson slo av videoen.

– Jeg slenger meg ned på sofaen en stund, sa han.

Kurt Wallander gikk inn på rommet sitt og slo seg ned ved skrivemaskinen. Det sved i øynene av tretthet. Likevel fulgte det en uventet klarhet med trettheten. Det blir begått et dobbeltdrap, tenkte han. Og jakten på morderen utløser et annet drap. Som vi må løse fort for ikke å få enda et drap på nakken.

Alt dette har skjedd i løpet av fem døgn.

Så skrev han sitt PM til Björk. Han bestemte seg for å sørge for at noen stakk det inn i hånden på ham alt på flyplassen.

Han gjespet. Klokken var kvart på fire. Han var for trett til å tenke på faren. Han var bare engstelig for at kuratoren på sykehuset ikke ville finne noen bra løsning.

Lappen med søsterens navn satt fremdeles på telefonen. Om noen timer, når det ble morgen, måtte han ringe til henne.

Han gjespet igjen og luktet i armhulene sine. Han stinket. I det samme viste Hanson seg i den halvåpne døren.

Wallander forstod straks at det hadde hendt noe.

– Nå har vi noe, sa Hanson.

– Hva?

– En kar fra Malmö ringte akkurat og sa at bilen hans var blitt stjålet.

– En Citroën?

Hanson nikket.

– Hvordan kan det ha seg at han oppdager det klokken fire om morgenen?

– Han sa at han skulle til en messe i Göteborg.

– Har han meldt det til kollegene i Malmö?

Hanson nikket. Kurt Wallander grep røret.

– Da setter vi i gang, sa han.

Politiet i Malmö lovte å være raske med avhøret av mannen. Nummeret på den stjålne bilen, årsmodellen og fargen var alt på vei ut i landet.

– BBM 160, sa Hanson. – En dueblå padde med hvitt tak. Hvor mange kan det finnes her i landet? 100?

– Hvis bilen ikke er gravd ned, kommer vi til å finne den, sa Wallander. – Når går solen opp?

– Om fire–fem timer, svarte Hanson.

– Straks det lysner, skal vi ha et helikopter over turområdet. Det får du ta deg av.

Hanson nikket. Han skulle akkurat til å gå da han kom på noe han av tretthet hadde glemt å si.

– Det er sant! Det var en ting til.

– Ja?

– Han som ringte og sa at bilen var stjålet. Han var politimann.

Kurt Wallander så forbauset på Hanson.

– Politimann? Hva mener du med det?

– Jeg mener at han var politimann. Som du og jeg.

# 11

Kurt Wallander gikk inn i et av politistasjonens arrestlokaler og la seg til å sove. Etter mye plunder klarte han å stille inn vekkemekanismen på armbåndsuret sitt. To timers hvile unte han seg. Da han våknet av at det pep fra armen, hadde han murrende hodepine. Det første han tenkte på var faren. Han tok noen hodepinetabletter i en medisineske som stod i et skap og skyllet dem ned med en kopp lunken kaffe. Så stod han lenge og lurte på om han skulle dusje først eller ringe til sin søster i Stockholm. Til slutt gikk han ned i politiets garderobe og stilte seg under dusjen. Hodepinen gav seg langsomt. Men trettheten tynget ham da han sank ned i stolen bak skrivebordet. Klokken var kvart over syv. Han visste at hans søster var en morgenfugl. Hun svarte også nesten med det samme signalene nådde igjennom. Så skånsomt som mulig fortalte han hva som hadde hendt.

– Hvorfor har du ikke ringt før? spurte hun opphisset. – Du må ha merket hva som var i ferd med å skje?

– Jeg gjorde det nok for sent, svarte han unnvikende.

De avtalte at hun skulle vente til han hadde snakket med kuratoren på sykehuset før hun bestemte seg når hun skulle komme til Skåne.

– Hvordan er det med Mona og Linda? spurte hun da samtalen nærmet seg slutten.

Han innså at hun ikke visste at de var skilt.

– Bra, sa han. – Jeg ringer igjen senere.

Så tok han bilen sin ned til sykehuset. Igjen var det

blitt kuldegrader. En isende vind feide inn over byen fra sørvest.

Faren hadde sovet urolig om natten, fikk han høre av en avdelingspleier som nettopp hadde fått rapport av nattpersonalet. Men noen fysisk skade hadde han åpenbart ikke tatt av sin nattlige spasertur over jordene.

Kurt Wallander valgte å vente med å treffe ham til etter møtet med kuratoren.

Kurt Wallander var skeptisk til kuratorer. Altfor ofte hadde han opplevd at forskjellige sosialarbeidere som ble innkalt når politiet hadde grepet unge lovovertredere, hadde feilaktige forestillinger om hva som egentlig burde gjøres. Kuratorer var myke og unnfallende når de etter hans oppfatning burde stille bestemte krav. Mer enn en gang hadde han rast over sosiale myndigheter som han følte bare oppfordret unge lovovertredere til å fortsette med virksomheten sin fordi de var så lemfeldige.

Men sykehuskuratorer er kanskje annerledes, tenkte han.

Etter å ha ventet en stund, fikk han snakke med en kvinne i 50-årsalderen. Kurt Wallander beskrev det plutselige forfallet. Hvor uventet det var kommet, hvor hjelpeløs han følte seg.

– Det er kanskje forbigående, sa kuratoren. – Det hender at eldre mennesker rammes av temporær forvirring. Går det over, er det kanskje tilstrekkelig at han får regelmessig hjemmehjelp. Hvis det viser seg at han virkelig er kronisk senil, må vi finne på noe annet.

De ble enige om at faren skulle bli der over helgen. Så skulle hun snakke med legene om hva som burde gjøres.

Kurt Wallander reiste seg. Kvinnen han hadde foran seg, så ut til å vite hva hun snakket om.

– Det er vanskelig å være sikker på hva man skal gjøre, sa han.

Hun nikket.

– Ingenting er så vanskelig som når vi blir nødt til å

være foreldre for våre egne foreldre, sa hun. – Det vet jeg. Min egen mor ble til slutt så vanskelig at jeg ikke kunne ha henne hjemme.

Kurt Wallander gikk inn til sin far, som lå i et rom der det var fire senger. Alle var opptatt. En lå med gips, en annen sammenkrøket som om han hadde sterke magesmerter. Kurt Wallanders far lå og så opp i taket.

– Hvordan er det med deg, far? spurte han.

Det varte en stund før faren svarte.

– La meg være i fred.

Svaret kom med lav stemme. Det var ingenting igjen av den gretne irritabiliteten. Kurt Wallander fikk en følelse av at farens stemme var full av sorg.

Han satt en stund på sengekanten. Så gikk han.

– Jeg kommer tilbake, far. Og jeg skal hilse fra Kristina.

Han skyndte seg ut fra sykehuset med en sterk følelse av avmakt. Den isnende vinden bet ham i ansiktet. Han hadde ikke lyst til å reise tilbake til politistasjonen, men ringte til Hanson fra den skrapende biltelefonen.

– Jeg reiser inn til Malmö, sa han. – Har vi fått noe helikopter?

– Det har fløyet over området en halvtime, svarte Hanson. – Ingenting ennå. Vi har to hundepatruljer ute også. Hvis den forbannede bilen finnes i turområdet, så finner vi den.

Kurt Wallander kjørte til Malmö. Morgentrafikken var hissig og hard. Gang på gang ble han trengt ut mot veikanten av bilister som foretok brå forbikjøringer.

Jeg skulle hatt en merket politibil, tenkte han. Men det gjør kanskje ikke noe fra eller til nå for tiden?

Klokken var kvart over ni da han trådte inn i det rommet på Malmö politistasjon, der mannen som var frastjålet bilen sin, ventet på ham. Før han gikk inn til mannen, hadde han snakket med den politimannen som hadde tatt imot anmeldelsen.

– Stemmer det at han er i politiet? hadde Kurt Wallander spurt.

– Han har vært det, hadde politimannen svart. – Men han er førtidspensjonert.

– Hvorfor det?

Politimannen hadde trukket på skuldrene.

– Nerveproblemer. Jeg vet ikke så nøye.

– Kjenner du ham?

– Han holdt seg mest for seg selv. Selv om vi jobbet sammen i ti år, kan jeg ikke si at jeg kjenner ham. Oppriktig talt så tror jeg at ingen gjorde det.

– Men noen må vel kjenne ham?

Politimannen trakk på skuldrene igjen.

– Jeg skal undersøke, sa han. – Men hvem som helst kan vel få bilen sin stjålet?

Kurt Wallander gikk inn i rommet og hilste på mannen som het Rune Bergman. Han var 53 år og hadde vært pensjonert i fire år. Han var mager og hadde flakkende, urolige øyne. Langs den ene nesevingen hadde han et arr som etter et knivstikk.

Kurt Wallander fikk straks en følelse av at mannen foran ham var på vakt. Hvorfor kunne han ikke svare på. Men følelsen var der og ble sterkere i samtalens løp.

– Fortell, sa han. – Klokken fire oppdager du at bilen din er borte.

– Jeg skulle reise opp til Göteborg. Jeg liker å kjøre i grålysningen når jeg skal langt. Da jeg kom ut, var bilen borte.

– Fra garasje eller parkeringsplass?

– Fra gaten utenfor huset der jeg bor. Jeg har garasje. Men der er det så mye skrap at bilen ikke får plass.

– Hvor bor du?

– I et rekkehusområde ved Jägersro.

– Kan det tenkes at noen av naboene dine kan ha sett noe?

– Jeg har spurt dem. Men ingen har hørt eller sett noe.

– Når så du bilen sist?

– Jeg var inne hele dagen. Men kvelden før var den på plass.

– Låst?
– Det er klart at den var låst.
– Hadde den rattlås?
– Dessverre ikke. Den var i stykker.
Svarene falt uanstrengt. Men Kurt Wallander kunne fremdeles ikke fri seg fra at mannen var på vakt.
– Hva var det for slags messe du skulle til? spurte han.
Mannen foran ham så forbauset ut.
– Hva har det med saken å gjøre?
– Ingenting. Jeg bare lurte.
– En flymesse, hvis du vil vite det.
– Flymesse?
– Jeg er interessert i gamle fly. Jeg bygger en del modeller selv.
– Hvis jeg har forstått saken rett, er du førtidspensjonert?
– Hva faen har det med den stjålne bilen min å gjøre?
– Ingenting.
– Hvorfor finner du ikke bilen i stedet for å rote i mitt privatliv?
– Vi holder på. Som du har skjønt, tror vi at den som stjal bilen din, kan ha begått et drap. Eller en henrettelse burde jeg kanskje si.
Mannen så ham rett inn i øynene. Det var plutselig slutt på flakkingen.
– Jeg hørte det, sa han.
Kurt Wallander hadde ikke mer å spørre om.
– Jeg tenkte at vi kunne kjøre hjem til deg, sa han. – Så jeg får se hvor bilen stod parkert.
– Jeg byr ikke på kaffe, sa mannen. – Jeg har det så rotete hjemme.
– Er du gift?
– Jeg er skilt.
De kjørte i Kurt Wallanders bil. Rekkehusområdet var gammelt og lå bak travbanen på Jägersro. De stanset utenfor et gult mursteinshus med en liten gressplen foran.

– Her hvor du stanset, stod bilen, sa mannen. – Akkurat her.

Kurt Wallander rygget noen meter og de kløv ut. Kurt Wallander så at bilen måtte ha stått parkert midt mellom to gatelykter.

– Står det mange biler på gaten om natten? spurte han.

– Det står nok en utenfor hvert hus. Mange av dem som bor her, har to biler. I garasjen er det bare plass til en.

Kurt Wallander pekte på gatelyktene.

– Virker de? spurte han.

– Ja. Går pæren, så merker jeg det.

Kurt Wallander så seg om og tenkte. Flere spørsmål hadde han ikke.

– Vi lar nok høre fra oss igjen, sa han.

– Jeg vil ha tilbake bilen min, svarte mannen.

Kurt Wallander innså plutselig at han hadde et spørsmål til.

– Har du våpenlisens? spurte han. – Våpen.

Mannen stivnet til.

I samme sekund for en vanvittig tanke gjennom Kurt Wallanders hjerne.

Biltyveriet var oppdiktet.

Mannen som stod ved siden av ham, var en av de to mennene som hadde skutt somalieren dagen før.

– Hva faen mener du med det? sa mannen. – Våpenlisens? Du er vel ikke så inn i helvetes kørka at du tror at jeg har hatt noe med det å gjøre?

– Du som har vært politimann, burde vite at man må stille forskjellige typer spørsmål, sa Kurt Wallander. – Har du våpen hjemme?

– Jeg har både våpen og lisens.

– Hva slags våpen?

– Jeg går på jakt av og til. Jeg har et mausergevær til elgjakt.

– Og mer?

– En hagle. Lamber Baron. Et spansk våpen. Til harejakt.

– Jeg sender ut en som kan hente geværene.

– Hvorfor det?

– Fordi den mannen som ble myrdet i går, ble skutt på nært hold med en hagle.

Mannen så foraktelig på ham.

– Du er ikke riktig navla, sa han. – Du er faen ta meg ikke riktig.

Kurt Wallander forlot ham og reiste derfra, rett tilbake til politistasjonen. Han lånte en telefon og ringte til Ystad. Ennå var det ikke funnet noen bil. Så bad han om å få snakke med sjefen ved kriminalavsnittet i Malmö. Han hadde truffet ham en gang før og oppfattet ham som hoven og allmektig. Det var ved samme anledning han var blitt kjent med Göran Boman.

Kurt Wallander fortalte hva saken gjaldt.

– Jeg vil ha våpnene hans kontrollert, sa han. – Jeg vil ha huset ransaket. Jeg vil vite om han har noen befatning med rasistiske organisasjoner.

Politimannen gransket ham lenge.

– Har du noen som helst grunn til å tro at han skulle ha funnet på dette biltyveriet? At han skulle være innblandet i drapet?

– Han har våpen. Og vi må undersøke alt.

– Det fins hundretusen haglgeværer i dette landet. Og hvordan tror du jeg skal få en ordre på husransaking når oppdraget gjelder et biltyveri?

– Oppdraget har høyeste prioritet, sa Kurt Wallander. Han begynte å bli irritert. – Jeg ringer fylkespolitimesteren. Rikspolitisjefen hvis det er nødvendig.

– Jeg skal gjøre hva jeg kan, sa politimannen. – Men det er aldri populært å rote i kollegers privatliv. Og hva tror du skjer hvis det kommer ut i avisene?

– Det blåser jeg i, sa Kurt Wallander. – Jeg har tre drap på nakken. Og en som har lovt meg et fjerde. Det akter jeg å forhindre.

På veien til Ystad stanset han ved Hageholm. Den kriminaltekniske undersøkelsen var så å si ferdig. På stedet gikk han igjennom Rydbergs teori om hvordan drapet var begått, og han gav ham rett. Bilen hadde sikkert stått parkert på det stedet Rydberg hadde pekt ut.

Plutselig kom han til å tenke på at han hadde glemt å spørre politimannen om han røykte. Eller om han spiste epler.

Han fortsatte til Ystad. Klokken var tolv. På veien inn møtte han en kontordame som gikk til lunsj. Han bad henne kjøpe en pizza til ham.

Han stakk hodet inn til Hanson. Ennå ingen bil.

– Møte hos meg om et kvarter, sa Kurt Wallander. – Prøv å få tak i alle sammen. De som er ute, skulle kunne nås på telefon.

Uten å ta av seg frakken satte han seg i stolen sin og ringte til sin søster. De bestemte at han skulle hente henne på Sturup klokken ti dagen etter.

Så klemte han på kulen i pannen, som nå skiftet farge mellom gult og svart og rødt.

20 minutter senere var alle unntatt Martinson og Svedberg samlet.

– Svedberg er ute og graver i et grustak, sa Rydberg. – Noen ringte og sa at man kunne skimte en mystisk personbil der. Martinson holder på å lete etter en i Citroënklubben som visstnok vet alt om samtlige Citroën'er som ruller i Skåne. Det var en hudlege fra Lund.

– En hudlege fra Lund? sa Kurt Wallander forbauset.

– Det fins gatepiker som samler på frimerker, sa Rydberg. – Hvorfor skulle ikke en hudlege kunne elske Citroën'er?

Wallander redegjorde for sitt møte med politimannen i Malmö.

Han hørte selv hvor hult det lød da han sa at han hadde beordret full sjekk av mannen.

– Det der lyder ikke videre sannsynlig, sa Hanson. – En politimann som har tenkt å begå mord, er vel ikke så dum at han anmelder sin egen bil som stjålet?

– Det er mulig, sa Kurt Wallander. – Men vi har ikke

råd til å gå glipp av en eneste idé, hvor usikkert det enn virker.

Så gikk diskusjonen over til den forsvunne bilen.

– Det er altfor få reaksjoner fra allmennheten, sa Hanson. – Det bestyrker meg bare i troen på at bilen ikke har forlatt området.

Kurt Wallander rullet ut kartet, og de bøyde seg over det, som om de forberedte et feltslag.

– Sjøene, sa Rydberg. – Krageholmssjön, Svaneholmssjön. La oss anta at de har kjørt dit og tippet bilen. Det er småveier overalt.

– Likevel lyder det risikabelt, innvendte Kurt Wallander. – Noen kunne meget lett ha sett dem.

De bestemte seg tross alt for å finkjemme sjøene langs breddene. Dessuten sende ut folk til å lete gjennom tomme låver.

En hundepatrulje fra Malmö hadde vært ute og lett uten å finne noen spor. Helikopterletingen hadde ikke gitt noe resultat.

– Kan araberen din ha tatt feil? spurte Hanson.

Kurt Wallander tenkte seg om et øyeblikk.

– Vi innkaller ham igjen, sa han. – Vi prøver ham på minst seks forskjellige biler. Deriblant en Citroën.

Hanson lovte å ta seg av vitnet.

Så gikk de over til en oversikt over hvor langt de var kommet i Lenarp-saken. Selv der spøkte den bilen som den morgenfriske lastebilsjåføren hadde sett.

Kurt Wallander merket at politimennene var trette. Det var lørdag, og mange av dem hadde vært i gang uten opphold i lang tid.

– Vi lar Lenarp hvile til mandag morgen, sa han. – Nå konsentrerer vi oss om Hageholm. De som ikke strengt tatt behøves, går hjem og hviler. Neste uke kommer sannsynligvis til å bli like hektisk som denne.

Så kom han på at Björk ville være i tjeneste igjen mandag.

– Nå overtar Björk, sa han. – Jeg får benytte anledningen til å takke for innsatsen hittil.

– Får vi bestått?

– Dere får toppkarakter, svarte Kurt Wallander.

Etter møtet bad han Rydberg å bli igjen en stund. Han følte at han trengte å snakke igjennom situasjonen med noen i ro og mak. Og Rydberg var som vanlig den han stolte mest på. Han fortalte hva Göran Boman hadde utrettet oppe i Kristianstad. Rydberg nikket tankefullt. Kurt Wallander innså at han var betenkt.

– Det kan være en blindgjenger, sa han. – Dette dobbeltdrapet gjør meg mer og mer forvirret jo mer jeg tenker på det.

– Hvordan det?

– Jeg kan ikke glemme det kvinnen sa før hun døde. Jeg forestiller meg at hun innerst inne i sin forpinte og sønderflengede bevissthet måtte ha innsett at mannen var død. Og at hun selv kom til å dø. Jeg tror det er et menneskelig instinkt å formidle løsninger på gåter når det ikke er noe annet igjen. Og hun sa et eneste ord. «Utenlandsk.» Hun gjentok det. Fire–fem ganger. Det må bety noe. Og så har vi dette med renneløkken. Knuten. Det er som du selv har sagt. Det lukter hevn og hat av dette drapet. Men likevel leter vi i en helt annen retning.

– Svedberg har kartlagt Lövgrens familie, sa Kurt Wallander. – Det er ingen utenlandske koblinger. Bare svenske bønder og en og annen håndverker.

– Glem ikke dobbeltlivet, sa Rydberg. – Nyström beskrev den naboen han hadde kjent i 40 år som vanlig. Og uten formue. Etter to dager visste vi at ikke noe av det var sant. Hva er egentlig til hinder for at det er andre dobbeltbunner i denne historien?

– Hva synes du vi skal gjøre da?

– Akkurat det vi gjør. Men være åpne for at vi følger et blindspor.

Så gikk de over til å snakke om den myrdede somalieren.

Kurt Wallander hadde gått og båret på en tanke helt siden han reiste fra Malmö.

– Orker du litt til? spurte han.

– Ja, svarte Rydberg forbauset. – Klart jeg gjør!

– Det var noe med denne politimannen, sa Kurt Wallander. – Jeg vet at det er mest en følelse. En høyst tvilsom egenskap hos en politimann. Men jeg tenkte at vi burde holde et øye med denne karen, du og jeg. I hvert fall over helgen. Så får vi se om vi går videre og setter inn andre. Men hvis det er som jeg tror – at han kanskje er innblandet selv, at bilen hans ikke ble stjålet, så burde han være urolig akkurat nå.

– Jeg er enig i det Hanson sa om at en politimann neppe er så dum at han later som om det har skjedd et biltyveri hvis han planlegger et drap, innvendte Rydberg.

– Jeg tror dere tenker feil, svarte Kurt Wallander. – På samme måte som han tenkte feil. Nemlig at det faktum at han har vært i politiet selv, skulle styre alle mistanker bort fra ham.

Rydberg gned det verkende kneet sitt.

– Vi gjør som du vil, sa han. – Hva jeg tror eller ikke tror, betyr ikke så mye så lenge du mener at det er viktig at vi går videre.

– Jeg vil at vi skal holde ham under oppsikt, sa Kurt Wallander. – Vi deler på et skift til mandag morgen. Det blir slitsomt, men det går. Jeg kan ta nettene hvis du vil.

Klokken var tolv. Rydberg mente at han like godt kunne ta skiftet til midnatt. Kurt Wallander gav ham adressen.

I det samme kom kontordamen inn med pizzaen som han hadde bestilt.

– Har du spist? spurte han.

– Ja, svarte Rydberg nølende.

– Det har du overhodet ikke. Ta denne, så kjøper jeg en ny.

Rydberg tygget i seg pizzaen ved Kurt Wallanders skrivebord. Så tørket han seg rundt munnen og reiste seg.

– Kanskje du har rett, sa han.

– Kanskje, svarte Kurt Wallander.

Resten av dagen hendte det ingenting.

Bilen var og ble borte. Brannvesenet soknet i sjøen uten å få opp annet enn deler av en gammel skurtresker.

Tipsene fra publikum var få.

Journalister, radio og fjernsyn ringte i ett sett og ville ha løpende situasjonsrapporter. Kurt Wallander gjentok sin appell om tips om en blåhvit Citroën. Engstelige bestyrere for flyktningmottak ringte og bad om forsterket politibevoktning. Kurt Wallander svarte så tålmodig han kunne.

Klokken fire ble en gammel dame overkjørt og drept av en bil i Bjäresjö. Svedberg som var kommet tilbake fra grustaket, ledet etterforskningen, enda Kurt Wallander hadde lovt at han skulle få ettermiddagen fri.

Näslund ringte klokken fem, og Kurt Wallander hørte at han var beruset. Han lurte på om noe hadde hendt, eller om han kunne dra på en fest i Skillinge. Kurt Wallander gav ham lov.

Han ringte til sykehuset to ganger og spurte hvordan det stod til med hans far. Han fikk beskjed om at faren var trett og fraværende.

Like etter samtalen med Näslund ringte han til Sten Widén. En stemme som Kurt Wallander kjente igjen, svarte.

– Det var jeg som hjalp deg med luken til høyloftet, sa han. – Den som du gjettet var politimann. Jeg vil gjerne snakke med Sten hvis han er der.

– Han er i Danmark og kjøper hester, svarte piken som het Louise.

– Når kommer han hjem?

– Kanskje i morgen.

– Kan du be ham ringe?

– Det skal jeg gjøre.

Samtalen tok slutt. Kurt Wallander hadde en bestemt følelse av at Sten Widén overhodet ikke befant seg i Danmark. Kanskje stod han ved siden av piken og lyttet.

Kanskje hadde de befunnet seg i den uoppredde sengen da han ringte.

Rydberg gav ikke livstegn fra seg.

Han leverte sitt PM til en av ordenspatruljene som lovte å overlevere det til Björk straks denne gikk av flyet på Sturup senere samme kveld.

Så gikk han igjennom noen regninger som han hadde glemt å betale ved månedsskiftet. Han skrev ut et knippe postgiroblanketter og vedla en sjekk i den brune konvolutten. Han innså at han ikke ville ha råd til å kjøpe verken video eller musikkanlegg denne måneden.

Deretter besvarte han en forespørsel om han ville bli med på en operatur til Det Kongelige København i slutten av februar. Han svarte ja. «Woyzeck» var en av de operaene han aldri hadde sett oppført.

Klokken åtte leste han igjennom Svedbergs rapport over dødsulykken i Bjäresjö. Han innså straks at det ikke var aktuelt med noen siktelse. Kvinnen hadde gått rett ut i veien foran en bil som hadde holdt lav fart. Bonden som hadde kjørt, var uangripelig. Forskjellige vitneforklaringer var samstemmige. Han gjorde et notat og skulle sørge for at Anette Brolin fikk lese igjennom rapporten når obduksjonen av kvinnen var klar.

Klokken halv ni begynte to menn å slåss i en leiegård i utkanten av Ystad. Peters og Norén fikk skilt slåsskjempene ganske raskt. Det var to brødre, velkjente av politiet. De begynte å slåss omtrent tre ganger pr. år.

En mynde ble meldt savnet i Marsvinsholm. Noen hadde sett den løpe vestover, så han sendte anmeldelsen over til kollegene i Sturup.

Klokken ti forlot han politistasjonen. Det var kaldt, og vinden kom i kast. Stjernehimmelen var klar. Ennå ingen snø. Han kjørte hjem og tok på seg tykt vinterundertøy og satte en ullue på hodet. Distré vannet han også de slappe blomstene i kjøkkenvinduet. Så kjørte han til Malmö.

Norén var vakthavende den natten. Kurt Wallander hadde lovt å ringe noen ganger. Men Norén ville virkelig få fullt opp å gjøre med Björk når han kom hjem og skjønte at ferien hans var definitivt forbi.

Kurt Wallander stanset utenfor et motell i Svedala. Han nølte lenge før han bestemte seg for bare å spise en salat. Han tvilte på om dette var den rette anledningen til å legge om spisevanene. Det var heller slik at han visste at han risikerte å sovne om han spiste for mye før en våkenatt.

Han drakk flere kopper sterk kaffe da han hadde spist. En eldre kvinne kom bort til bordet hans og ville selge *Vakttårnet.* Han kjøpte et eksemplar og tenkte at det var tilstrekkelig kjedelig lesning til å rekke hele natten.

Like over elleve svingte han inn på E14 igjen og fortsatte de siste milene inn til Malmö. Plutselig hadde han begynt å tvile på meningen i det oppdraget han hadde gitt Rydberg og seg selv. I hvor stor grad kunne han egentlig stole på sin intuisjon? Burde ikke Hansons og Rydbergs innvendinger ha vært tilstrekkelige for at han skulle ha latt tanken på den nattlige overvåkingen falle?

Han følte seg ubeslutssom. Vankelmodig.

Og salaten hadde ikke gjort ham mett.

Klokken var noen minutter over halv tolv da han svingte inn i en tverrgate til det gule rekkehuset der Rune Bergman bodde. Han trakk luen ned over ørene da han steg ut i den kalde natten. Rundt ham lå mørklagte hus. På avstand hørte han de hvinende dekkene fra en bil. Han holdt seg så mye som mulig i skyggen og svingte inn i gaten som het Rosenallén.

Nesten med en gang oppdaget han Rydberg som stod inntil et høyt kastanjetre. Stammen var så kraftig at den skygget hele mannen. At Wallander oppdaget ham, kom bare av at det var det eneste tenkelige gjemmested der man kunne holde oppsikt med det gule rekkehuset.

Kurt Wallander gled inn i skyggen av den mektige trestammen.

Rydberg frøs. Han gned hendene mot hverandre og stampet med føttene.

– Har det hendt noe? spurte Kurt Wallander.

– Ikke mye på 12 timer, svarte Rydberg. – Klokken fire gikk han til en nærbutikk og handlet. To timer senere kom han ut og lukket grinden som hadde blåst opp. Men han er på vakt. Jeg lurer på om du kanskje ikke har rett likevel.

Rydberg pekte på huset ved siden av Rune Bergmans.

– Det står tomt, sa han. – Inne i hagen har man utsyn både over gaten og bakdøren. Hvis han skulle få det for seg å stikke ut den veien. Der er det en benk man kan sitte på. Hvis du har tilstrekkelig varme klær på deg.

Kurt Wallander hadde sett en telefonkiosk da han var på vei til Bergmans hus. Han bad Rydberg gå og ringe til Norén. Hvis det ikke hadde hendt noe viktig, kunne Rydberg ta bilen sin og kjøre hjem.

– Jeg kommer ved syvtiden, sa Rydberg. – Frys ikke i hjel.

Han forsvant lydløst. Kurt Wallander stod en stund og betraktet det gule huset. Det lyste fra to vinduer, et i første og et i annen etasje. Gardinene var trukket for. Han så på klokken. Tre minutter over midnatt. Rydberg var ikke kommet tilbake. Altså var det rolig på politistasjonen i Ystad.

Raskt skyndte han seg over gaten og åpnet grinden til det tomme husets hage. Han famlet seg frem i mørket og fant den benken Rydberg hadde snakket om. Her hadde han god oversikt. For å holde varmen begynte han å gå, fem skritt frem og fem skritt tilbake.

Neste gang han så på klokken hadde den rukket å bli ti minutter på ett. Natten kom til å bli lang. Han hadde alt begynt å fryse. Han forsøkte å få tiden til å gå ved å studere stjernehimmelen. Da han fikk vondt i nakken, begynte han å gå igjen, frem og tilbake.

Halv to ble lyset slukket i første etasje. Kurt Wallander syntes han hørte en radio i etasjen over.

Rune Bergman har sene vaner, tenkte han.

Kanskje man får det hvis man er førtidspensjonert?

Fem minutter på to kjørte en bil forbi ute på gaten. Like etterpå enda en. Så var det stille igjen.

Det lyste i annen etasje. Kurt Wallander frøs.

Fem minutter på tre ble lyset slukket. Kurt Wallander

lyttet etter radioen. Men alt var stille. Han slo floke for å holde varmen.

Inni hodet nynnet han på tonene fra en Strauss-vals.

Lyden var så lav at han bare så vidt oppfattet den.

Et knepp i en smekklås. Det var alt. Kurt Wallander stanset midt i en floke og lyttet.

Så ante han skyggen.

Mannen måtte ha beveget seg svært stille. Men likevel skimtet Kurt Wallander Rune Bergman da han langsomt forsvant ut på baksiden av det gule husets hage. Kurt Wallander ventet noen sekunder. Så klatret han forsiktig over gjerdet. Det var vanskelig å orientere seg i mørket, men han oppfattet svakt at det gikk en smal passasje mellom et uthus og den hagen som lå speilvendt mot Bergmans hus. Han gikk fort. Altfor fort, for han så nesten ingenting.

Så kom han ut i parallellgaten til Rosenallén.

Hadde han kommet et eneste sekund senere, ville han ikke ha oppfattet at Rune Bergman forsvant inn i en tverrgate til høyre.

Et øyeblikk nølte han. Bilen hans stod parkert bare fem–ti meter unna. Hentet han den ikke nå, og Rune Bergman hadde en bil parkert et sted i nærheten, ville han ikke ha noen mulighet for å følge etter ham.

Han styrtet bort til bilen. Det knakte i de stivfrosne leddene, og han ble andpusten etter bare noen skritt. Han rev opp bildøren, fomlet med nøklene og bestemte seg fort for å prøve å komme Rune Bergman i forkjøpet.

Han svingte inn i en gate som han trodde var den riktige. For sent innså han at det var en blindgate. Han bannet og rygget. Rune Bergman hadde antagelig mange gater å velge mellom. Dessuten var det et parkområde i nærheten.

Bestem deg, tenkte han rasende. Bestem deg nå, for faen.

Han kjørte bortover mot den store parkeringsplassen som lå mellom Jägersro og de store varehusene. Han skulle akkurat til å gi opp da han fikk øye på Rune Bergman. Han stod i en telefonkiosk utenfor et nybygd hotell ved innkjørselen til stallbygningene på travbanen.

Kurt Wallander stanset og slo av motoren og frontlyktene.

Mannen i telefonkiosken hadde ikke oppdaget ham.

Noen minutter senere svingte en taxi inn ved hotellet. Rune Bergman satte seg i baksetet, og Kurt Wallander slo på motoren.

Taxien kjørte ut på motorveien mot Göteborg. Kurt Wallander slapp forbi en trailer før han opptok forfølgelsen.

Han så på bensinmåleren. Lenger enn til Halmstad ville han ikke kunne forfølge taxien.

Plutselig så han at taxisjåføren begynte å blunke mot høyre. Han skulle ta av ved innfartsveien til Lund. Kurt Wallander fulgte etter.

Taxien stanset ved jernbanestasjonen. Da Kurt Wallander kjørte forbi, så han at Rune Bergman var i ferd med å betale for turen. Han svingte inn i en tverrgate og parkerte skjødesløst midt i et fotgjengerfelt.

Rune Bergman gikk fort. Wallander fulgte etter i skyggene.

Rydberg hadde hatt rett. Mannen var på vakt.

Plutselig bråstanset han og så seg om.

Kurt Wallander kastet seg hodekulls inn i en port. Han slo pannen mot en utstikkende trappekant og kjente at kulen over øyet sprakk. Blod rant nedover ansiktet. Han tørket av seg med hansken, talte til ti og fortsatte forfølgelsen. Blodet var klebrig over øyet.

Rune Bergman stanset utenfor en husfasade som var kledd med sekkestrie og stillaser. Igjen så han seg om, og Kurt Wallander dukket bak en parkert bil.

Så var han borte.

Kurt Wallander ventet til han hørte gatedøren slå igjen. Straks etter ble lyset tent i et rom i annen etasje.

Han løp over gaten og trengte seg inn bak sekkestrien.

Uten å betenke seg, klatret han opp på den første avsatsen av stillaset.

Det knirket og hvinte da han rørte føttene. Gang på gang tørket han bort blodet som klistret seg i øyet. Så løftet han seg opp på neste avsats. De opplyste vinduene var nå en drøy meter over hodet hans. Han tok av seg skjerfet og surret det som en provisorisk bandasje over pannen.

Så løftet han seg forsiktig opp på neste avsats. Kraftanstrengelsen tok sånn på at han lå på avsatsen i over ett minutt før han orket å fortsette. Forsiktig krøp han frem over de kalde plankene som var fulle av avskrapet murpuss. Han torde ikke tenke på hvor høyt over bakken han befant seg. Da kom han til å bli svimmel med en gang.

Forsiktig kikket han over vannbrettet utenfor det første opplyste rommet. Gjennom de tynne gardinene kunne han se en kvinne som lå og sov i en dobbeltseng. Teppet ved siden av henne var slengt til side som om noen hadde stått meget fort opp.

Han krøp videre.

Da han kikket over et vannbrett neste gang, fikk han se at Rune Bergman stod og snakket med en mann som var kledd i mørkebrun slåbrok.

Kurt Wallander tenkte at det var som om han hadde sett denne mannen før.

Så godt hadde den unge rumenske kvinnen beskrevet mannen som hadde stått ute på jordet og spist på et eple.

Han kjente at hjertet hamret.

Han hadde altså hatt rett. Det kunne ikke være noen annen.

De to mennene snakket lavmælt med hverandre. Plutselig forsvant mannen i slåbrok ut gjennom en dør. Samtidig stirret Rune Bergman rett mot Kurt Wallander.

Oppdaget, tenkte han da han trakk hodet vekk.

De jævlene kommer ikke til å nøle med å skyte meg.

Han ble lamslått av redsel.

Jeg kommer til å dø, tenkte han desperat. De skyter av meg hodet.

Men ingen kom og skjøt ham i hodet. Til slutt våget han å kikke opp igjen.

Mannen i slåbrok stod og spiste på et eple.

Rune Bergman hadde to haglgeværer i hendene. Det ene la han på et bord. Det andre puttet han under frakken sin. Kurt Wallander innså at han hadde sett mer enn nok. Han snudde og krøp tilbake samme vei som han var kommet.

Hvordan det gikk for seg, ville han aldri få vite.

Men han tok feil i mørket. Da han grep etter stillaset, famlet han i et tomrom.

Så falt han.

Det gikk så fort at han nesten ikke rakk å tenke at han kom til å dø.

Rett over bakken ble det ene benet sittende fast i en glipe mellom to planker. Smerten var grusom da rykket kom. Men han ble hengende med hodet en snau meter over asfalten.

Han prøvde å vri seg løs. Men foten satt fast. Han hang opp ned uten å kunne gjøre noe som helst. Blodet dunket i tinningene.

Smerten var så voldsom at han fikk tårer i øynene.

Samtidig hørte han at gatedøren slo igjen.

Rune Bergman hadde forlatt leiligheten.

Han bet seg i knokene for ikke å skrike.

Gjennom sekkestrien skimtet han at mannen plutselig stanset. Rett foran ham.

Han så at det flammet opp.

Skuddet, tenkte han. Nå dør jeg.

Så skjønte han at Rune Bergman hadde tent en sigarett.

Skrittene fjernet seg.

Han holdt på å besvime av blodet som ble presset sammen i hodet. Bildet av Linda flimret forbi.

Med en voldsom kraftanstrengelse klarte han å gripe rundt en av bærebjelkene. Med den ene armen løftet han seg så langt opp at han kunne få tak rundt stillaset der foten satt fast. Han mobiliserte alle krefter til et siste forsøk. Så rykket han til. Foten løsnet, og han landet på ryggen i en haug med grus. Han lå helt stille og kjente etter om noe var brukket.

Deretter reiste han seg og måtte holde seg fast i veggen for ikke å segne om av svimmelhet.

Det tok ham nesten 20 minutter å komme seg tilbake til bilen. På stasjonsuret så han at viserne pekte på halv fem.

Han sank ned i forsetet og lukket øynene.

Så kjørte han hjem til Ystad.

Jeg må sove, tenkte han. I morgen er i morgen. Da får jeg gjøre det som må gjøres.

Han stønnet da han så ansiktet sitt i speilet på badet. Med varmt vann renset han sårene.

Klokken var nærmere seks da han krøp ned mellom lakenene. Han stilte vekkerklokken på kvart på syv. Lenger torde han ikke sove.

Han prøvde å finne den stillingen der det gjorde minst vondt.

Akkurat da han holdt på å sovne, for han opp av at det smalt i ytterdøren.

Morgenavisen.

Så la han seg ned igjen.

I drømmene kom Anette Brolin mot ham.

Et eller annet sted knegget en hest.

Det var søndag den 14. januar. Dagen kom med økende vind fra nordøst.

Kurt Wallander sov.

# 12

Han trodde at han hadde sovet lenge. Men da han våknet og så på klokken som stod på nattbordet, innså han at han hadde sovet i syv minutter. Det var telefonen som vekket ham. Rydberg ringte fra en telefonkiosk i Malmö.

– Kom tilbake hit, sa Kurt Wallander. – Du trenger ikke å stå og fryse der borte. Kom hit, hjem til meg.

– Hva er det som har hendt?

– Det er ham.

– Sikkert?

– Helt sikkert.

– Jeg kommer.

Kurt Wallander kom seg møysommelig opp av sengen. Kroppen verket og det dunket i tinningene. Mens kaffen kokte opp, satte han seg ved kjøkkenbordet med et lommespeil og en vattdott. Etter mye plunder hadde han festet en kompress over den sprukne kulen. Han syntes at hele ansiktet skiftet i blått og lilla.

43 minutter senere stod Rydberg i døren.

Mens de drakk kaffe, fortalte Kurt Wallander sin historie.

– Bra, sa Rydberg etterpå. – Et meget flott fotarbeid. Nå arresterer vi de jævlene. Hva het han i Lund?

– Jeg glemte å se på navnene utenfor inngangen. Og det er ikke vi som skal arrestere noen. Det gjør Björk.

– Er han kommet tilbake?

– Han skulle komme i går kveld.

– Da haler vi ham opp av sengen.

– Statsadvokaten også. Og det må vel samkjøres med kollegene i Malmö og Lund?

Mens Wallander kledde på seg, stod Rydberg i telefonen. Wallander hørte at Rydberg ikke tillot noen innvendinger.

Han lurte på om Anette Brolins mann var på besøk.

Rydberg stilte seg i døren til soveværelset og så på at han knyttet slipset.

– Du ser ut som en bokser, sa han og lo. – En utslått bokser.

– Fikk du tak i Björk?

– Det virket som om han hadde brukt kvelden til å sette seg inn i alt som hadde hendt. Han ble lettet da han skjønte at vi i hvert fall hadde løsningen på et av drapene.

– Statsadvokaten?

– Hun skulle komme med en gang.

– Var det hun som tok telefonen?

Rydberg så forbauset på ham.

– Hvem skulle det ellers være?

– Mannen hennes for eksempel.

– Hvilken rolle hadde det spilt?

Kurt Wallander gadd ikke å svare.

– Fy faen hvor elendig jeg føler meg, sa han isteden. – Nå går vi.

De gikk ut i grålysningen. Fremdeles blåste det ganske kraftig og himmelen var overskyet.

– Blir det snø? sa Kurt Wallander.

– Ikke før i februar, svarte Rydberg. – Det føler jeg på meg. Men da blir det en jævla vinter.

På politistasjonen var det søndagsstille. Svedberg hadde avløst Norén som vakthavende. Rydberg gav ham et kort sammendrag av det som hadde hendt i løpet av natten.

– Det må jeg si, var Svedbergs kommentar. – En politimann.

– En forhenværende politimann.

– Hvor har han gjemt bilen?

– Det vet vi ikke ennå.
– Er det vanntett?
– Jeg tror nok det.

Björk og Anette Brolin kom til politistasjonen samtidig. Björk, som var 54 år og opprinnelig fra Västmanland, hadde en kledelig brunfarge. Kurt Wallander hadde alltid forestilt seg ham som den ideelle politisjef i et middels stort svensk politidistrikt. Han var hyggelig, ikke altfor intelligent og samtidig meget nøye med politiets gode navn og rykte.

Han så forskrekket på Kurt Wallander.

– Hvordan i all verden er det du ser ut.

– De har slått meg, svarte Kurt Wallander.

– Slått deg? Hvem?

– Politifolkene. Sånn er det når man tjenestegjør som sjef. Da får man juling.

Björk lo.

Anette Brolin så på ham med noe som virket som ekte medlidenhet.

– Det må gjøre vondt, sa hun.

– Det går, svarte Kurt Wallander.

Han vendte ansiktet bort da han svarte, for han kom på at han hadde glemt å pusse tennene.

De samlet seg inne på Björks rom.

Da det ikke fantes noe skriftlig materiale, fremla Kurt Wallander saken muntlig. Både Björk og Anette Brolin stilte mange spørsmål.

– Hadde det vært noen annen som hadde trukket meg opp av sengen en søndag morgen med en sånn røverhistorie, ville jeg ikke trodd det, sa Björk.

Så henvendte han seg til Anette Brolin.

– Kan vi foreta en anholdelse på et slikt grunnlag? spurte han. – Eller kan vi bare ta dem inn til avhør?

– Jeg sørger for anholdelse når resultatet av avhøret foreligger, svarte Anette Brolin. – Så ville det selvsagt være bra om denne rumenske kvinnen kunne peke ut mannen fra Lund ved en konfrontasjon.

– Det må vi jo ha en domstolskjennelse på, sa Björk.
– Ja, sa Anette Brolin. – Men vi kan gjøre en provisorisk konfrontasjon.

Kurt Wallander og Rydberg så interessert på henne.
– Vi kan jo hente henne på flyktningmottaket, fortsatte hun. – Så kan de jo ved en tilfeldighet gå forbi hverandre i gangen.

Kurt Wallander nikket fornøyd. Anette Brolin var en statsadvokat som ikke stod noe tilbake for Per Åkeson når det gjaldt å ha et frimodig syn på gjeldende regler.
– Jaha, sa Björk. – Da kontakter jeg kollegene i Malmö og Lund. Så rykker vi ut om to timer. Klokken ti.
– Kvinnen i sengen, sa Kurt Wallander. – Hun i Lund.
– Vi tar med henne også, sa Björk. – Hvordan skal vi fordele avhørene?
– Jeg vil ha Rune Bergman, sa Kurt Wallander. – Rydberg kan snakke med mannen som knasker epler.
– Klokken tre avgjør vi spørsmålet om anholdelse, sa Anette Brolin. – Jeg er hjemme til da.

Kurt Wallander fulgte henne ut til resepsjonen.
– Jeg hadde tenkt å foreslå middag i går, sa han. – Men jeg ble forhindret.
– Det er flere kvelder, sa hun. – Dette synes jeg du har greid bra. Hvordan kom du egentlig på at det var han?
– Det gjorde jeg ikke. Det var bare en følelse.

Han så etter henne da hun gikk nedover mot byen. Han innså at han overhodet ikke hadde tenkt på Mona siden den kvelden de spiste middag sammen.

Så gikk alt veldig fort.

Hanson ble rykket opp av søndagsfreden og fikk ordre om å hente den rumenske kvinnen og en tolk.
– Kollegene virket ikke særlig begeistret, sa Björk bekymret. – Det er aldri populært å hente en fra sine egne rekker. Det kommer til å bli en dyster vinter av dette.
– Dyster? Hvordan det? spurte Kurt Wallander.
– Ny hets mot politietaten.
– Men han er jo førtidspensjonert.

– Allikevel. Avisene kommer til å skrike ut at det er en politimann som er morderen. Etaten blir utsatt for nye angrep.

Klokken ti drog Kurt Wallander tilbake til huset som var kledd inn med sekkestrie og stillaser. Til hjelp hadde han fire sivilkledde politimenn fra Lund.

– Han har våpen, sa Kurt Wallander mens de satt i bilen. – Og han har begått en kaldblodig henrettelse. Likevel tror jeg vi kan ta det med ro. Han regner sikkert ikke med at vi er på sporet av ham. To trukne våpen får klare seg.

Kurt Wallander hadde tatt med seg tjenestevåpenet sitt da han reiste fra Ystad.

Underveis til Lund hadde han prøvd å komme på når han sist hadde hatt det fremme. Han bestemte seg for at det var over tre år siden, en gang de skulle pågripe en rømt Kumla-fange som hadde barrikadert seg i en hytte ved Mossby strandbad.

Nå satt de i bilen utenfor huset i Lund. Kurt Wallander så at han hadde klatret atskillig høyere enn han hadde ant. Hadde han falt helt ned, ville han ha brukket ryggraden.

Samme morgen hadde politiet i Lund sendt ut en mann som hadde vært forkledd som avisbud, for å undersøke bygningen.

– Nå repeterer vi, sa Kurt Wallander. – Ingen baktrapp?

Politimannen som satt ved siden av ham i forsetet, ristet på hodet.

– Ingen stillaser på baksiden?

– Ingenting.

Ifølge politiet bodde det en mann som het Valfrid Ström i leiligheten.

Han stod ikke oppført i noen av politiets registre. Ingen visste heller hva han levde av.

Presis klokken ti steg de ut av bilen og gikk over gaten. En politimann stanset ved gangdøren. Det var en dørtelefon der, men den virket ikke. Kurt Wallander lirket opp døren med en skrutrekker.

– En mann blir stående i gangen, sa han. – Du og jeg går opp. Hva var det du het?

– Enberg.

– Du har vel et fornavn?

– Kalle.

– Da går vi, Kalle.

De lyttet i halvmørket utenfor døren.

Kurt Wallander trakk frem pistolen sin og gjorde tegn til at Kalle Enberg skulle gjøre det samme.

Så ringte han på døren.

Døren ble åpnet av en kvinne i morgenkåpe. Kurt Wallander kjente henne igjen fra natten. Det var hun som hadde sovet i dobbeltsengen.

Han gjemte pistolen bak ryggen.

– Det er fra politiet, sa han. – Vi vil gjerne snakke med Deres mann, Valfrid Ström.

Kvinnen, som var i 40-årsalderen og hadde et herjet ansiktsuttrykk, så redd ut.

Så gikk hun til side og slapp inn politimennene.

Valfrid Ström stod plutselig foran dem. Han hadde på seg en grønn treningsoverall.

– Politiet, sa Kurt Wallander. – Vi har tenkt å be deg bli med oss.

Mannen med den halvmåneformede flekken i issen så stivt på ham.

– Hvorfor det?

– Avhør.

– Om hva da?

– Det får du greie på når vi kommer til stasjonen.

Så snudde Wallander seg til kvinnen.

– Det er best at du også blir med, sa han. – Ta på deg noen klær.

Mannen foran ham virket helt rolig.

– Jeg blir ikke med noe sted hvis jeg ikke får vite hvorfor, sa han. – Kanskje dere kan begynne med å vise legitimasjon?

Da Kurt Wallander stakk høyre hånd inn i innerlommen, kunne han ikke skjule at han hadde en pistol. Han byttet over til venstre hånd og fomlet etter lommeboken der han hadde legitimasjonspapirer.

I samme øyeblikk kastet Valfrid Ström seg rett mot ham. Kurt Wallander ble skallet i pannen, midt i den hovne og sprukne kulen. Han ble slengt bakover, og pistolen fløy ut av hånden hans. Kalle Enberg rakk ikke å reagere før mannen i den grønne overallen var forsvunnet ut gjennom døren. Kvinnen skrek, og Kurt Wallander famlet etter pistolen sin. Så styrtet han etter mannen nedover trappene samtidig som han brølte en advarsel til de to politimennene som stod postert lenger nede.

Valfrid Ström var rask. Han satte en albue på hakespissen til den politimannen som stod innenfor døren. Mannen utenfor fikk den ene dørhalvdelen over seg da Ström kastet seg ut på gaten. Kurt Wallander som nesten ikke kunne se med blodet rennende over øynene, snublet over den svimeslåtte politimannen som lå i gangen. Han rev og slet i sikringen på pistolen som hadde haket seg opp.

Så var han ute på gaten.

– Til hvilken kant løp han? ropte han til den forvirrede politimannen som hadde viklet seg inn i sekkestrien.

– Venstre, fikk han til svar.

Han løp. Han kunne se den grønne treningsoverallen til Valfrid Ström akkurat idet mannen forsvant inn under en viadukt. Han rev av seg luen og tørket seg i ansiktet. Noen eldre kvinner som så ut til å være på vei til kirken, hoppet forskrekket unna. Han styrtet under viadukten samtidig som et tog larmet forbi over hodet på ham.

Da han kom opp på gaten igjen, så han at Valfrid Ström stanset en bil, halte ut sjåføren og kjørte av sted.

Det eneste kjøretøyet som fantes i nærheten, var en stor dyretransport. Sjåføren stod akkurat og trakk en pakke kondomer ut av en veggautomat. Da Kurt Wallander kom styrtende med pistolen i hånden og blodet rennende over ansiktet, slapp han kondompakken og la på sprang.

Kurt Wallander kløv inn i førersetet. Bak seg hørte han

en hest som knegget. Motoren var i gang, og han satte den i førstegir.

Han trodde at han hadde mistet bilen med Valfrid Ström av syne da han fikk øye på ham igjen. Bilen kjørte mot rødt lys og fortsatte inn i en trang gate som førte rett mot domkirken. Kurt Wallander rev og slet i girstangen for ikke å miste bilen av syne. Hester knegget bak ham, og han kjente den varme lukten av gjødsel.

I en brå sving holdt han på å miste kontrollen over bilen. Han skrenset mot to personbiler som stod parkert ved fortauskanten, men klarte til slutt å rette bilen opp igjen. Jakten gikk mot sykehuset og så gjennom et industriområde. Kurt Wallander oppdaget plutselig at bilen var utstyrt med mobiltelefon. Med den ene hånden prøvde han å slå alarmnummeret samtidig som han holdt den tunge bilen på gaten.

Akkurat da alarmsentralen svarte, kom han inn i en sving.

Telefonen falt ut av hånden hans, og han innså at han ikke ville nå den uten å stanse.

Dette er vanvidd, tenkte han desperat. Fullstendig vanvidd.

Samtidig kom han til å tenke på sin søster. Akkurat nå skulle han ha befunnet seg på Sturups flyplass for å møte henne.

I rundkjøringen ved innfartsveien til Staffanstorp var jakten over.

Valfrid Ström måtte bråbremse for en buss som alt var kommet inn i rundkjøringen. Han mistet kontrollen over bilen og for rett inn i en sementsøyle. Kurt Wallander som lå cirka 100 meter etter, så flammen som slo ut av bilen. Han bremset så hardt at bilen skjente ned i grøften og veltet. Bakdørene fløy opp, og tre hester hoppet ut og galopperte av sted over jordene.

Valfrid Ström var blitt kastet ut av bilen ved kollisjonen. Den ene foten var slitt av. Ansiktet var oppskåret av glasssplinter.

Alt før Kurt Wallander nådde frem til ham, visste han at han var død.

Fra husene like ved kom mennesker løpende. Biler bremset inn ved veikanten.

Plutselig merket han at han fremdeles hadde pistolen i hånden.

Noen minutter senere kom den første politibilen. Like etterpå en ambulanse. Kurt Wallander viste frem legitimasjon og ringte fra bilen. Han bad om å få snakke med Björk.

– Gikk det bra? spurte Björk. – Rune Bergman er på vei hit. Alt gikk uten problemer av noe slag. Og den jugoslaviske kvinnen venter her med tolken sin.

– Send dem til likhuset på Lunds sykehus, sa Kurt Wallander. – Nå må hun konfronteres med et lik. Forresten er hun rumensk.

– Hva mener du med det? sa Björk.

– Akkurat det jeg sier, svarte Kurt Wallander og avsluttet samtalen.

Samtidig så han at en av hestene kom galopperende over jordet. Det var en nydelig hvit hest.

Han tenkte at han aldri hadde sett en så nydelig hest.

Da han kom tilbake til Ystad, hadde nyheten om Valfrid Ströms død spredt seg. Kvinnen som var hans kone, hadde brutt sammen, og en lege forbød politiet å avhøre henne inntil videre.

Rydberg kunne fortelle at Rune Bergman nektet alt. Han hadde ikke stjålet sin egen bil og så begravd den. Han hadde ikke vært i Hageholm. Han hadde ikke besøkt Valfrid Ström samme natt.

Han forlangte å få transport tilbake til Malmö med det samme.

– Et sånt krek, sa Kurt Wallander. – Jeg skal knekke ham.

– Her skal ingen knekkes, sa Björk. – Denne vanviddsjakten gjennom Lund har skapt nok problemer som det er. Jeg fatter ikke hvordan fire fullvoksne politimenn ikke skal kunne få med seg en ubevæpnet mann til et forhør.

Er du forresten klar over at en av hestene ble påkjørt og drept? Den het Super Nova, og eieren sier at den er verdt 100 000 kroner.

Kurt Wallander kjente at raseriet vellet opp.

Hvorfor kunne ikke Björk begripe at det var støtte han trengte? Ikke disse bebreidelsene?

– Nå venter vi på at den rumenske kvinnen skal identifisere mannen, sa Björk. – Ingen andre enn jeg uttaler seg til presse og massemedia.

– Takk for det, sa Kurt Wallander.

Sammen med Rydberg gikk han inn på rommet sitt og lukket døren.

– Er du klar over hvordan du ser ut? spurte Rydberg.

– Helst ikke, takk.

– Din søster har ringt. Jeg bad Martinson kjøre og hente henne på flyplassen. Jeg antok at du hadde glemt det. Han skulle ta seg av henne til du hadde tid.

Kurt Wallander nikket takknemlig.

Noen minutter senere kom Björk stormende inn.

– Identifiseringen er klar, sa han. – Vi har fått vår etterlengtede morder.

– Kjente hun ham igjen?

– Uten å nøle. Det var den samme som hadde spist epler ute på det jordet.

– Hvem var han? spurte Rydberg.

– Valfrid Ström titulerte seg forretningsmann, svarte Björk. – 47 år. Men sikkerhetspolitiet trengte ikke lang tid på å svare på forespørselen vår. Helt siden i 60-årene har Valfrid Ström engasjert seg i nasjonale bevegelser. Først noe som het Demokratisk Allians, senere betydelig mer militante fraksjoner. Men hvordan det kan ha seg at han plutselig ble en kaldblodig morder, kan kanskje Rune Bergman svare på. Eller hans kone.

Kurt Wallander reiste seg.

– Nå tar vi Bergman, sa han.

Alle tre gikk inn i det rommet der Rune Bergman satt og røykte.

Det var Kurt Wallander som ledet avhøret.

Han gikk til angrep med en gang.

– Vet du hva jeg gjorde i natt? spurte han.

Rune Bergman så foraktelig på ham.

– Hvordan skal jeg kunne vite det?

– Jeg fulgte etter deg til Lund.

Kurt Wallander syntes han så en rask skiftning i mannens ansikt.

– Jeg fulgte etter deg til Lund, gjentok Kurt Wallander. – Og jeg klatret opp på byggestillaset til det huset der Valfrid Ström bodde. Jeg så at du skiftet ut haglgeværet ditt mot et annet gevær. Nå er Valfrid Ström død. Men et vitne har pekt ham ut som morderen i Hageholm. Hva sier du til dette?

Rune Bergman sa overhodet ingenting.

Han tente en ny sigarett og så tomt fremfor seg.

– Nå tar vi det fra begynnelsen, sa Kurt Wallander. – Vi vet hvordan alt er gått for seg. Det eneste vi ikke vet er to ting. For det første: Hvor du har gjort av din egen bil. For det andre: Hvorfor skjøt dere den somalieren?

Rune Bergman var like taus.

Litt over tre om ettermiddagen ble han formelt anholdt og tildelt en forsvarsadvokat. Siktelsen lød på drap eller medskyldig i drap.

Klokken fire hadde Kurt Wallander et kort avhør av Valfrid Ströms kone. Hun var fremdeles sjokkert, men svarte på spørsmålene hans. Han fikk vite at Valfrid Ström drev med import av eksklusive biler.

Dessuten fortalte hun at han hatet den svenske flyktningpolitikken.

Kurt Wallander fikk en bestemt oppfatning av at hun ganske snart ville komme over tapet.

Etter avhøret snakket han med Rydberg og Björk. Like etterpå ble kvinnen sluppet med reiseforbud og kjørt tilbake til Lund.

Umiddelbart etterpå gjorde Kurt Wallander og Rydberg et nytt forsøk på å få Rune Bergman til å snakke.

Forsvarsadvokaten som var ung og ambisiøs, mente at det ikke fantes et fnugg av bevis, og hevdet at anholdelsen måtte sees på som opplegg til et justismord.

Omtrent samtidig fikk Rydberg en idé.

– Hvor var det Valfrid Ström prøvde å flykte? sa han til Kurt Wallander.

Han pekte på et kart.

– I Staffanstorp var det slutt på turen. Kanskje hadde han et lagerlokale der eller i nærheten. Det ligger ikke særlig langt fra Hageholm hvis man bare vet om alle småveier.

En samtale med Valfrid Ströms kone kunne bekrefte at Rydberg hadde tenkt riktig. Han hadde ganske riktig et lager for bilimporten sin mellom Staffanstorp og Veberöd. Rydberg kjørte dit i en radiobil og ringte snart til Kurt Wallander igjen.

– Riktig, sa han. – Her står det en blåhvit Citroën.

– Kanskje vi burde lære barna våre å identifisere billyder, sa Kurt Wallander.

Han gikk løs på Rune Bergman igjen, men mannen sa ikke et ord.

Rydberg drog tilbake til Ystad etter en foreløpig undersøkelse av bilen. I hanskerommet hadde han funnet en eske med haglpatroner. Imens hadde politiet i Malmö gått igjennom Bergmans og Ströms boliger.

– Det virker som om de to mennene har vært medlemmer av en slags svensk Ku Klux Klan-bevegelse, sa Björk. – Dette blir nok en ordentlig floke å rede ut. Kanskje er det enda flere som er innblandet?

Rune Bergman var like taus.

Kurt Wallander følte seg lettet over at Björk var tilbake og kunne ta seg av alle kontakter med massemedia. Det sved og brant i ansiktet, og han var veldig trett. Klokken seks kunne han endelig ringe til Martinson og snakke med sin søster. Så kjørte han og hentet henne i bilen sin. Hun rykket til da hun fikk se det forslåtte ansiktet hans.

– Det er kanskje best at far slipper å se meg, sa han. – Jeg venter på deg i bilen.

Søsteren hadde alt vært og besøkt faren. Da hadde han fremdeles vært trett. Men han hadde lyst opp da han fikk se sin datter.

– Jeg tror ikke han husker så mye av denne natten, sa hun da de kjørte til sykehuset. – Kanskje det er like bra?

Kurt Wallander satt i bilen og ventet mens hun besøkte ham enda en gang. Han lukket øynene og lyttet til en Rossini-opera. Da hun åpnet bildøren, gav det et sett i ham. Han hadde sovnet.

Sammen reiste de til huset i Löderup.

Kurt Wallander så på sin søster at hun var sjokkert over forfallet. I fellesskap ryddet de unna illeluktende matavfall og skitne klær.

– Hvordan har det kunnet gå sånn? sa hun, og Kurt Wallander følte det som om hun anklaget ham.

Kanskje var det riktig? Kanskje han hadde kunnet gjøre mer? Iallfall ha oppdaget farens forfall i tide?

De kjørte tilbake til Mariagatan etter å ha handlet mat. Under middagen snakket de om hvordan det skulle gå med faren.

– I en eldrebolig kommer han til å dø, sa hun.

– Men fins det noe alternativ? sa Kurt Wallander. – Her kan han ikke bo. Hos deg kan han ikke bo. Ikke i Löderup heller. Hva er det da som gjenstår?

De ble enige om at det tross alt ville være best om faren kunne bo hjemme, med regelmessig tilsyn av en hjemmehjelp.

– Han har aldri likt meg, sa Kurt Wallander da de drakk kaffe.

– Det er klart han har.

– Ikke siden jeg bestemte meg for å bli politimann.

– Han hadde kanskje tenkt seg noe annet?

– Men hva? Han sier jo aldri noe.

Kurt Wallander redde opp til søsteren på sofaen.

Da de ikke hadde mer å si om faren, fortalte Kurt Wallander om alt som hadde hendt. Plutselig innså han at den gamle fortroligheten mellom dem var borte.

Vi treffes for sjelden, tenkte han. Hun tør ikke engang spørre hvorfor Mona og jeg har gått fra hverandre.

Han tok frem en halvtom konjakkflaske. Hun ristet på hodet, og han skjenket bare i sitt eget glass.

Kveldsnyhetene ble dominert av historien om Valfrid Ström. Rune Bergmans identitet ble ikke avslørt. Kurt Wallander visste at det kom av hans fortid som politimann. Han antok at rikspolitisjefen var i full gang med å legge ut beleilige tåketepper for at Rune Bergmans identitet skulle holdes hemmelig så lenge som mulig.

Men før eller senere ville selvsagt sannheten komme ut.

Akkurat da nyhetene var slutt, ringte telefonen.

Kurt Wallander bad sin søster om å ta den.

– Spør hvem det er og si at du skal se etter om jeg er hjemme, bad han henne.

– Det er en som heter Brolin, sa hun da hun kom tilbake fra entreen.

Han reiste seg møysommelig fra stolen og tok telefonen.

– Jeg håper jeg ikke vekket deg, sa Anette Brolin.

– Overhodet ikke. Jeg har min søster på besøk.

– Jeg ville bare ringe og si at jeg synes dere har gjort et ypperlig arbeid.

– Vi har vel stort sett hatt flaks.

Hvorfor ringer hun? tenkte han. Han bestemte seg fort.

– En drink? foreslo han.

– Gjerne. Hvor? Han hørte at hun ble overrasket.

– Min søster skal akkurat til å legge seg. Hos deg?

– Det passer bra.

Han la på røret og gikk tilbake til dagligstuen.

– Jeg har overhodet ikke tenkt å gå og legge meg, sa hans søster.

– Jeg går ut en tur. Sitt ikke oppe og vent. Jeg vet ikke hvor lenge jeg kommer til å være borte.

Den kjølige kvelden gjorde det lett å puste. Han svingte

inn i Regementsgatan og kjente en plutselig letthet inne i seg. De hadde løst det brutale drapet i Hageholm i løpet av 48 timer. Nå ville de igjen kunne konsentrere seg om dobbeltdrapet i Lenarp.

Han visste at han hadde gjort et bra arbeid.

Han hadde stolt på sin intuisjon, handlet uten å nøle, og det hadde gitt resultater.

Tanken på den vanvittige jakten med dyretransporten fikk det til å gå kaldt nedover ryggen på ham. Men likevel var lettelsen der.

Han ringte på dørtelefonen, og Anette Brolin svarte. Hun bodde i annen etasje i et hus fra århundreskiftet. Leiligheten var stor, men sparsomt møblert. Ved en vegg stod noen malerier som fremdeles ventet på å bli hengt opp.

– Gin og tonic? spurte hun. – Jeg har dessverre ikke så mye å velge i.

– Gjerne, sa han. – Akkurat nå passer det fint med hva som helst. Bare det er noe sterkt.

Hun satte seg tvers overfor ham i en sofa og trakk bena oppunder seg. Han tenkte at hun var nydelig.

– Er du klar over hvordan du ser ut? spurte hun med en latter.

– Det spør alle om, svarte han.

Så kom han til å tenke på Klas Månson. Butikkraneren som Anette Brolin ikke hadde villet anholde. Han tenkte at han egentlig ikke orket å snakke om arbeidet. Likevel kunne han ikke la være.

– Klas Månson, sa han. – Husker du navnet?

Hun nikket.

– Hanson klaget over at du syntes at etterforskningsrapporten vår var dårlig. At du ikke ville tillate en anholdelse hvis ikke etterforskningen ble gjort mer nøye.

– Rapporten var dårlig. Slurvete skrevet. Utilstrekkelige bevis. Vage vitneforklaringer. Jeg ville begå tjenestefeil hvis jeg forlangte anholdelse på grunnlag av et slikt materiale.

– Rapporten er ikke dårligere enn mange andre. Dessuten glemmer du et viktig faktum.

– Hva?

– At Klas Månson er skyldig. Han har ranet butikker før.

– Da får dere prestere en bedre rapport.

– Jeg synes ikke at det er noe galt med rapporten. Slipper vi ut denne jævla Månson, begår han bare nye forbrytelser.

– Man kan ikke anholde folk akkurat som det passer en.

Kurt Wallander trakk på skuldrene.

– Lar du være å slippe ham hvis jeg får frem en mer utførlig vitneforklaring? spurte han.

– Det kommer an på hva vitnet sier.

– Hvorfor er du så sta? Klas Månson er skyldig. Får vi bare beholde ham en stund, så tilstår han. Men får han den minste følelse av at han kan snike seg unna, kommer han ikke til å si et ord.

– Påtalemyndigheten må være sta. Hvordan skulle det ellers gå med rettssikkerheten her i landet?

Kurt Wallander kjente at alkoholen gjorde ham opprørsk.

– Det spørsmålet kan også stilles av en ubetydelig kriminalpolitimann på landet, sa han. – En gang trodde jeg at politiyrket innebar at man var med og vernet om vanlige menneskers eiendom og trygghet. Det tror jeg vel fremdeles. Men jeg har jo sett at rettssikkerheten uthules. Jeg har sett at ungdommer som begår forbrytelser, mer eller mindre blir oppmuntret til å fortsette. Ingen griper inn. Ingen bryr seg om ofrene for den økende volden. Det blir bare verre og verre.

– Nå lyder du som min far, sa hun. – Han er pensjonert dommer. En ordentlig gammel reaksjonær embetsmann.

– Kanskje det. Kanskje jeg er konservativ. Men jeg mener det jeg sier. Jeg kan faktisk skjønne at folk av og til tar saken i egne hender.

– Du kan kanskje til og med forstå at noen forvirrede hjerner skyter en uskyldig asylsøker?

– Både ja og nei. Usikkerheten i dette landet er stor. Mennesker blir redde. Særlig i bondebygder som dette. Du kommer snart til å lære at det fins en stor helt akkurat i denne delen av landet. En mann som applauderes i det stille bak fortrukne gardiner. Mannen som sørget for at det ble en kommunal avstemning som sa nei til å motta flyktninger.

– Hva skjer om vi setter oss ut over beslutninger som blir fattet i Riksdagen? Vi har en flyktningpolitikk som skal følges i dette landet.

– Galt. Det er nettopp mangelen på flyktningpolitikk som skaper kaos. Akkurat nå lever vi i et land der hvem som helst med et hvilket som helst motiv kan ta seg inn i landet når som helst og hvor som helst. Grensekontrollene er opphørt. Tollvesenet er lamslått. Det fins mengder av ubevoktede småflyplasser der narkotika og illegale innvandrere settes ned hver eneste natt.

Han merket at han holdt på å bli opphisset. Mordet på somalieren var en forbrytelse med mange lag.

– Rune Bergman skal selvsagt sperres inne med den strengest tenkelige straff. Men Innvandreretaten og regjeringen får ta sin del av skylden.

– Det der er tøys.

– Er det det? Nå begynner personer som har tilhørt den fascistiske sikkerhetstjenesten i Romania, å dukke opp her i Sverige. De søker asyl. Skal de få det?

– Prinsippet må gjelde.

– Må det virkelig det? Alltid? Til og med når det er galt?

Hun reiste seg fra sofaen og fylte på glassene.

Kurt Wallander begynte å føle seg beklemt.

Vi er for forskjellige, tenkte han.

Etter ti minutters samtale åpner det seg en avgrunn.

Alkoholen gjorde ham aggressiv. Han så på henne og kjente at han ble opphisset.

Hvor lenge var det egentlig siden han og Mona hadde elsket med hverandre?

Nesten ett år. Ett år uten seksualliv.

Han stønnet ved tanken.

– Har du vondt? spurte hun.

Han nikket. Det var overhodet ikke sant. Men han gav etter for sitt dunkle behov for medfølelse.

– Det er kanskje best at du går hjem, sa hun.

Det var det han minst av alt ville. Noe hjem hadde han ikke hatt siden Mona flyttet.

Han drakk ut og rakte frem glasset for påfyll. Nå var han så beruset at hemningene hadde begynt å slippe taket.

– En til, sa han. – Det fortjener jeg.

– Så må du gå, sa hun.

Stemmen hennes var plutselig blitt kjølig. Men han orket ikke å bry seg om det. Da hun kom med glasset hans, grep han tak i henne og trakk henne ned i stolen.

– Sitt her ved siden av meg, sa han og la hånden på låret hennes.

Hun rev seg løs og gav ham en ørefik. Hun slo med den hånden der hun hadde gifteringen, og han kjente at det rispet til på kinnet.

– Gå hjem nå, sa hun.

Han satte fra seg glasset på bordet.

– Hva gjør du ellers? Ringer til politiet?

Hun svarte ikke. Men han så at hun var rasende.

Han snublet da han reiste seg.

Plutselig innså han hva han hadde forsøkt å gjøre.

– Unnskyld, sa han. – Jeg er trett.

– Vi glemmer dette, svarte hun. – Men nå får du gå hjem.

– Jeg vet ikke hva som gikk av meg, sa han og strakte frem hånden.

– Vi glemmer det nå, sa hun. – God natt.

Han prøvde å finne på noe å si. Et eller annet sted i den omtåkede hjernen hans gnagde tanken på at han hadde gjort noe som både var utillatelig og farlig. På samme måte som da han hadde kjørt bil fra møtet med Mona og vært beruset.

Han gikk og hørte at døren ble lukket bak seg.

Jeg må slutte å drikke alkohol, tenkte han rasende. Jeg tåler det ikke.

Nede på gaten trakk han den kjølige luften ned i lungene.

Hvordan går det an å oppføre seg så dumt? tenkte han. Som en full jypling som ikke vet noe om seg selv, kvinnene eller verden.

Han gikk hjem til Mariagatan.

Dagen etter skulle han gjenoppta jakten på morderen i Lenarp.

# 13

Om morgenen mandag den 15. januar drog Kurt Wallander til gartneriet som lå ved utfartsveien mot Malmö, og kjøpte to blomsteroppsatser. Han kom til å tenke på at det nå var åtte dager siden han hadde reist samme vei, mot Lenarp og det åstedet som fremdeles opptok all hans oppmerksomhet. Den uken som var gått, hadde vært den mest intense han hadde opplevd i alle sine år som politi. Da han så på ansiktet sitt i bakspeilet, tenkte han at hvert risp, hver kul, hver skiftning mellom lilla og svart minnet om denne uken.

Temperaturen lå noen grader under null. Det var vindstille. Den hvite ferjen fra Polen var på vei inn mot havnen.

Da han kom til politistasjonen litt over åtte, gav han Ebba den ene blomsteroppsatsen. Hun ville først ikke ta imot den, men han så at hun ble glad over oppmerksomheten. Den andre blomsteroppsatsen tok han med inn på rommet sitt. Han fant frem et kort som han hadde i en skrivebordsskuff og grublet lenge over hva han skulle skrive til statsadvokat Anette Brolin. Altfor lenge, tenkte han. Da han til slutt skrev noen linjer, hadde han gitt opp forsøket på å finne den fullkomne formuleringen. Nå bad han bare om overbærenhet for sin overilte oppførsel kvelden før. Han skyldte på tretthet.

*Av natur er jeg sjenert,* skrev han. Helt sant var det vel ikke.

Men han syntes at det innbød Anette Brolin til å vende det andre kinnet til.

Han skulle akkurat til å gå over til påtalemyndighetens

avdeling da Björk kom inn av døren. Som vanlig banket han så lett at Kurt Wallander ikke hadde oppfattet det.

– Har du fått blomster? sa Björk. – Det fortjener du faktisk. Jeg er imponert over hvor raskt du løste mordet på negeren.

Kurt Wallander likte ikke at Björk omtalte somalieren som den døde negeren. Det var et dødt menneske som hadde ligget under presenningen i sølen, ikke noe annet. Men selvsagt gav han seg ikke inn i noen diskusjon.

Björk hadde på seg en blomstrete skjorte som han hadde kjøpt i Spania. Han satte seg på den vaklevorne pinnestolen ved vinduet.

– Jeg tenkte at vi skulle se igjennom drapet i Lenarp, sa han. – Jeg har gått igjennom etterforskningsmaterialet. Det er mye som virker overfladisk. Jeg hadde tenkt meg at Rydberg kunne overta hovedansvaret for etterforskningen mens du konsentrerer deg om å få Rune Bergman til å snakke. Hva sier du om det?

Kurt Wallander stilte et motspørsmål.

– Hva sier Rydberg?

– Jeg har ikke snakket med ham ennå.

– Jeg kunne tenke meg omvendt. Rydberg har det vonde benet sitt, og det gjenstår mye fotarbeid i den etterforskningen.

Det Knut Wallander sa, var så avgjort sant. Men det var ikke omtanken for Rydbergs revmatisme som fikk ham til å komme med forslaget.

Han ville ikke gå glipp av jakten på morderne i Lenarp.

Selv om politiarbeidet var et samarbeid, følte han at morderne var hans.

– Det fins jo en tredje utvei, sa Björk. – At Svedberg og Hanson tar seg av Rune Bergman.

Kurt Wallander nikket. Han var enig med Björk.

Björk reiste seg fra den elendige stolen.

– Det trengs nye møbler, sa han.

– Det trengs flere politistillinger, svarte Kurt Wallander.

Da Björk var gått, satte Kurt Wallander seg ved skrivemaskinen og skrev en utførlig rapport om pågripelsen av Rune Bergman og Valfrid Ström. Han gjorde seg umak med å skrive en rapport som Anette Brolin ikke kunne ha noe å utsette på. Det tok ham over to timer. Kvart over ti trakk han det siste arket ut av valsen, undertegnet og leverte rapporten inn til Rydberg.

Rydberg satt ved skrivebordet sitt og så trett ut. Da Kurt Wallander kom inn i rommet, la han akkurat på telefonrøret.

– Jeg hørte at Björk ville skille oss, sa han. – Jeg er glad jeg slapp denne Bergman.

Kurt Wallander la rapporten sin på skrivebordet hans.

– Les igjennom den, sa han. – Og har du ingen innvendinger, så lever den til Hanson.

– Svedberg har gjort et forsøk med Bergman nå på morgenen, sa Rydberg. – Men han sier fremdeles ingenting. Men sigarettene stemmer. Samme merke som lå på bakken ved bilen.

– Jeg lurer på hva som kommer til å dukke opp, sa Kurt Wallander. – Hva ligger bak? Nynazister? Rasister med forgreninger ut i Europa? Hvordan er det mulig å gjøre noe sånt? Stige ut på veien og skyte et vilt fremmed menneske? Bare fordi han tilfeldigvis er svart?

– Jeg vet ikke, sa Rydberg. – Men dette er noe som vi må lære oss å leve med.

De avtalte å treffes igjen om en halvtime, når Rydberg hadde lest igjennom rapporten. Da skulle de ta fatt på Lenarp-etterforskningen for alvor.

Kurt Wallander gikk over til påtalemyndighetens avdeling. Anette Brolin var i retten. Han leverte blomsteroppsatsen til piken i resepsjonen.

– Har hun fødselsdagen sin? spurte hun.

– Noe sånt, sa Kurt Wallander.

Da han kom tilbake til rommet sitt, satt hans søster Kristina der og ventet på ham. Hun hadde alt stått opp og gått da han våknet om morgenen.

Han fikk høre at hun hadde snakket med både en lege og kuratoren.

– Pappa virker bedre, sa hun. – De tror ikke at han er på vei inn i en kronisk senilitet. Kanskje var det bare en forbigående forvirring. Vi ble enige om å prøve med regelmessig hjemmehjelp. Jeg ville bare høre om du kan kjøre oss ut ved tolv-tiden i dag. Hvis du ikke har tid, kan jeg kanskje låne bilen din.

– Det er klart jeg skal kjøre. Vet vi hvem som blir hjemmehjelp?

– Jeg skal treffe en kvinne som ikke bor så langt fra pappa.

Kurt Wallander nikket.

– Det er bra at du er her, sa han. – Jeg hadde nok ikke klart dette på egen hånd.

De ble enige om at han skulle komme til sykehuset like over tolv. Da søsteren var gått, ryddet han på skrivebordet og la den tykke mappen med etterforskningsmaterialet om Johannes og Maria Lövgren foran seg. Det var på tide å ta fatt igjen.

Björk hadde gitt beskjed om at de foreløpig måtte være fire personer i etterforskningsgruppen. Siden Näslund lå hjemme i influensa, var de bare tre som møttes inne på Rydbergs rom. Martinson virket som han var i bakrus og sa ikke stort. Men Kurt Wallander husket hvor besluttsomt han hadde tatt seg av den hysteriske enken ute ved Hageholm.

De begynte med en nøye gjennomgang av alt materialet. Martinson kunne supplere med forskjellige opplysninger fra det sentrale forbryterregisteret. Den metodiske granskingen av forskjellige detaljer fylte Kurt Wallander med en følelse av trygghet. For en utenforstående betrakter måtte dette arbeidet fremstå som uutholdelig kjedelig og blodfattig. Men for de tre politimennene stilte saken seg annerledes. Sannheten og løsningen kunne ligge og trykke under den mest uanselige kombinasjon av detaljer.

De ringet inn de løse trådene som burde bearbeides aller først.

– Du tar deg av Johannes Lövgrens reise til Ystad, sa han til Martinson. – Vi må få greie på hvordan han kom til byen og hvordan han kom seg hjem. Hadde han flere bankbokser som vi ikke kjenner til? Hva gjorde han i løpet av den timen som gikk mellom de to bankbesøkene? Gikk han til en eller annen butikk og handlet? Hvem så ham?

– Jeg tror at Näslund begynte å ringe rundt til bankene, sa Martinson.

– Ring hjem til ham og spør, sa Kurt Wallander. – Vi kan ikke vente med dette til han blir frisk igjen.

Rydberg skulle besøke Lars Herdin mens Kurt Wallander igjen skulle dra inn til Malmö for å snakke med den mannen som het Erik Magnuson, og som Göran Boman trodde kunne være Johannes Lövgrens hemmelige sønn.

– Alle andre detaljer får hvile så lenge, sa Kurt Wallander. – Vi begynner med dette og sees igjen klokken fem.

Før han drog til sykehuset, ringte han til Göran Boman i Kristianstad og snakket om Erik Magnuson.

– Han arbeider i fylkestinget, sa Göran Boman. – Dessverre vet jeg ikke med hva. Vi har hatt en uvanlig bråkete helg her oppe med slagsmål og fyll. Jeg har ikke rukket stort annet enn å ta folk i ørene.

– Jeg finner ham nok, sa Kurt Wallander. – Jeg gir livstegn fra meg senest i morgen tidlig.

Noen minutter over tolv drog han av sted til sykehuset. Hans søster ventet i resepsjonen, og sammen tok de heisen opp til den medisinske avdelingen faren var flyttet til etter det første døgnets overvåkning.

Da de kom, var han alt skrevet ut og satt på en stol i gangen og ventet på dem. Hatten hadde han på hodet, og kofferten med det skitne undertøyet og fargetubene stod ved siden av ham. Kurt Wallander kjente ikke igjen dressen hans.

– Jeg kjøpte den til ham, sa hans søster da han spurte henne. – Det er vel 30 år siden han kjøpte en ny dress?

– Hvordan går det, far? spurte Kurt Wallander da han stod foran ham.

Faren så ham stivt inn i øynene. Kurt Wallander skjønte at han var kommet til hektene igjen.

– Det skal bli deilig å komme hjem, sa han kort og reiste seg.

Kurt Wallander tok kofferten mens faren støttet seg til søsteren. Hun satt ved siden av ham i baksetet under turen til Löderup.

Kurt Wallander som måtte av sted til Malmö så fort som mulig, lovte å komme ut ved sekstiden igjen. Hans søster skulle overnatte hos faren, og hun bad ham kjøpe middagsmat.

Faren hadde straks skiftet på seg maleroverallen og stod alt ved staffeliet og malte.

– Tror du han kommer til å klare seg med hjemmehjelp? spurte Kurt Wallander.

– Vi får vente og se, svarte søsteren.

Klokken var nærmere to om ettermiddagen da Kurt Wallander svingte inn foran fylkestinget. Da hadde han stanset ved motellet i Svedala og spist en rask lunsj. Han parkerte bilen og gikk inn i den store resepsjonen.

– Jeg skal ha tak i Erik Magnuson, sa han til kvinnen som hadde skjøvet til side glassluken.

– Vi har minst tre Erik Magnuson som arbeider her, svarte hun. – Hvem av dem er det De vil treffe?

Kurt Wallander trakk frem politilegitimasjonen og viste den.

– Jeg vet ikke, sa han. – Men han skal være født i slutten av 1950-årene.

Kvinnen bak glassruten visste straks beskjed.

– Da må det være Erik Magnuson i sentralmagasinet, sa hun. – De to andre som heter Erik Magnuson, er atskillig eldre. Hva er det han har gjort?

Kurt Wallander smilte av hennes uhemmede nysgjerrighet.

– Ingenting, sa han. – Jeg skal bare stille ham noen rutinemessige spørsmål.

Hun beskrev veien til sentralmagasinet for ham. Han takket og gikk tilbake til bilen sin.

Fylkestingets magasin lå i Malmös nordlige utkant, i et område nær Oljehavnen. Kurt Wallander virret omkring en lang stund før han fant frem.

Han gikk inn gjennom en dør der det stod «Kontor». Gjennom et stort glassvindu så han gule trucker som kjørte frem og tilbake mellom uendelige hyllerekker.

Kontorlokalet var tomt. Han gikk ned en trapp og kom inn i den store lagerhallen. En ung mann med hår som hang ned på skuldrene, holdt akkurat på å stable store plastsekker med toalettpapir. Kurt Wallander gikk bort til ham.

– Jeg skal ha tak i Erik Magnuson, sa han.

Den unge mannen pekte mot en gul truck som hadde stanset ved en lasterampe der en trailer drev og lesset av.

Mannen som satt i førerhuset på den gule trucken, var lyshåret.

Kurt Wallander fikk for seg at Maria Lövgren nok ikke ville ha tenkt på utlendinger om det hadde vært denne blonde mannen som hadde strammet renneløkken rundt halsen hennes.

Så slo han tanken irritert fra seg. Nå gikk han for fort frem igjen.

– Erik Magnuson! ropte han gjennom motorlarmen fra trucken.

Mannen så spørrende på ham før han slo av motoren og hoppet ned.

– Erik Magnuson? spurte Kurt Wallander.

– Ja?

– Det er fra politiet. Jeg skulle gjerne snakke litt med deg.

Kurt Wallander iakttok ansiktet hans.

Det var ikke noe uventet i reaksjonene hans. Han så bare forbauset ut. Helt naturlig forbauset.

– Hvorfor det? spurte han.

Kurt Wallander så seg omkring.

– Er det et sted der vi kan sette oss? spurte han.

Erik Magnuson geleidet ham mot et hjørne der det var en kaffeautomat. Der stod det et skittent trebord og noen falleferdige benker. Kurt Wallander matet inn to kronestykker og fikk et beger med kaffe. Erik Magnuson nøyde seg med å legge inn en pris snus.

– Jeg kommer fra politiet i Ystad, begynte han. – Jeg har noen spørsmål til deg angående et brutalt mord i en bygd som heter Lenarp. Du har kanskje lest om det i avisen?

– Jeg tror det. Men hva har det med meg å gjøre?

Kurt Wallander hadde begynt å lure på det samme. Mannen som het Erik Magnuson, virket helt uberørt over å ha fått besøk av politiet på arbeidsplassen sin.

– Jeg må spørre deg om navnet på faren din.

Mannen rynket pannen.

– Faren min? sa han. – Jeg har ingen far.

– Alle har en far.

– Ingen som jeg vet om iallfall.

– Hva kan det komme av?

– Mor fødte meg som ugift.

– Og hun har aldri sagt hvem som er faren din?

– Nei.

– Har du aldri spurt?

– Selvsagt har jeg spurt. Jeg maste på henne under hele oppveksten. Så gav jeg opp.

– Hva sa hun da du spurte?

Erik Magnuson reiste seg og hentet et beger med kaffe.

– Hvorfor er du interessert i faren min? spurte han. – Har han noe med dette drapet å gjøre?

– Vi kommer til det snart, sa Kurt Wallander. – Hva svarte din mor når du spurte etter din far?

– Forskjellig.

– Forskjellig?

– Noen ganger at hun ikke var sikker selv. Andre ganger at det var en handelsreisende som hun aldri så igjen. Andre ganger noe annet.
– Og du lot deg nøye med det?
– Hva faen skal man gjøre? Vil hun ikke, så vil hun ikke.
Kurt Wallander tenkte på svarene han fikk. Kunne man virkelig være så uinteressert i hvem som var ens far?
– Har du god kontakt med din mor? spurte han.
– Hva mener du med det?
– Treffes dere ofte?
– Hun ringer av og til. Jeg kjører over til Kristianstad en gang iblant. Jeg hadde bedre kontakt med min stefar.
Kurt Wallander rykket til. Noen stefar hadde ikke Göran Boman sagt noe om.
– Giftet din mor seg senere?
– Hun bodde sammen med en mann da jeg vokste opp. De var vel aldri gift. Men jeg kalte ham far likevel. Så flyttet de fra hverandre da jeg var cirka 15. Jeg kom til Malmö året etter.
– Hva heter han?
– Het. Han er død. Han kjørte seg i hjel.
– Og du er sikker på at det ikke var din egentlige far?
– Noe så ulikt som han og jeg må man lete lenge etter.
Kurt Wallander tok ny sats.
– Mannen som ble myrdet i Lenarp, het Johannes Lövgren, sa han. – Det skulle vel ikke være han som var faren din?
Mannen som satt tvers overfor ham, så overrasket ut.
– Hvordan faen skal jeg kunne vite det? Det får du spørre mutter om.
– Det har vi alt gjort. Men hun nekter.
– Spør en gang til da. Jeg skulle likt å vite hvem faren min er. Myrdet eller ei.
Kurt Wallander trodde ham. Han skrev ned Erik Magnusons adresse og personnummer og reiste seg.
– Du kommer kanskje til å høre fra oss igjen, sa han.
Mannen klatret opp i førerhuset igjen.

– Gjerne for meg, sa han. – Hils mutter når du treffer henne.

Kurt Wallander kjørte tilbake til Ystad. Han parkerte på torget og gikk bortover gågaten og kjøpte kompresser på apoteket. Ekspeditrisen så medlidende på det forslåtte ansiktet hans. I kjøpesenteret på torget handlet han middagsmat. På veien tilbake til bilen angret han seg og gikk samme vei tilbake til Systembolaget. Der kjøpte han en flaske whisky. Enda han ikke hadde råd, valgte han maltwhisky.

Halv fem var han tilbake på politistasjonen igjen. Verken Rydberg eller Martinson var på rommene sine. Han gikk over til påtalemyndighetens avdeling. Piken i resepsjonen smilte.

– Hun ble veldig glad for blomstene, sa hun.

– Er hun på rommet sitt?

– Hun er i retten til klokken fem.

Kurt Wallander gikk tilbake. I gangen støtte han på Svedberg.

– Hvordan går det med Bergman? spurte Kurt Wallander.

– Han sitter fremdeles taus, svarte Svedberg. – Men han mykner nok. Bevisene hoper seg opp. Kriminalteknikerne tror at våpenet kan bli det fellende bevis.

– Vet vi mer om bakgrunnen?

– Det ser ut til at både Ström og Bergman har vært aktive i forskjellige innvandrerfiendtlige grupper. Men om de handlet på egen hånd eller jobbet for en organisasjon, vet vi ikke ennå.

– Alle er med andre ord glade og fornøyde?

– I grunnen ikke. Björk snakker om at morderen var etterlengtet, men at det likevel ble galt. Jeg har en mistanke om at man kommer til å tone ned Bergmans betydning og skyve alt over på Valfrid Ström. Som ikke kan si noe. Selv tror jeg at Bergman var vel så aktiv.

– Jeg lurer på om det var Ström som ringte til meg om natten, sa Kurt Wallander. – Han sa ikke så mye at jeg bestemt kunne avgjøre om det var han eller ikke.

Svedberg så forskende på ham.

– Hvilket betyr?

– At det i verste fall er flere som er parate til å overta morderrollen etter Bergman og Ström.

– Jeg skal si til Björk at vi må fortsette å bevokte mottakene, sa Svedberg. – Forresten har vi fått en del tips som tyder på at det var en gjeng ungdommer som stod bak brannen her i Ystad.

– Glem ikke den gamle mannen som fikk en pose neper i hodet, sa Kurt Wallander.

– Hvordan går det med Lenarp?

Kurt Wallander trakk litt på det.

– Jeg vet ikke riktig, sa han. – Men vi har satt i gang for alvor igjen.

Ti minutter over fem satt Martinson og Rydberg inne hos Kurt Wallander. Han syntes fremdeles at Rydberg så trett og sliten ut. Martinson var misfornøyd.

– Hvordan Lövgren kom seg frem og tilbake til Ystad fredag den 5. januar, er en gåte, sa han. – Jeg har snakket med bussjåføren som kjører den strekningen. Han fortalte at Johannes og Maria pleide å kjøre med ham når de skulle til byen. Sammen eller hver for seg. Han var helt sikker på at Johannes Lövgren ikke hadde tatt bussen på denne siden av nyåret. Noen taxi hadde heller ikke hatt noen tur til Lenarp. Etter det Nyström kunne fortelle, tok de bussen når de skulle noen steder. Og vi vet jo at han var gjerrig.

– De drakk alltid kaffe sammen, sa Kurt Wallander. – Om ettermiddagen. Nyströms må ha sett om Johannes Lövgren drog av sted til Ystad eller ei.

– Det er nettopp det som er gåten, sa Martinson. – Begge påstår at han ikke reiste til byen den dagen. Likevel vet vi jo at han var innom to banker mellom halv tolv og kvart over ett. Han må ha vært hjemmefra mellom tre og fire timer den dagen.

– Merkelig, sa Kurt Wallander. – Du får fortsette å rote i det.

Martinson bøyde seg over notatene sine igjen.

– Han har iallfall ingen flere bankbokser i byen.

– Bra, sa Kurt Wallander. – Da vet vi det.

– Men han kan jo ha i Simrishamn, innvendte Martinson. – Eller Trelleborg? Eller Malmö?

– Konsentrer deg om hans tur til Ystad først, sa Kurt Wallander og festet blikket på Rydberg.

– Lars Herdin fastholder historien sin, sa han etter å ha kastet et blikk på den slitte notatboken sin. – Ved en tilfeldighet støtte han på Johannes Lövgren og denne kvinnen i Kristianstad våren 1979. Og han påstår at det var i et anonymt brev at han fikk vite at de hadde et barn sammen.

– Kunne han beskrive kvinnen?

– Vagt. I verste fall får vi vel stille kvinnene opp på rad, så han kan peke ut den rette. Hvis hun nå er der, la han til.

– Du lyder tvilende?

Rydberg slo igjen notatboken med et irritert smell.

– Jeg får ingenting til å stemme, sa han. – Det vet du. Vi må selvsagt følge opp de trådene vi har. Men jeg er overhodet ikke sikker på at vi er på riktig vei. Det som irriterer meg, er at jeg ikke finner noen annen vei å gå.

Kurt Wallander fortalte om sitt møte med Erik Magnuson.

– Hvorfor spurte du ikke om han hadde noe alibi for drapsnatten? spurte Martinson forundret da han var ferdig.

Kurt Wallander kjente at han begynte å rødme bak alle kulene og blåmerkene.

Det hadde han glemt.

Men det sa han ikke.

– Jeg ventet med det, sa han. – Jeg ville gjerne ha en god grunn til å treffe ham igjen.

Han hørte selv hvor hult det lød. Men verken Rydberg eller Martinson så ut til å reagere på forklaringen.

Samtalen gikk i stå. Hver og en ble sittende i sine egne tanker.

Kurt Wallander studerte på hvor mange ganger han

hadde befunnet seg i akkurat denne situasjonen. Når en etterforskning plutselig slutter å leve. Som en hest som ikke vil gå lenger. Nå ble de nødt til å hale og dra i hesten til den begynte å røre seg igjen.

– Hvordan skal vi gå videre? sa Kurt Wallander til slutt da stillheten ble for trykkende. Han gav svaret selv.

– For din del, Martinson, gjelder det å finne ut hvordan Lövgren kunne komme seg til Ystad og tilbake igjen uten at noen la merke til det. Det må vi få greie på så fort som mulig.

– Det stod en krukke med kvitteringer i et skap på kjøkkenet, sa Rydberg. – Han kan jo ha vært og handlet i en butikk den fredagen. Det fins kanskje en ekspeditrise som har sett ham?

– Han har kanskje et flygende teppe, sa Martinson. – Jeg skal fortsette med dette.

– Familien, sa Kurt Wallander. – Vi må gå igjennom alle sammen.

Han fant frem en liste med navn og adresser fra den tykke mappen sin og gav den til Rydberg.

– Begravelsen er på onsdag, sa Rydberg. – I Villie kirke. Jeg liker ikke begravelser. Men denne tror jeg at jeg skal gå i.

– Selv drar jeg tilbake til Kristianstad i morgen, sa Kurt Wallander. – Gösta Boman var skeptisk til Ellen Magnuson. Han trodde at hun snakket usant.

Klokken var noen minutter på seks da de var ferdige med møtet.

De ble enige om å møtes igjen neste ettermiddag.

– Hvis Näslund er frisk, får han ta seg av den stjålne leiebilen, sa Kurt Wallander. – Fikk vi forresten greie på hva denne polske familien gjorde i Lenarp?

– Han arbeider på sukkerfabrikken i Jordberga, sa Rydberg. – Han hadde faktisk alle papirer i orden. Men det visste han nesten ikke engang selv.

Kurt Wallander ble sittende igjen på kontoret da Rydberg og Martinson var gått. Det lå en hel bunke med papirer på bordet som han måtte gå igjennom. Det var etterforskningsmateriale fra den mishandlingssaken han hadde arbeidet med nyttårsaften. Dessuten var det et utall rapporter som gjaldt alt fra løpske oksekalver til lastebilen som hadde veltet den siste uværsnatten. Nederst i haugen fant han et ark som meddelte at han hadde fått lønnspålegg. Han regnet fort ut at han ville få 39 kroner mer utbetalt i måneden.

Da han hadde gått igjennom papirhaugen, var klokken nærmere halv åtte. Han ringte ut til Löderup og snakket med sin søster og sa at han var på vei.

– Vi er sultne, sa hun. – Arbeider du alltid om kvelden?

Han tok med seg en kassett med en Puccini-opera og gikk ut til bilen sin. Egentlig hadde han villet forsikre seg om at Anette Brolin virkelig hadde glemt det som hadde hendt kvelden før. Men han lot det være. Det fikk vente.

Hans søster Kristina kunne fortelle at den hjemmehjelpen som faren skulle få, hadde vist seg å være en bestemt kvinne i 50-årsalderen som helt sikkert ikke ville få noen problemer med å passe på ham.

– Noe bedre kan han ikke få, sa hun da hun kom ut på gårdsplassen og møtte ham i mørket.

– Hva gjør far?

– Han maler, sa hun.

Mens søsteren laget middag, satt Kurt Wallander på sparken inne i atelieret og så på at høstmørket vokste frem. Faren så helt ut til å ha glemt det som hadde hendt noen dager før.

Jeg må besøke ham regelmessig, tenkte Kurt Wallander. Minst tre ganger i uken, helst på bestemte tider.

Etter middagen spilte de kort med faren noen timer. Klokken elleve gikk han og la seg.

– Jeg reiser hjem i morgen, sa hans søster. – Jeg kan ikke være borte lenger.

– Takk for at du kom, sa Kurt Wallander.

De bestemte at han skulle hente henne klokken åtte morgenen etter og kjøre henne til flyplassen.

– Det var fullt fra Sturup, sa hun. – Jeg flyr fra Everöd.

Det passet Kurt Wallander fint, for han skulle til Kristianstad likevel.

Like etter midnatt gikk han inn gjennom døren sin i Mariagatan. Han skjenket i et stort glass whisky og tok det med seg inn på badet. Etterpå lå han lenge og tinte opp lemmene sine i det varme vannet.

Enda han forsøkte å la være å tenke, dukket Rune Bergman og Valfrid Ström opp i hodet hans. Han prøvde å forstå. Men det eneste han kom frem til, var noe han hadde tenkt på mange ganger før. Det var en ny verden som hadde vokst frem uten at han egentlig hadde vært klar over det. Som politimann levde han fremdeles i en annen, gammel verden. Hvordan skulle han kunne lære seg å leve i denne nye tiden? Hvordan hanskes man med den store usikkerheten man kjenner overfor store forandringer som dessuten går altfor fort?

Drapet på somalieren hadde vært en ny type drap.

Dobbeltdrapet i Lenarp var derimot en gammeldags forbrytelse.

Eller var det virkelig det? Han tenkte på brutaliteten og renneløkken.

Han visste ikke.

Klokken var nærmere to da han endelig krøp ned mellom de kjølige lakenene.

Ensomheten i sengen føltes verre enn noen gang.

Så fulgte tre dager da det ikke hendte noen ting.

Näslund kom tilbake og klarte å løse problemet med den stjålne bilen.

En mann og en kvinne hadde vært ute på en innbruddsrunde og så satt igjen bilen i Halmstad. Drapsnatten hadde de befunnet seg på et pensjonat i Båstad. Pensjonatverten gav dem alibi.

Kurt Wallander snakket med Ellen Magnuson. Hun nektet bestemt at Johannes Lövgren var far til hennes sønn Erik.

Han oppsøkte også Erik Magnuson enda en gang og bad om det alibiet som han hadde glemt å spørre om første gang.

Erik Magnuson hadde vært sammen med sin forlovede. Det var ingen grunn til å betvile sannheten i det.

Martinson kom ingen vei med Lövgrens tur til Ystad. Nyströms var sikre i sin sak, det samme var bussjåfører og drosjeeiere.

Rydberg gikk i begravelsen, og han snakket med 19 forskjellige slektninger av Lövgrens.

Det kom ikke frem en eneste ting som kunne føre dem videre.

Temperaturen holdt seg rundt nullpunktet. Den ene dagen var det vindstille, den neste blåste det.

Kurt Wallander møtte Anette Brolin i korridoren. Hun takket for blomstene. Likevel var han usikker på om hun virkelig hadde slått en strek over det som hadde hendt den natten.

Rune Bergman tidde like hardnakket enda bevisene mot ham var overveldende. Forskjellige storsvenske krypskytterbevegelser forsøkte å påta seg det organisatoriske ansvaret for forbrytelsen. Presse og massemedia for øvrig flammet av en voldsom debatt om den svenske innvandringen. Mens det var rolig i Skåne, brant det kors om natten utenfor forskjellige flyktningmottak i andre landsdeler.

Kurt Wallander og medarbeiderne hans i etterforskningsgruppen som forsøkte å løse dobbeltdrapet i Lenarp, avskjermet seg fra alt dette. Det hendte bare en ytterst sjelden gang at det kom til meningsytringer som ikke direkte hadde med den fastkjørte etterforskningen å gjøre. Men Kurt Wallander innså at han ikke var alene om å føle seg usikker og forvirret når det gjaldt det nye samfunnet som var i ferd med å vokse frem.

Vi lever som om vi sørget over et tapt paradis, tenkte han. Som om vi lengtet etter gamle dagers biltyver og skapsprengere som lettet på lua og var høflige når vi kom for å ta dem. Men den tiden er ugjenkallelig forbi, og spørsmålet er om det egentlig noen gang var så idyllisk som vi gjerne vil huske det.

Fredag den 19. januar hendte alt på én gang.

Dagen begynte dårlig for Kurt Wallander. Halv åtte ble Peugeot'en hans undersøkt av biltilsynet, og det var bare med et nødrop at bilen ikke fikk kjøreforbud. Da han gikk igjennom biltilsynets rapport, innså han at bilen måtte repareres for mange tusen kroner.

Mismodig kjørte han til politistasjonen.

Han hadde ikke rukket å ta av seg frakken inne på rommet sitt før Martinson kom stormende inn.

– Nå har jeg det, sa han. – Nå vet jeg hvordan Johannes Lövgren kom seg til Ystad og hjem igjen.

Kurt Wallander glemte misèren med bilen og kjente at spenningen straks grep tak i ham.

– Det var ikke noe flygende teppe, fortsatte Martinson. – Det var feieren som kjørte ham.

Kurt Wallander sank ned på skrivebordsstolen.

– Hvilken feier?

– Skorsteinsfeiermester Artur Lundin fra Slimminge. Plutselig kom Hanna Nyström på at feieren hadde vært der fredag den 5. januar. Han hadde feid begge steder og så reist. Da hun sa at han hadde feid Lövgrens piper sist og at han hadde dradd derfra ved halvellevetiden, begynte det å ringe klokker. Jeg har akkurat snakket med ham. Det viste seg at han er en mann som aldri hører på radio eller ser på fjernsyn eller engang leser aviser. Han feier skorsteiner og tilbringer resten av tiden med å drikke brennevin og ta seg av noen burkaniner. Han hadde ingen anelse om at Lövgren var blitt myrdet. Men han kunne fortelle at Johannes Lövgren hadde sittet på med ham til Ystad. Han har kassevogn og Johannes Lövgren hadde sittet i det vindusløse baksetet, så det er ikke så rart at ingen hadde sett ham.

– Nyströms må jo ha sett at bilen kom tilbake?

– Nei, svarte Martinson triumferende. – Det er nettopp det. Lövgren hadde bedt Lundin om å stanse på Veberödsveien. Derfra kan man gå langs en kjerrevei til man kommer frem på baksiden av Lövgrens hus. Den er cirka en kilometer lang. Hvis Nyströms satt i vinduet, ville det ha sett ut som om Lövgren kom fra stallen.

Kurt Wallander rynket pannen.

– Det høres rart ut likevel.

– Lundin er en meget åpen person. Han sa at Johannes Lövgren hadde lovt ham en kvart vodka hvis han kjørte ham tilbake også. Han hadde sluppet av Lövgren i Ystad og så fortsatt til et par hus nord for byen. Så hadde han hentet Lövgren til avtalt tid, sluppet ham av på Veberödsveien og fått sin vodkaflaske.

– Bra, sa Kurt Wallander. – Stemmer tidene?

– På en prikk.

– Spurte du om vesken?

– Lundin synes å huske at han hadde hatt en veske.

– Hadde han noe mer?

– Lundin trodde ikke det.

– Hadde Lundin sett om Lövgren traff noen i Ystad?

– Nei.

– Hadde Lövgren sagt hva han hadde i byen å gjøre?

– Ikke et ord.

– Det kan ikke tenkes at denne feieren visste at Lövgren hadde 27 000 kroner i vesken sin?

– Lite trolig. Han virket minst av alt som en ransmann. Jeg tror han er en enslig feier som trives med kaninene og brennevinet sitt. Ikke noe annet.

Kurt Wallander tenkte seg om.

– Kan Lövgren ha avtalt å møte noen på denne kjerreveien? Vesken er jo borte.

– Kanskje. Jeg tenkte å ta en hundepatrulje og finkjemme veien.

– Gjør det med en gang, sa Kurt Wallander. – Nå kommer vi kanskje endelig noen vei.

Martinson gikk. I døren holdt han på å kollidere med Hanson som var på vei inn.

– Har du tid? spurte han.

Kurt Wallander nikket.

– Hvordan går det med Bergman?

– Like stum. Men det kommer han ingen vei med. Kjerringa Brolin forlenger varetektstiden.

Kurt Wallander gad ikke å kommentere Hansons foraktelige holdning til Anette Brolin.

– Hva var det du ville?

Hanson satte seg på pinnestolen ved vinduet og så brydd ut.

– Du vet kanskje at jeg spiller en del på hester, begynte han. – Den hesten du foreslo, løp seg helt bort. Hvem hadde gitt deg tipset?

Kurt Wallander husket vagt en bemerkning han hadde latt falle en gang han hadde vært inne på Hansons rom.

– Det var bare en spøk, sa han. – Fortsett.

– Jeg kom til å høre at dere var interessert i en Erik Magnuson som jobber i fylkestingets sentralmagasin i Malmö, sa han. – Saken er den at det fins en mann som heter Erik Magnuson som ofte er å se på Jägersro. Han spiller høyt, taper ofte, og jeg vet tilfeldigvis at han arbeider i fylkestinget.

Kurt Wallander ble straks interessert.

– Hvor gammel er han? Hvordan ser han ut?

Hanson beskrev ham. Kurt Wallander skjønte straks at det var den samme mannen som han hadde snakket med to ganger.

– Det går rykter om at han har gjeld, sa Hanson. – Og spillegjeld kan være farlig.

– Bra, sa Kurt Wallander. – Det var akkurat den opplysningen som manglet.

Hanson reiste seg.

– Man vet jo aldri, sa han. – Spill og narkotika kan virke på samme måte. Hvis man ikke er som jeg, som bare spiller for fornøyelsens skyld.

Kurt Wallander kom til å tenke på noe Rydberg hadde sagt. Om mennesker som på grunn av narkotikamisbruk ikke skydde noen form for brutalitet.

– Bra, sa han til Hanson. – Meget bra.

Hanson gikk. Kurt Wallander tenkte seg om en kort stund før han ringte til Göran Boman i Kristianstad. Han var heldig og fikk tak i ham med det samme.

– Hva vil du at jeg skal gjøre? spurte han da Kurt Wallander hadde referert Hansons historie.

– Støvsug, sa Kurt Wallander. – Hold henne under oppsikt.

Göran Boman lovte å sette Ellen Magnuson under overvåkning.

Kurt Wallander fikk tak i Hanson akkurat idet han skulle til å dra fra stasjonen.

– Spillegjelden, sa han. – Hvem eller hvilke skylder han penger?

Hanson visste svaret.

– Det er en jernvarehandler fra Tågarp som låner ut penger, sa han. – Hvis Erik Magnuson skylder noen penger, så er det ham. Han er ågerkar for en stor del av toppspillerne på Jägersro. Og så vidt jeg vet, har han noen skikkelig gufne typer som han sender ut for å friske på hukommelsen til dem som ligger etter med betalingen.

– Hvor er han å treffe?

– Han har jernvarehandelen i Tågarp. En liten tykk fyr i 60-årsalderen.

– Hva heter han?

– Larson. Han kalles for Nicken.

Kurt Wallander gikk tilbake til rommet sitt. Han lette forgjeves etter Rydberg. Ebba på sentralbordet visste beskjed. Rydberg ville ikke komme før ved titiden, for han var på sykehuset.

– Er han syk? spurte Kurt Wallander.

– Det er vel revmatismen, sa Ebba. – Har du ikke sett hvordan han halter i vinter?

Kurt Wallander bestemte seg for ikke å vente på Rydberg. Han tok på seg frakken og gikk ut til bilen og kjørte til Tågarp.

Jernvarehandelen lå midt i tettstedet.

Akkurat nå solgte den trillebårer til nedsatt pris.

Mannen som kom ut fra et bakværelse da dørklokken ringte, var ganske riktig liten og tykk. Kurt Wallander var alene i butikken og bestemte seg for å gå rett på sak. Han tok frem politilegitimasjonen og viste den. Mannen som ble kalt Nicken, studerte den nøye, men virket helt uanfektet.

– Ystad, sa han. – Hva kan politiet der ville meg?

– Kjenner du en mann som heter Erik Magnuson?

Mannen bak disken var altfor erfaren til å lyve.

– Det kan være. Hvordan det?

– Når ble du kjent med ham?

Galt spørsmål, tenkte Kurt Wallander. Det gir ham en mulighet til å vike unna.

– Det kan jeg ikke huske.

– Men du kjenner ham?

– Vi har en del felles interesser.

– Som for eksempel travsport og totalisatorspill?

– Kanskje det.

Kurt Wallander ble irritert over mannens hovne selvsikkerhet.

– Nå skal du høre på meg, sa han. – Jeg vet at du låner ut penger til folk som ikke er så flinke til å håndtere spillingen sin. For øyeblikket har jeg ikke tenkt å spørre hvilke rentesatser du beregner lånene dine etter. Jeg bryr meg overhodet ikke om at du holder på med ulovlig utlånsvirksomhet. Det er noe helt annet jeg vil vite.

Mannen som ble kalt Nicken, så interessert på ham.

– Jeg vil vite om Erik Magnuson skylder deg penger, sa han. – Og jeg vil vite hvor mye.

– Ingenting, svarte mannen.

– Ingenting?

– Ikke en øre.

Galt, tenkte Kurt Wallander. Hansons spor førte i gal retning.

Sekundet etter innså han at det var tvert imot. De var endelig kommet på rett spor.

– Men hvis du vil vite det, så har han skyldt meg penger, sa mannen.

– Hvor mye?

– En hel del. Men han har betalt. 25 000 kroner.

– Når?

Mannen tenkte seg fort om.

– For en drøy uke siden. Forrige torsdag.

Torsdag den 11. januar, tenkte Kurt Wallander.

Tre dager etter drapet i Lenarp.

– Hvordan betalte han?

– Han kom hit.

– I hva slags betalingsform?

– I tusenlapper. Femhundrelapper.

– Hvor hadde han pengene?

– Hvor han hadde pengene?

– I en mappe? Veske?

– I en plastpose. Fra ICA, tror jeg.

– Var han forsinket med betalingen?

– En anelse.

– Hva ville hendt om han ikke hadde betalt?

– Jeg var blitt nødt til å gi ham en påminnelse.

– Vet du hvordan han hadde fått tak i pengene?

Mannen som ble kalt Nicken, trakk på skuldrene. I det samme kom det en kunde inn i butikken.

– Det er ikke min sak, sa han. – Var det noe mer?

– Nei takk, ikke foreløpig. Men jeg lar kanskje høre fra meg igjen.

Kurt Wallander gikk ut til bilen sin.

Det hadde begynt å blåse.

Nå, tenkte han. Nå har vi ham.

Hvem kunne ha ant at det skulle komme noe godt ut av den hersens spillingen til Hanson?

Kurt Wallander kjørte tilbake til Ystad og følte det som

om han hadde trukket vinnerloddet i et lotteri.
Han kjente ferten av løsningen.
Erik Magnuson, tenkte han.
Nå kommer vi.

# 14

Etter et intenst arbeid som varte til langt på kveld fredag den 19. januar, hadde Kurt Wallander og medarbeiderne hans gjort seg kampklare. Björk hadde vært til stede under det lange etterforskningsmøtet, og da Kurt Wallander hadde bedt om det, hadde han latt Hanson slippe fra arbeidet med mordet i Hageholm og slutte seg til Lenarp-gruppen, som de nå kalte seg. Näslund var fremdeles syk, men hadde meddelt pr. telefon at han skulle komme dagen etter.

Enda det var lørdag og søndag, skulle arbeidet fortsette med uforminsket innsats. Martinson var kommet tilbake med en hundepatrulje fra en grundig undersøkelse av kjerreveien som førte fra Veberödsveien til baksiden av Lövgrens stall. Han hadde gjort et grundig arbeid på den 1 912 meter lange veien som gikk gjennom et par skogholt, delte to eiendommer som grenselinje og så løp parallelt med et nesten uttørket elveleie. Han hadde ikke funnet noe oppsiktsvekkende, selv om han kom tilbake til politistasjonen med en plastsekk full av ting. Det var blant annet et rustent hjul til en dukkevogn, et tilklint plastforheng og en tom sigarettpakke av et utenlandsk merke. Gjenstandene skulle undersøkes, men Kurt Wallander trodde ikke de kunne tilføre etterforskningen noe.

Den viktigste beslutningen under møtet var at Erik Magnuson skulle settes under kontinuerlig overvåkning. Han bodde i en leiegård i det gamle Rosengårdsområdet. Hanson kunne meddele at det var travløp på Jägersro om søndagen, så han fikk tildelt overvåkningen under løpene.

– Men jeg attesterer ingen totalisatorkvitteringer, sa Björk i et forsøk på å spøke.

– Jeg foreslår at vi leverer inn en felles V5-kupong, svarte Hanson. – Den unike muligheten fins jo at denne drapsetterforskningen kan bli lønnsom.

Men det var alvor som behersket gruppen inne hos Björk. Man følte at en avgjørelse nærmet seg.

Spørsmålet som utløste den lengste diskusjonen, gjaldt hvorvidt Erik Magnuson ville få greie på at det brant under føttene hans. Både Rydberg og Björk var tvilrådige. Men Kurt Wallander mente at de ikke hadde noe å tape på at Erik Magnuson oppdaget at han var gjenstand for politiets interesse. Overvåkningen skulle selvsagt være diskré. Men ut over det skulle man ikke ta noen forholdsregler for å skjule at politiet var mobilisert.

– La ham bli nervøs, sa Kurt Wallander. – Hvis han har noe å være engstelig for, håper jeg at vi oppdager det.

Det tok tre timer å gå igjennom alt etterforskningsmaterialet for å prøve å finne tråder som indirekte kunne settes i forbindelse med Erik Magnuson. De fant ingenting, men heller ikke noe som motsa at det kunne ha vært Erik Magnuson som hadde vært i Lenarp den natten, forlovedens alibi til tross. Nå og da kjente Kurt Wallander en vag uro over at de tross alt holdt på å trave inn i enda en blindgate.

Fremfor alt var det Rydberg som virket tvilrådig. Gang på gang spurte han seg selv om et enslig menneske kunne ha gjennomført dobbeltdrapet.

– Det var noe som tydet på et samarbeid i det slaktehuset, sa han. – Jeg kan ikke fri meg fra det.

– Det er ingenting til hinder for at Erik Magnuson hadde en medskyldig, svarte Kurt Wallander. – Vi får ta en ting om gangen.

– Hvis han har begått drap for å dekke en spillegjeld, trenger han ingen medskyldig, innvendte Rydberg.

– Jeg vet det, sa Kurt Wallander. – Men vi må gå videre.

Etter en rask innsats av Martinson forelå det et foto av

Erik Magnuson, som var hentet fra fylkestingets arkiv. Det skrev seg fra en brosjyre der fylkestinget presenterte sin omfattende virksomhet for folk flest. Björk, som var av den oppfatning at alle statlige og kommunale institusjoner trengte egne forsvarsdepartementer som ved behov kunne banke inn i det uvitende folket hvilken kolossal betydning institusjonen hadde, syntes at brosjyren var fremragende. Uansett så stod Erik Magnuson der ved siden av den gule trucken sin, kledd i en skinnende hvit kjeledress. Han smilte.

Politimennene betraktet ansiktet hans og sammenlignet det så med noen svarthvite bilder av Johannes Lövgren. Blant annet var det et bilde der Johannes Lövgren stod ved siden av traktoren sin på et nypløyd jorde.

Kunne det være far og sønn? Traktorføreren og truckføreren?

Kurt Wallander hadde vanskelig for å fiksere bildene og la dem smelte sammen.

Det eneste han så var det blodige ansiktet til en gammel mann som hadde fått nesen skåret av.

Ved ellevetiden fredag kveld hadde de lagt opp felttogsplanen. Da hadde Björk gått for å innta sin plass ved en middag som ble arrangert av den lokale golfklubben.

Kurt Wallander og Rydberg skulle bruke lørdagen til å avlegge Ellen Magnuson et nytt besøk. Martinson, Näslund og Hanson skulle dele på overvåkningen av Erik Magnuson og i tillegg konfrontere hans forlovede med det oppgitte alibiet. Søndagen skulle gå med til overvåkning og enda en gjennomgang av hele etterforskningsmaterialet. Mandag skulle Martinson, som uten egentlig å være spesielt interessert var blitt utpekt til dataekspert, se hva han kunne finne ut om Erik Magnuson. Var det mer gjeld? Hadde han vært innblandet i noen form for kriminalitet?

Kurt Wallander bad Rydberg om å gå igjennom alt sammen på egen hånd. Han ville at Rydberg skulle gjøre det de pleide å kalle et korstog. Han skulle prøve å koble sammen hendelser og mennesker som tilsynelatende ikke hadde noe felles. Fantes det tross alt berøringspunkter som hittil hadde vært usynlige? Det var det Rydberg skulle undersøke.

Rydberg og Kurt Wallander tok følge ut av politistasjonen. Kurt Wallander så plutselig hvor trett Rydberg var og kom til å tenke på at han hadde vært på sykehuset.

– Hvordan går det? spurte han.

Rydberg trakk på skuldrene og mumlet noe utydelig.

– Benet? spurte Kurt Wallander.

– Det er som det er, svarte Rydberg og viste at han ikke ville snakke om plagene sine.

Kurt Wallander reiste hjem og serverte seg selv et glass whisky. Men han lot det bli stående urørt på salongbordet og gikk og la seg. Trettheten tok overhånd. Han sovnet bort fra alle tanker som virvlet rundt i hjernen hans.

Om natten drømte han om Sten Widén.

Sammen var de på en operaforestilling der det ble sunget på et ukjent språk.

Kurt Wallander kunne senere i våken tilstand ikke huske hvilken opera det var de hadde sett.

Derimot kom han straks han våknet dagen etter, til å tenke på noe de hadde snakket om kvelden før.

Johannes Lövgrens testamente. Det testamentet som ikke fantes.

Rydberg hadde snakket med den eksekutoren som de to døtrene hadde engasjert, en advokat som ofte ble brukt av bondeorganisasjonene i distriktet. Noe testamente fantes ikke. Det innebar at de to døtrene kom til å arve hele Johannes Lövgrens uventede formue.

Kunne Erik Magnuson ha visst om at Johannes Lövgren hadde mange penger? Eller hadde Johannes Lövgren vært like hemmelighetsfull overfor ham som overfor sin kone?

Kurt Wallander stod opp av sengen med det forsett at han i dag ikke skulle gi seg før han definitivt visste om Ellen Magnuson hadde født sønnen Erik med Johannes Lövgren som den ukjente faren.

Han spiste en sammenrasket frokost og møtte Rydberg utenfor politistasjonen like over ni. Martinson, som hadde tilbrakt natten i en bil utenfor Erik Magnusons hjem i Rosengård og nå var blitt avløst av Näslund, hadde lagt igjen en beskjed som sa at absolutt ingenting hadde hendt i løpet av natten. Erik Magnuson var i leiligheten sin. Natten hadde vært stille.

Januardagen var disig. Det lå rimfrost på de brune jordene. Rydberg satt trett og innesluttet ved siden av Kurt Wallander i forsetet. Først da de nærmet seg Kristianstad, begynte de å snakke sammen.

Klokken halv elleve møtte de Göran Boman på politistasjonen i Kristianstad.

Sammen gikk de igjennom utskriften av det avhøret Göran Boman hadde gjort med kvinnen.

– Det er ingenting på henne, sa Göran Boman. – Vi har støvsuget henne og omgivelsene. Det er ingenting. Historien hennes får plass på et eneste ark. Hun har arbeidet på samme apotek i 30 år. Hun var med i et sangkor noen år, men sluttet med det. Hun låner masse bøker på biblioteket. Hun tilbringer feriene sine hos en søster i Vemmenhög, reiser aldri utenlands, kjøper aldri nye klær. Hun er et menneske som iallfall på overflaten lever et helt udramatisk liv. Vanene hennes er regelmessige, på grensen til pedanteri. Det rareste er hvordan hun holder ut å leve sånn.

Kurt Wallander takket ham for arbeidet.

– Nå overtar vi, sa han.

De kjørte hjem til Ellen Magnuson.

Da hun lukket opp for dem, tenkte Kurt Wallander at sønnen var meget lik sin mor. Han kunne ikke avgjøre om hun hadde ventet at de skulle komme. Øynene hennes virket fraværende, som om hun egentlig befant seg et helt annet sted.

Kurt Wallander så seg rundt i dagligstuen. Hun hadde spurt om de ville ha en kopp kaffe. Rydberg hadde avslått, men Kurt Wallander hadde sagt ja.

Hver gang Kurt Wallander kom inn i en fremmed leilighet, tenkte han at han betraktet permene til en bok han nettopp hadde fått i hendene. Leiligheten, møblene, maleriene, luktene var tittelen. Nå skulle han begynne å lese. Men Ellen Magnusons leilighet var luktløs. Som om Kurt Wallander hadde befunnet seg i en ubebodd leilighet. Han pustet inn lukten av noe trøstesløst. En grå resignasjon. Mot en bakgrunn av bleke tapeter hang fargetrykk med utydelige abstrakte motiver. Møblene som fylte rommet, var gammeldags tunge. Blondebrikker lå pent brettet over noen klaffebord i mahogni. På en liten vegghylle stod det et bilde av et barn som satt foran en rosebusk. Kurt Wallander tenkte at det eneste bilde hun hadde fremme av sin sønn, var et barndomsbilde. Som voksen mann var han overhodet ikke til stede.

Innenfor dagligstuen lå det en liten spisestue. Kurt Wallander skjøv opp den halvåpne døren med foten. Til hans store forbløffelse hang et av farens malerier på den ene veggen.

Det var høstlandskapet uten storfugl.

Han stod og så på bildet til han hørte at det skramlet i et brett bak ham.

Det var som om han så farens motiv for første gang.

Rydberg hadde satt seg på en stol ved vinduet. Kurt Wallander tenkte at han en gang skulle spørre hvorfor han alltid satte seg ved vinduet.

Hvor kommer vanene våre fra? tenkte han. I hvilken hemmelig fabrikk produseres våre vaner og uvaner?

Ellen Magnuson serverte ham kaffe.

Han tenkte at han måtte begynne.

– Göran Boman fra Kristianstad-politiet har vært her og stilt en del spørsmål, sa han. – De må ikke bli overrasket om vi kommer til å stille samme spørsmål en gang til.

– Dere får heller ikke bli overrasket om dere får samme svar, sa Ellen Magnuson.

Akkurat i det øyeblikket innså Kurt Wallander at kvinnen som satt rett overfor ham, var den hemmelige kvinnen som Johannes Lövgren hadde fått barn sammen med.

Kurt Wallander visste det uten å vite hvorfor han gjorde det.

I et halsbrekkende øyeblikk bestemte han seg for å lyve seg til sannheten. Gjettet han ikke feil, så var Ellen Magnuson en kvinne som hadde meget liten erfaring med politimenn. Hun antok sikkert at de lette etter sannheten ved selv å benytte sannheten. Det var hun som skulle lyve, ikke de.

– Fru Magnuson, sa Kurt Wallander. – Vi vet at Johannes Lövgren er far til Deres sønn Erik. Det har ingen hensikt at De benekter det.

Hun så skremt på ham. Det fraværende i blikket var plutselig borte. Nå var hun til stede i rommet igjen.

– Det er ikke sant, sa hun.

En løgn som ber om nåde, tenkte Kurt Wallander. Nå sprekker hun snart.

– Klart det er sant, sa han. – Vi vet og De vet at det er sant. Hvis ikke Johannes Lövgren var blitt myrdet, ville vi aldri funnet på å stille disse spørsmålene. Men nå må vi få vite sannheten. Og får vi ikke vite den nå, blir De nødt til å svare på dem under ed i en rettssal.

Det gikk fortere enn han hadde tenkt seg.

Plutselig sprakk hun.

– Hvorfor vil dere vite det? ropte hun. – Jeg har ikke gjort noe galt. Hvorfor kan man ikke få ha sine hemmeligheter?

– Ingen forbyr hemmeligheter, sa Kurt Wallander langsomt. – Men når mennesker blir myrdet, må vi lete etter gjerningsmennene. Da må vi stille spørsmål. Og vi må få svar.

Rydberg satt urørlig på stolen ved vinduet. Han iakttok kvinnen med de trette øynene sine.

Sammen lyttet de til historien hennes. Kurt Wallander tenkte at den var usigelig trist. Det livet som ble foldet ut foran ham, var like trøstesløst som det rimfrosne landskapet han hadde kjørt gjennom samme morgen.

Hun var kommet til verden som datter av et par eldre bønder i Yngsjö. Hun hadde revet seg løs fra jorden og med tiden blitt ekspeditør på et apotek. Johannes Lövgren var kommet inn i hennes liv som kunde på apoteket. Hun kunne fortelle at det første møtet hadde funnet sted da han kjøpte natron. Siden var han kommet tilbake, hadde begynt å oppvarte henne.

Hans historie var den ensomme bondens. Først da barnet var født, hadde hun fått vite at han var gift. Hun hadde følt seg utmattet, aldri hatefull. Hennes taushet hadde han kjøpt for penger som ble utbetalt noen ganger hvert år.

Men sønnen vokste opp hos henne. Han hadde vært hennes.

– Hva tenkte du da du fikk vite at han var blitt myrdet? spurte Kurt Wallander da hun tidde.

– Jeg tror på Gud, sa hun. – Jeg tror på den rettferdige hevnen.

– Hevnen?

– Hvor mange mennesker svek Johannes? spurte hun. – Han svek meg, sin sønn, sin kone og sine døtre. Han svek alle.

Og nå kommer hun snart til å få vite at hennes sønn er en morder, tenkte Kurt Wallander. Kommer hun til å forestille seg at han er en erkeengel som utførte en himmelsk befaling om hevn? Kommer hun til å tåle det?

Han fortsatte å stille spørsmål. Rydberg skiftet stilling på stolen ved vinduet. Fra kjøkkenet hørte de en klokke som raslet.

Da de til slutt brøt opp, følte Kurt Wallander at han hadde fått svar på alle de spørsmålene han hadde hatt med seg.

Han visste hvem den hemmelige kvinnen var. Den hemmelige sønnen. Han visste at hun hadde ventet å få penger av Johannes Lövgren. Men Johannes Lövgren var ikke kommet.

Men et annet spørsmål hadde fått et uventet svar.

Ellen Magnuson gav aldri noen av Johannes Lövgrens penger til sin sønn. Hun satte dem inn på en bankbok. Først når hun var borte, skulle han få arve dem. Kanskje var hun redd for at han skulle spille dem bort.

Men Erik Magnuson visste at Johannes Lövgren var hans far. Der hadde han løyet. Og kanskje han også visste at Johannes Lövgren som var hans far, hadde en stor formue?

Rydberg hadde vært taus under hele forhøret. Akkurat idet de skulle gå, hadde han spurt hvor ofte hun traff sin sønn. Om de hadde god kontakt med hverandre. Visste hun om hans forlovede?

Svaret hennes var unnvikende.

– Han er voksen nå, sa hun. – Han lever sitt eget liv. Men han er snill og kommer på besøk. Jeg vet selvsagt at han har en kjæreste.

Nå løy hun igjen, tenkte Kurt Wallander. Hun ante ikke at han var forlovet.

De stanset ved gjestgivergården i Degeberga og spiste. Rydberg virket mer opplagt.

– Avhøret ditt var førsteklasses. Det burde brukes som eksempel i undervisningen på politiskolen.

– Men jeg løy, sa Kurt Wallander. – Og det skal jo ikke være stuerent.

Under måltidet foretok de en posisjonsbestemmelse. Begge var enige om at de skulle avvente bakgrunnsundersøkelsene på Erik Magnuson. Først når de var klare og bearbeidet, skulle de ta ham inn til avhør.

– Tror du at det er ham? sa Rydberg.

– Klart det er ham, svarte Kurt Wallander. – Alene eller med en annen. Hva tror du?

– Jeg håper du har rett.

De kom tilbake til politistasjonen i Ystad klokken kvart over tre. Näslund satt på rommet sitt og nøs. Han var blitt avløst av Hanson klokken tolv.

Erik Magnuson hadde brukt formiddagen til å kjøpe

nye sko og levere inn noen spillekuponger i en tobakksbutikk. Så hadde han dratt hjem.

– Virker det som om han er på vakt? spurte Kurt Wallander.

– Jeg vet ikke, sa Näslund. – Av og til tror jeg det. Av og til tror jeg det bare er innbilning.

Rydberg reiste hjem, og Kurt Wallander stengte seg inne på rommet sitt.

Han bladde distré i en ny papirhaug som noen hadde lagt på bordet hans.

Han hadde vanskelig for å konsentrere seg.

Ellen Magnusons historie hadde gjort ham urolig.

Han forestilte seg at han selv ikke levde så langt fra hennes virkelighet. Hans eget tvilsomme liv.

Jeg skal ta meg fri når dette er over, tenkte han. Med all min overtid må jeg kunne være borte en uke. I syv dager skal jeg gå helt opp i meg selv. Syv dager som syv tunge år. Etterpå skal jeg komme ut som et annet menneske.

Han lurte på om han skulle oppsøke et helsestudio der han kunne få hjelp til å bli kvitt noen kilo. Men tanken virket frastøtende. Heller ta bilen og dra sørover.

Kanskje til Paris eller Amsterdam. I nederlandske Arnhem kjente han en politimann han hadde møtt på et narkotikaseminar. Kanskje han kunne besøke ham?

Først skal vi løse drapet i Lenarp, tenkte han. Det gjør vi til uken.

Etterpå bestemmer jeg meg for hvor jeg skal reise . . .

Torsdag den 25. januar ble Erik Magnuson hentet inn til avhør. Pågripelsen skjedde utenfor det huset der han bodde. Rydberg og Hanson stod for selve pågripelsen mens Kurt Wallander satt i en bil og så på. Erik Magnuson fulgte med til politibilen uten å protestere. Siden Kurt Wallander var oppsatt på at de første avhørene med mannen skulle skje uten at det vakte noen oppmerksomhet, lot han ham ringe til arbeidsplassen sin og gi en forklaring på hvorfor han ikke var kommet på arbeidet.

Det var Björk, Wallander og Rydberg som var til stede i det rommet der Erik Magnuson ble avhørt. Björk og Rydberg holdt seg i bakgrunnen mens Wallander stilte spørsmålene sine.

Dagene før Erik Magnuson ble ført til Ystad til de første avhørene, var politiet blitt bestyrket i sin oppfatning av at mannen var den skyldige i dobbeltdrapet i Lenarp. Diverse undersøkelser tydet på at Erik Magnuson var en mann med tyngende gjeld. Flere ganger hadde han først i siste øyeblikk unngått å bli korporlig angrepet fordi han ikke hadde betalt gjelden sin. Ved besøk på Jägersro hadde Hanson sett at Magnuson spilte for store beløp. Hans økonomiske situasjon var katastrofal.

Året før hadde han en periode vært under oppsikt av politiet i Eslöv som mistenkt for et bankran. Men noe fellende bevis var ikke funnet. Derimot fremstod det som tenkelig at Magnuson var innblandet i narkotikasmugling. Hans forlovede som nå var arbeidsløs, hadde flere ganger vært straffet for forskjellige narkotikaforbrytelser, en gang også for et postbedrageri. Erik Magnuson hadde altså stor gjeld. I perioder hadde han likevel forbløffende mye penger. Lønnen var en ubetydelighet i forhold.

Denne torsdag morgenen i januar skulle bety det endelige gjennombruddet for etterforskningen. Nå skulle dobbeltdrapet i Lenarp løses. Kurt Wallander hadde våknet tidlig denne morgenen med en intens spenning i kroppen.

Dagen etter, fredag den 26. januar, innså han at han hadde tatt feil.

Troen på at Erik Magnuson var den skyldige, eller iallfall en av de skyldige, var fullstendig pulverisert. Fredag ettermiddag innså de at de aldri ville finne fellende bevis mot Magnuson, av den enkle grunn at han var uskyldig.

Alibiet for drapsnatten var blitt bekreftet av forlovedens mor, som hadde vært på besøk. Hennes troverdighet kunne ingen trekke i tvil. Hun var en gammel dame som sov dårlig om nettene. Erik Magnuson hadde snorket seg gjennom den natten da Johannes Lövgren og Maria Lövgren var blitt så brutalt myrdet.

De pengene han hadde tilbakebetalt gjelden til jernvarehandleren med, kom fra salget av en bil. Magnuson kunne legge frem en kvittering på en solgt Chrysler, og kjøperen, en snekker fra Lomma, kunne fortelle at han hadde betalt kontant, med tusenlapper og femhundrekronesedler.

At Magnuson hadde løyet om at Johannes Lövgren var hans far, kunne han også gi en troverdig forklaring på. Han hadde gjort det for morens skyld, fordi han trodde at det var slik hun ville ha det. Da Wallander fortalte at Johannes Lövgren var en rik mann, hadde han sett oppriktig forbauset ut.

Til slutt var det ingenting igjen.

Da Björk spurte om de hadde noe imot at Erik Magnuson ble sendt hjem og inntil videre ble ansett som uinteressant i saken, var det ingen som protesterte. Kurt Wallander følte seg helt utslått over å ha ledet etterforskningen i gal retning. Bare Rydberg virket uanfektet. Han var også den som hadde vært mest tvilrådig fra første stund.

Etterforskningen hadde havarert. Det var ikke annet enn ruiner igjen.

Nå måtte de begynne helt forfra.

Samtidig kom snøen.

Natten til lørdag den 27. januar kom et voldsomt snøvær feiende inn fra sørøst. Etter noen timer var E14 blokkert. Det snødde uten stans i seks timer. Den kraftige vinden gjorde brøytingen til en meningsløs oppgave. Ikke før hadde brøytemannskapet ryddet veien for snø, så hopet den seg opp i store fonner igjen.

I ett døgn hadde politiet hendene fulle med å hindre at virvaret utviklet seg til kaos. Så drev uværet bort like fort som det var kommet.

Den 30. januar fylte Kurt Wallander 43 år. Han feiret fødselsdagen sin ved å legge om spisevanene og begynne å røyke igjen. Til hans store glede ringte hans datter Linda til ham om kvelden. Hun var i Malmö og hadde bestemt seg for å begynne på en folkehøyskole utenfor Stockholm. Hun lovte å komme på besøk før hun reiste.

Kurt Wallander innrettet dagene sine slik at han kunne besøke faren minst tre ganger i uken. Til søsteren i Stockholm skrev han at den nye hjemmehjelpen hadde gjort underverker med faren. Den forvirringen som hadde ført ham ut på den ensomme nattlige turen mot Italia, hadde tonet bort. En kvinne som kom regelmessig på besøk, hadde vært redningen for ham.

En kveld noen dager etter fødselsdagen ringte Kurt Wallander til Anette Brolin og foreslo at han skulle vise henne rundt i det vinterlige Skåne. Igjen bad han om unnskyldning for kvelden i leiligheten hennes. Hun sa ja, og søndagen etter, den 4. februar, viste han henne Ale Stenar og Glimmingehus. De spiste middag på gjestgiveriet i Hammenhög, og Kurt Wallander begynte å tro at hun virkelig hadde bestemt seg for at han var en annen enn den mannen som hadde trukket henne ned på fanget sitt.

Ukene gikk uten at de gjorde noe nytt gjennombrudd i etterforskningen. Martinson og Näslund ble overført til nye oppgaver. Kurt Wallander og Rydberg derimot kunne inntil videre konsentrere seg helt og fullt om dobbeltdrapet.

En dag i slutten av februar, en kald og klar dag, helt vindstille, fikk Kurt Wallander besøk på kontoret av Johannes og Maria Lövgrens datter som bodde og arbeidet i Göteborg.

Hun var kommet til Skåne for å se på at det ble reist en gravstein over foreldrene på Villie kirkegård. Wallander sa det som det var, at politiet fremdeles famlet etter et avgjørende spor. Dagen etter besøket drog han til kirkegården og stod en stund i tanker foran den svarte steinen med gullinnskriften.

Februar måned gikk med til å bore i dybden.

Rydberg, som var taus og tilknappet og sterkt plaget av det verkende benet, satt for det meste i telefonen, mens Kurt Wallander ofte var ute i felten. De sjekket hver eneste bank i Skåne, men fant ikke flere bankbokser. Wallander snakket med over 200 personer, som enten var i slekt med eller kjente Johannes og Maria Lövgren. Han foretok stadige tilbakeblikk i det svulmende etterforskningsmaterialet, gikk tilbake til punkter han for lengst hadde passert, tok opp igjen gamle forterskede rapporter og finkjemmet dem på nytt. Men han fant ingen åpning noe sted.

En iskald og blåsende februardag hentet han Sten Widén på gården hans og drog til Lenarp. Sammen betraktet de dyret som muligens gjemte en hemmelighet, så hoppen spise et stort fange høy, og hadde gamle Nyström i hælene hvor de enn gikk. Nyström hadde fått hoppen av de to døtrene.

Men selve eiendommen, som stod stille og gjenlåst, var overlatt til en eiendomsmekler i Skurup for salg. Kurt Wallander stod i vinden og så på det knuste kjøkkenvinduet som ikke var blitt reparert, men bare gjenspikret med en eternittplate. Han prøvde å gjenoppta kontakten med Sten Widén, den som de hadde mistet for ti år siden, men galopptreneren og vennen virket uinteressert. Da Kurt Wallander hadde kjørt ham hjem, innså han at kontakten mellom dem var brutt for alltid.

Forundersøkelsen av drapet på den somaliske flyktningen ble avsluttet, og Rune Bergman ble stilt for underretten i Ystad. Folk fra massemediene møtte fulltallig frem. Man hadde nå brakt på det rene at det var Valfrid Ström som hadde løsnet de drepende skuddene. Men Rune Bergman ble dømt for delaktighet i mord, og de rettspsykiatriske sakkyndige erklærte ham for fullt tilregnelig.

Kurt Wallander vitnet i retten, og han ble flere ganger sittende og høre på Anette Brolins plederinger og avhør. Rune Bergman sa ikke stort, selv om han ikke lenger var helt taus. Saksbehandlingen avdekket et rasistisk underjordisk landskap, der Ku Klux Klan-lignende politiske forestillinger var fremherskende. Rune Bergman og Valfrid Ström hadde både operert på egen hånd og vært tilsluttet forskjellige rasistiske organisasjoner.

Enda en gang streifet det Kurt Wallander at noe avgjørende var i ferd med å skje i Sverige. I korte øyeblikk kunne han også registrere motsetningsfylte sympatier hos seg selv for en del av de innvandrerfiendtlige argumentene som forekom i diskusjoner og presse i den tiden rettergangen pågikk. Hadde regjering og Innvandreretat egentlig noen kontroll over hvem det var som søkte seg til Sverige? Hva var en flyktning og hva var en lykkejeger? Kunne man overhodet foreta noe skille?

Hvor lenge skulle prinsippene om den sjenerøse flyktningpolitikken kunne gjelde uten at det brøt ut kaos? Fantes det overhodet noen øvre grense?

Kurt Wallander gjorde halvhjertede forsøk på å sette seg grundig inn i spørsmålene. Han innså at han gikk og bar på den samme vage og ubehagelige uro som så mange andre mennesker. Uro for det ukjente, for det fremmede.

I slutten av februar ble dommen mot Rune Bergman kunngjort. Han fikk lang fengselsstraff. Til alles forbløffelse anket han ikke dommen, som dermed straks ble rettskraftig.

Det falt ikke mer snø over Skåne den vinteren. En tidlig morgen i begynnelsen av mars tok Anette Brolin og Kurt Wallander en lang spasertur langs Falsterboneset. Sammen så de tidlige fugletrekk vende tilbake fra Sydkorsets fjerne land. Wallander tok plutselig hånden hennes, og hun trakk den ikke unna, iallfall ikke med det samme.

Han greide å gå ned fire kilo. Men han innså at han aldri ville kunne komme tilbake til den vekten han hadde hatt da Mona plutselig gikk fra ham.

Nå og da møttes stemmene deres over telefonen. Kurt Wallander merket at sjalusien langsomt holdt på å forvitre. Den fargede kvinnen som hadde besøkt ham i drømme, viste seg heller ikke mer.

Mars måned åpnet med at Svedberg gjentok sitt ønske om å flytte tilbake til Stockholm. Samtidig ble Rydberg sykmeldt i to uker. Alle trodde først at det var det dårlige benet hans. Men en dag fortalte Ebba i fortrolighet til Kurt Wallander at Rydberg antagelig hadde fått kreft. Hvordan hun kunne vite det, eller hvilken art kreft det var, sa hun ikke. Da Wallander besøkte Rydberg på sykehuset, sa han bare at det var en rutinekontroll av magen. En flekk på et røntgenbilde kunne tyde på et sår på tykktarmen.

Kurt Wallander kjente en sviende smerte inni seg ved tanken på at Rydberg kanskje var alvorlig syk. Med en stigende følelse av håpløshet strevde han videre med etterforskningen. I et anfall av raseri kylte han en dag de tykke permene i veggen. Gulvet ble overstrødd med papirer. En lang stund ble han sittende og se på ødeleggelsen. Så krabbet han rundt og sorterte materialet igjen og begynte om igjen fra begynnelsen.

Et eller annet sted er det noe jeg ikke ser, tenkte han. En sammenheng, den detaljen som er akkurat den nøkkelen jeg må vri om. Men skal jeg vri til høyre eller venstre?

Rett som det var ringte han til Göran Boman i Kristianstad og klaget sin nød.

Göran Boman hadde på eget initiativ drevet intens etterforskning rundt Nils Velander og andre mulige kandidater. Fjellet sprakk ingen steder. I samfulle to dager satt Kurt Wallander med Lars Herdin uten å komme en eneste meter videre på veien.

Ennå ville han ikke tro at forbrytelsen skulle forbli en gåte.

I midten av mars klarte han å lokke Anette Brolin med på en operatur til København. Om natten tok hun seg så av hans ensomhet. Men da han sa at han elsket henne, vek hun unna.

Slik var det bare.

Lørdag den 17. og søndag den 18. var hans datter på besøk. Hun kom alene, uten den kenyanske medisinstudenten, og Kurt Wallander møtte henne på stasjonen.

Dagen før hadde Ebba sendt en venninne til å gjøre rent i leiligheten hans i Mariagatan. Og endelig følte han at han hadde fått tilbake datteren. De tok en lang utflukt langs strendene på Österlen, spiste lunsj på Lilla Vik og ble sittende oppe til fem om morgenen og prate. De besøkte hans far og hennes farfar, og han overrasket dem begge ved å fortelle muntre historier om hvordan Kurt Wallander hadde vært som barn.

Mandag morgen fulgte han henne til toget.

Litt av hennes fortrolighet så det ut til at han hadde gjenerobret.

Da han satt på kontoret sitt igjen, bøyd over etterforskningsmaterialet, kom Rydberg plutselig inn. Han satte seg på pinnestolen ved vinduet og fortalte uten omsvøp at han hadde fått konstatert at han hadde prostatakreft. Nå skulle han legges inn til cellegift- og strålebehandling som kunne bli både langvarig og mislykket. Han tillot ingen medlidenhet. Han var bare kommet for å minne Kurt Wallander om den døde Marias siste ord. Og renneløkken. Så reiste han seg, tok Kurt Wallander i hånden og gikk.

Kurt Wallander ble alene med smerten og etterforskningen. Björk mente at han inntil videre måtte arbeide alene. Politiet var overbelastet med arbeid.

I løpet av mars hendte det ingenting. Heller ikke i april. Rapportene om Rydbergs helsetilstand varierte. Ebba var den faste budbringeren.

En av de første dagene av mai gikk Kurt Wallander inn til Björk og foreslo at en annen kunne overta etterforskningen. Men Björk sa nei. Kurt Wallander måtte fortsette iallfall frem til sommeren og feriene. Så fikk de vurdere situasjonen på nytt.

Han tok fatt igjen og igjen. Gikk tilbake, vred og bendte på materialet, prøvde å få det til å leve. Men steinene han gikk på, var like kalde.

I begynnelsen av juni byttet han Peugeot'en med en Nissan. Den 8. juni begynte han ferien og reiste til Stockholm for å besøke sin datter.

Sammen bilte de helt til Nordkapp. Herman Mboya var hjemme i Kenya, men skulle komme tilbake i august.

Mandag den 9. juli var Kurt Wallander tilbake på arbeidet igjen.

I et PM fra Björk leste han at han skulle fortsette med etterforskningen til Björk var tilbake i begynnelsen av august. Da skulle de legge opp en strategi.

Av Ebba fikk han høre at Rydberg var betraktelig bedre. Kanskje legene tross alt hadde klart å få bukt med kreften hans.

Tirsdag den 10. juli var en nydelig dag i Ystad. I lunsjpausen gikk Kurt Wallander ned til sentrum og vandret omkring på måfå. Han var innom butikkene på torget og bestemte seg nesten for et nytt musikkanlegg.

Så kom han til å tenke på at han hadde noen norske sedler han gjerne skulle veksle. De var blitt liggende i lommeboken siden turen til Nordkapp. Han gikk ned til Föreningsbanken og stilte seg i køen til den eneste kassen som var åpen.

Han kjente ikke igjen kvinnen bak skranken. Det var verken Britta-Lena Bodén, piken med den gode hukommelsen, eller noen av de andre kassererskene han hadde truffet før. Han tenkte at det måtte være en sommervikar.

Mannen som stod foran ham, tok ut et stort kontantbeløp. Distré lurte Kurt Wallander på hva så mange kontanter skulle brukes til. Mens mannen talte sedlene, leste Kurt Wallander åndsfraværende navnet hans på førerkortet som han hadde lagt fra seg på skranken.

Så var det hans tur, og han vekslet sedlene sine. Bak seg i køen hørte han en sommerturist som snakket italiensk eller spansk.

Først da han kom ut på gaten, ble han slått av en tanke.

Han ble stående helt stille, som om innskytelsen hadde naglet ham fast.

Så gikk han inn i banken igjen. Han ventet til turistene hadde vekslet pengene sine.

Han viste politilegitimasjonen sin til kasserersken.

– Britta-Lena Bodén, sa han og smilte. – Er hun på ferie?

– Hun er hos foreldrene sine i Simrishamn, sa kassersken. – Hun har ferie i to uker til.

– Bodén, sa han. – Heter foreldrene hennes det?

– Faren driver en bensinstasjon i Simrishamn. Jeg tror det er den som heter Statoil nå.

– Takk, sa Kurt Wallander. – Jeg har bare noen rutinespørsmål til henne.

– Jeg kjenner deg igjen, sa kassererskeen. – Tenk at dere ikke har løst den fryktelige historien ennå.

– Ja, sa Kurt Wallander. – Det er helt fryktelig.

Han nesten løp tilbake til politistasjonen, satte seg i bilen og kjørte til Simrishamn. Av Britta-Lena Bodéns far fikk han høre at hun var på stranden ved Sandhammaren sammen med noen venner. Han måtte lete en lang stund før han fant henne, godt skjult bak en sanddyne. Hun spilte back-gammon med vennene sine, og alle så forbauset på Kurt Wallander da han kom vassende gjennom sanden.

- Jeg ville ikke forstyrret hvis det ikke var viktig, sa han.

Britta-Lena Bodén skjønte åpenbart at det var alvor og reiste seg. Hun hadde på seg en minimal badedrakt, og Kurt Wallander så bort. De satte seg et stykke fra de andre.

– Den dagen i januar, sa Kurt Wallander. – Jeg vil gjerne snakke med deg om det igjen. Jeg vil gjerne at du skal tenke tilbake på den dagen en gang til. Og det jeg vil er at du skal prøve å huske om det var noen andre inne i banken da Johannes Lövgren gjorde det store uttaket.

Hukommelsen hennes var fremdeles meget god.

– Nei, sa hun. – Han var alene.

Han visste at det hun sa var sant.

– Tenk videre, fortsatte han. – Johannes Lövgren gikk ut gjennom døren. Den gikk igjen. Hva var det da som hendte?

Svaret kom fort og bestemt.

– Døren gikk ikke igjen.
– Det kom en ny kunde?
– To.
– Kjente du dem?
– Nei.
Neste spørsmål var avgjørende.
– Fordi de var utlendinger?
Hun så forbauset på ham.
– Ja. Hvordan kunne du vite det?
– Jeg visste det ikke før nå. Tenk videre.
– Det var to menn. Ganske unge.
– Hva var det de ville?
– De skulle veksle penger.
– Husker du hvilken valuta?
– Dollar.
– Snakket de engelsk? Var det amerikanere?
Hun ristet på hodet.
– Ikke engelsk. Jeg vet ikke hva det var for et språk de snakket.
– Hva var det så som hendte? Prøv å se det for deg.
– De kom bort til skranken.
– Begge to?
Hun tenkte seg nøye om før hun svarte. Den varme vinden bustet til håret hennes.
– Den ene kom bort og la pengene på skranken. Jeg tror det var 100 dollar. Jeg spurte om han skulle veksle. Han nikket til svar.
– Hva gjorde den andre mannen?
Hun tenkte igjen.
– Han mistet noe på gulvet som han bøyde seg og tok opp. En vante, tror jeg.
Han gikk et skritt tilbake i spørsmålene sine.
– Johannes Lövgren var nettopp gått, sa han. – Han hadde fått et stort kontantbeløp som han hadde puttet i vesken sin. Hadde han fått noe mer?
– Han fikk kvittering på pengene.
– Som han puttet i vesken?

For første gang nølte hun.

– Jeg tror det.

– Hvis han ikke puttet kvitteringen i vesken, hva kunne da ha hendt?

Hun tenkte igjen.

– Det lå ingenting på skranken. Det er jeg sikker på. Da ville jeg ha ryddet den bort.

– Kunne den ha falt ned på gulvet?

– Kanskje.

– Og mannen som bøyde seg etter vanten, kunne ha plukket den opp?

– Kanskje.

– Hva stod det på kvitteringen?

– Beløpet. Navnet hans. Adressen.

Kurt Wallander holdt pusten.

– Stod alt det? Er du sikker?

– Han hadde skrevet uttakslappen sin med gnidrete bokstaver. Jeg vet at han hadde skrevet adressen sin også, selv om det ikke er nødvendig.

Kurt Wallander gikk tilbake igjen.

– Lövgren har fått pengene sine og går. I døren møter han to ukjente menn. En av dem bøyer seg og tar opp én vante og kanskje også kvitteringen hans fra gulvet. Der står det at Johannes Lövgren nettopp har tatt ut 27 000 kroner. Stemmer det?

Plutselig forstod hun.

– Er det de som har gjort det?

– Jeg vet ikke. Tenk tilbake igjen.

– Jeg vekslet pengene. Han puttet pengene i lommen. De gikk.

– Hvor lang tid tok det?

– Tre, fire minutter. Ikke mer.

– Vekslingsnotaen deres må ligge i banken?

Hun nikket.

– Jeg vekslet penger i banken i dag. Jeg måtte oppgi navnet mitt. Oppgav de noen adresse?

– Kanskje. Det husker jeg ikke.

Kurt Wallander nikket. Nå var det noe som brant.

– Du har fabelaktig hukommelse, sa han. – Har du sett disse to mennene igjen?

– Nei. Aldri.

– Ville du kjenne dem igjen?

– Jeg tror det. Kanskje.

Kurt Wallander tenkte seg om en stund.

– Du blir kanskje nødt til å avbryte ferien din noen dager, sa han.

– Vi skal reise til Öland i morgen!

Kurt Wallander bestemte seg fort.

– Det kan du ikke, sa han. – Kanskje i overmorgen. Men ikke før.

Han reiste seg og børstet av seg sanden.

– Si fra til foreldrene dine hvor de kan få tak i deg, sa han.

Hun reiste seg og gjorde seg klar til å gå tilbake til vennene sine.

– Kan jeg fortelle det? spurte hun.

– Finn på et eller annet, svarte han. – Det greier du sikkert fint.

Litt over fire om ettermiddagen ble vekslingskvitteringen funnet i Föreningsbankens arkiv.

Navnetrekket var uleselig. Noen adresse var ikke oppgitt.

Til sin forundring ble ikke Kurt Wallander skuffet. Han tenkte at det måtte komme av at han nå tross alt visste hvordan det hele var gått for seg.

Fra banken drog han rett hjem til Rydberg, som nå var rekonvalesent.

Han satt på balkongen sin da Kurt Wallander ringte på døren. Han var blitt tynnere og var meget blek.

Sammen satt de på balkongen, og Kurt Wallander fortalte hva han hadde oppdaget.

Rydberg nikket tankefullt.

– Du har nok rett, sa han da Kurt Wallander var ferdig. – Det er nok sånn det har foregått.

– Da spørs det bare hvordan vi skal finne dem, sa Kurt Wallander. – Noen turister på tilfeldig besøk i Sverige for over et halvt år siden.

– De er kanskje her ennå, sa Rydberg. – Som flyktninger, asylsøkere, innvandrere.

– Hvor skal vi begynne? sa Kurt Wallander.

– Jeg vet ikke, svarte Rydberg. – Men du kommer sikkert på noe.

De satt et par timer på Rydbergs balkong.

Litt før syv gikk Kurt Wallander tilbake til bilen sin.

Steinene var ikke lenger like kalde under føttene hans.

# 15

Dagene som fulgte skulle Kurt Wallander alltid tenke tilbake på som den tiden da *kartet ble til.* Britta-Lena Bodéns erindringsbilder og et uleselig navnetrekk var utgangspunktene hans. Det var et mulig scenario, og Maria Lövgrens siste ord i livet var en brikke som endelig hadde falt på plass. Dessuten måtte han ta med den sjeldne renneløkken i oversikten sin. Så tegnet han kartet sitt. Allerede samme dag som han hadde hatt samtalen med Britta-Lena Bodén blant Sandhammarens varme sanddyner, hadde han reist hjem til Björk, dradd ham opp fra spisebordet og fått et umiddelbart løfte om å koble inn Hanson og Martin på heltid i etterforskningen, som nå igjen skulle prioriteres og drives til å skyte fart.

Onsdag den 11. juli foretok de en rekonstruksjon i banken før åpningstid. Britta-Lena Bodén tok plass bak skranken, Hanson antok Johannes Lövgrens rolle, og Martin og Björk spilte de to mennene som kom for å veksle inn dollarsedlene sine. Kurt Wallander holdt på at alt skulle være nøyaktig som den gangen for et halvt år siden. Bankdirektøren gikk motstrebende med på at Britta-Lena Bodén overleverte 27 000 kroner i blandede, men store sedler til Hanson, som hadde fått låne en gammel veske av Ebba.

Kurt Wallander stod for seg selv og så på det hele. To ganger gav han ordre om at det hele skulle tas om igjen etter at Britta-Lena Bodén var kommet på en eller annen detalj som ikke riktig hadde stemt.

Det var for å friske på hukommelsen hennes at Kurt

Wallander ville gjennomføre rekonstruksjonen. Han håpet at hun kunne åpne enda flere rom i en sjeldent god hukommelse.

Etterpå ristet hun på hodet. Hun hadde sagt det hun kom på. Det var overhodet ikke noe å legge til. Kurt Wallander bad henne om å utsette Ölands-reisen enda noen dager, og lot henne så bli alene i et rom der hun fikk gå igjennom bilder av utenlandske forbrytere som av forskjellige grunner var blitt sittende fast i det svenske politiets garn. Da heller ikke det gav noe resultat, ble hun satt på et fly til Norrköping for å gå igjennom et omfattende fotoarkiv som Innvandreretaten hadde bygd opp. Etter 18 timers stirring på et uendelig antall fotografier, kom hun tilbake til Sturups flyplass, der Kurt Wallander selv var og møtte henne. Resultatet var negativt.

Neste skritt var å koble inn Interpol. Scenarioet over hvordan forbrytelsen kunne ha foregått, ble matet inn i datamaskiner som så foretok sammenlignende analyser i det europeiske hovedkvarteret. Men ennå hendte det ikke noe som for alvor forandret situasjonen.

Mens Britta-Lena Bodén satt og svettet over den uendelige rekken av fotografier, gjennomførte Kurt Wallander tre lange avhør av feiermester Arthur Lundin fra Slimminge. Turene mellom Lenarp og Ystad ble nøye rekonstruert. Kurt Wallander tegnet videre på kartet sitt. En gang iblant var han oppe hos Rydberg, som satt matt og blek på balkongen sin, og gikk igjennom materialet med ham. Rydberg benektet at det forstyrret ham, eller at han ble trett. Men Wallander gikk hver gang fra balkongen hans med gnagende dårlig samvittighet.

Anette Brolin kom tilbake fra ferien som hun hadde tilbrakt sammen med mann og barn i en hytte i Grebbestad på vestkysten. Hun hadde familien med seg tilbake til Ystad, og Kurt Wallander anslo den mest formelle tone han kunne prestere da han ringte til henne og fortalte om gjennombruddet i den halvdøde etterforskningen.

Etter den første intense uken stanset alt opp.

Kurt Wallander stirret på kartet sitt. Nå hadde de kjørt seg fast igjen.

– Vi får vente, sa Björk. – Interpols deiger pleier å ese langsomt.

Kurt Wallander skar en innvendig grimase over den tvilsomme sammenligningen.

Samtidig innså han at Björk hadde rett.

Da Britta-Lena Bodén kom tilbake fra Öland og skulle begynne å arbeide igjen, ordnet Kurt Wallander det så bankledelsen gav henne noen dagers fri. Så tok han henne med til de flyktningmottakene som lå rundt Ystad. De drog også til de flytende mottakene som lå i Malmös oljehavn. Men hun kjente ikke igjen noen ansikter noen steder.

Kurt Wallander sørget for at en tegner ble fløyet ned fra Stockholm.

Tross et utall forsøk sammen med tegneren var ikke Britta-Lena Bodén i stand til å prestere noen ansikter som hun var fornøyd med.

Kurt Wallander begynte å fortvile. Björk tvang ham til å gi slipp på Martinson og nøye seg med Hanson som nærmeste og eneste kollega i etterforskningsarbeidet.

Fredag den 20. juli var Kurt Wallander igjen nære på å gi opp.

Sent om kvelden satte han seg og skrev et PM der han foreslo at etterforskningen fikk bero så lenge, i mangel av akutt materiale som på en avgjørende måte kunne føre politiet videre.

Han la papiret på skrivebordet sitt og bestemte seg for å levere det til Björk og Anette Brolin mandag morgen.

Lørdag og søndag var han på Bornholm. Det blåste og regnet, og dessuten fikk han magesyke av noe han hadde spist på ferjen. Søndag kveld lå han til sengs og måtte stadig opp for å brekke seg.

Da han våknet mandag morgen, følte han seg bedre. Likevel var han litt i tvil om han skulle holde sengen eller ei.

Men til slutt stod han opp og kjørte av sted. Litt før ni var han på kontoret sitt. Ebba hadde fødselsdag, så det ble servert kake i kantinen. Klokken var nærmere ti da Kurt Wallander endelig kunne lese igjennom sitt PM til Björk. Han skulle akkurat til å reise seg og gå for å levere det da telefonen ringte.

Det var Britta-Lena Bodén.

Stemmen hennes var hviskende.

– De er kommet tilbake. Fort dere hit!

– Hvem er kommet tilbake? sa Kurt Wallander.

– De som vekslet pengene. Skjønner du ikke det?

I gangen gikk han på Norén som var kommet inn etter en trafikkontroll.

– Bli med meg! ropte Kurt Wallander.

– Hva faen er det nå? sa Norén som spiste på et smørbrød.

– Ikke spør. Kom!

Da de kom frem til banken, hadde Norén fremdeles den halvspiste brødskiven i hånden. Underveis hadde Kurt Wallander kjørt mot rødt lys og rett over en beplantning. Bilen lot han stå mellom noen torgboder utenfor Rådhuset. Men likevel kom de for sent. Mennene var alt forsvunnet. Britta-Lena Bodén var så sjokkert over gjensynet at hun ikke hadde summet seg til å be noen om å følge etter dem.

Derimot hadde hun hatt åndsnærværelse nok til å trykke på alarmkameraet.

Kurt Wallander gransket navnetrekket på kvitteringen. Fremdeles var signaturen uleselig. Men det var samme navnetrekk. Noen adresse var det heller ikke denne gangen.

– Fint, sa Kurt Wallander til Britta-Lena Bodén, som stod og skalv inne på banksjefens kontor. – Hva sa du da du gikk for å ringe?

– At jeg skulle hente et stempel.

– Tror du at noen av dem fattet noen mistanke?

Hun ristet på hodet.

– Fint, sa Kurt Wallander igjen. – Du gjorde det eneste rette.

– Tror dere at dere får tak i dem nå? spurte hun.

– Ja, sa Kurt Wallander. – Denne gangen får vi tak i dem.

Videofilmen fra kameraet viste to menn som ikke så særlig sydlandske ut. Den ene hadde kort lyst hår, den andre var skallet. I politisjargongen ble de straks døpt Lucia og Kraniet.

Britta-Lena Bodén hørte på forskjellige språkprøver og ble til slutt stående ved at mennene seg imellom hadde vekslet noen ord på tsjekkisk eller bulgarsk. Den femtidollarseddelen som de hadde vekslet inn, ble straks sendt til kriminalteknisk undersøkelse.

Björk sammenkalte til møte på sitt kontor.

– Etter et halvt år dukker de opp igjen, sa Kurt Wallander. – Hvorfor går de til den samme lille banken? For det første bor de selvsagt et sted her i nærheten. For det andre har de gjort et varp etter et bankbesøk en gang før. Denne gangen hadde de uflaks. Mannen som stod foran dem i køen, skulle betale inn penger, ikke ta ut. Men det var en eldre mann som Johannes Lövgren. Kanskje tror de at eldre menn som ser ut som bønder, alltid tar ut store pengesummer?

– Tsjekkere, sa Björk. – Eller bulgarere.

– Det er ikke helt sikkert, svarte Kurt Wallander. – Piken kan ha tatt feil. Men det kan jo stemme med utseendet.

De så igjennom videoen fire ganger til og bestemte hvilke bilder som skulle kopieres og forstørres.

– Hver eneste østeuropeer som bor i byen og trakten skal sjekkes, sa Björk. – Det er ubehagelig og kommer til å bli oppfattet som utilbørlig diskriminering. Men det får vi gi faen i. Et eller annet sted må de jo være. Jeg skal snakke med politimestrene i Malmö og Kristianstad og høre hva de synes vi skal gjøre på fylkesnivå.

– La alle patruljer se videofilmen, sa Hanson. – De kan jo dukke opp på gaten.

Kurt Wallander kom til å tenke på slaktehuset.

– Etter det de gjorde i Lenarp, må de betraktes som farlige, sa han.

– Hvis det var dem, rettet Björk. – Vi vet ikke ennå.

– Det er sant, sa Kurt Wallander. – Men uansett.

– Nå kjører vi på høygir, sa Björk. – Kurt leder og fordeler som han finner best. Alt som ikke er absolutt presserende, legges til side. Jeg skal ringe statsadvokaten, så blir hun nok glad over at noe skjer.

Men ingenting skjedde.

Tross massiv politi-innsats og byens litenhet, var mennene borte vekk.

Tirsdag og onsdag gikk uten noen resultater. De to politimestrene hadde gitt klarsignal til spesiell innsats i sine respektive regioner. Videofilmen ble kopiert og distribuert. Kurt Wallander nølte helt til det siste med å slippe bildene ut til pressen. Han var redd for at mennene skulle kunne gjøre seg enda mer usynlige hvis de ble etterlyst. Han rådførte seg med Rydberg, som ikke holdt med ham.

– Rever skal drives ut, sa han. – Vent noen dager. Så slipper du ut bildene.

Han ble sittende en lang stund og se på de kopiene Wallander hadde hatt med seg.

– Det er ikke noe som heter en Morders ansikt, sa han. – Man forestiller seg et eller annet – en profil, et hårfeste, en tannstilling. Men det stemmer aldri.

Tirsdag den 24. juli var en blåsende dag i Skåne. Forrevne skyer jaget over himmelen, og vindkastene kom opp i storms styrke. Kurt Wallander lå lenge og lyttet til vinden da han våknet i grålysningen. Da han stilte seg på vekten på badet, så han at han hadde tapt seg enda en kilo. Det virket så ansporende at han ikke kjente den siste tidens ubehag da han svingte inn på politistasjonens parkeringsplass.

Denne etterforskningen holder på å bli et personlig nederlag, hadde han tenkt. Jeg jager på medarbeiderne mine, men til slutt befinner vi oss igjen i et tomrom.

Men et eller annet sted må de være, tenkte han irritert da han smelte igjen bildøren. Et eller annet sted, men hvor?

I resepsjonen stanset han og vekslet noen ord med Ebba. Han oppdaget at det stod en gammeldags spilledåse ved sentralbordet.

– Fins det sånne fremdeles? sa han. – Hvor har du fått tak i den?

– Den kjøpte jeg i en bod på markedet i Sjöbo, svarte hun. – Av og til går det an å finne noe spennende blant alt juggelet.

Kurt Wallander smilte og gikk. På vei til rommet sitt stakk han hodet inn til Hanson og Martinson og bad dem komme inn til ham.

Ennå hadde de ingen spor etter Kraniet og Lucia.

– To dager til, sa Kurt Wallander. – Hvis vi ikke har noe innen torsdag, sammenkaller vi en pressekonferanse og slipper ut bildene.

– Vi skulle gjort det med en gang, sa Hanson.

Kurt Wallander svarte ikke.

De gikk gjennom kartet på nytt. Martinson skulle fortsette å saumfare forskjellige campingplasser, der de to mennene kunne tenkes å gjemme seg.

– Ungdomsherberger, sa Kurt Wallander. – Og alle privatrom som leies ut om sommeren.

– Det var lettere før, sa Martinson. – Folk lå stille om sommeren. Nå er det en evig farting hit og dit.

Hanson skulle fortsette å gå igjennom en del mindre nøyeregnende byggefirmaer som var kjent for å ta inn svart arbeidskraft fra forskjellige østeuropeiske land.

Kurt Wallander skulle ta seg en tur til jordbæråkrene. Han kunne ikke se bort fra den muligheten at de to mennene gjemte seg hos en av de store bærdyrkerne.

Men anstrengelsene var forgjeves.

Da de møttes igjen sent på ettermiddagen, var meldingene negative.

– Jeg har funnet en algerisk rørlegger, sa Hanson. – To

kurdiske murere og et talløst antall polske grovarbeidere. Jeg har lyst til å skrive noen ord til Björk om dette. Hadde vi ikke hatt det forbannede dobbeltdrapet, kunne vi ha rensket opp i dette snusket. De har samme lønn som småunger som tar seg sommerjobb. De har ingen forsikringer. Hender det en ulykke, kommer byggmestrene til å si at de oppholdt seg ulovlig på arbeidsplassene.

Martinson hadde heller ingen gode nyheter å komme med.

– Jeg fant en flintskallet bulgarer, sa han. – Med litt god vilje kunne det ha vært Kraniet. Men han var lege på sykehuset i Mariestad og ville ikke hatt noen problemer med å fremlegge et alibi.

Det var trykkende i rommet. Kurt Wallander reiste seg og åpnet vinduet.

Plutselig kom han til å tenke på Ebbas spilledåse. Enda han ikke hadde hørt melodien, hadde den spilt i underbevisstheten hans hele dagen.

– Markedene, sa han og snudde seg. – Dem burde vi sjekke. Hvilket marked står for tur?

Både Hanson og Martinson visste svaret.

Kiviks.

– Det begynner i dag, sa Hanson. – Og slutter i morgen.

– Da drar jeg dit i morgen, sa Kurt Wallander.

– Det er stort, innvendte Hanson. – Du burde ta noen med deg.

– Jeg kan bli med, sa Martinson.

Hanson virket fornøyd over å få slippe. Kurt Wallander tenkte at det antagelig var travløp onsdag kveld.

De hevet møtet, sa ha det til hverandre og skiltes. Kurt Wallander ble sittende ved skrivebordet og gå igjennom en haug telefonbeskjeder. Han sorterte dem til morgendagen og gjorde seg klar til å gå. Plutselig fikk han øye på en lapp som var falt ned under bordet. Han bøyde seg etter den og så at det var en bestyrer på et flyktningmottak som hadde ringt.

Han slo nummeret. Han lot det gå ti signaler og skulle akkurat til å legge på da noen tok av røret.

– Det er Wallander fra Ystad-politiet. Jeg skulle snakke med en som heter Modin.

– Det er meg.

– Du hadde ringt?

– Jeg tror jeg har noe viktig å fortelle.

Kurt Wallander holdt pusten.

– Det gjelder de to mennene som dere leter etter. Jeg kom tilbake fra ferien min i dag. Disse fotografiene som politiet har sendt ut, lå på bordet mitt. Jeg kjenner igjen disse to mennene. De har bodd på dette mottaket en periode.

– Jeg kommer, sa Kurt Wallander. – Vent på kontoret til jeg kommer.

Flyktningmottaket lå utenfor Skurup. Det tok Kurt Wallander 19 minutter å kjøre dit. Mottaket holdt til i en nedlagt prestegård og ble bare brukt som provisorium når alle de permanente mottakene hadde fullt belegg.

Bestyreren som het Modin, var kortvokst og nærmere 60 år. Han stod på gårdsplassen og ventet da Kurt Wallander kom skrensende i bilen sin.

– Mottaket er tomt akkurat nå, sa Modin. – Men vi venter en del rumenere til uken.

De gikk inn på det lille kontoret hans.

– Fortell fra begynnelsen, sa Kurt Wallander.

– De bodde her mellom desember i fjor og midten av februar, sa Modin og bladde i noen papirer. – Så ble de overført til Malmö. Nærmere bestemt Celsiusgården.

Modin pekte på fotografiet av Kraniet.

– Han heter Lothar Kraftzcyk. Han er tsjekkisk statsborger og har søkt asyl fordi han mener seg forfulgt på grunn av at han tilhører en etnisk minoritet i landet.

– Er det minoriteter i Tsjekkoslovakia? spurte Wallander.

– Jeg tror at han anså seg for å være sigøyner.

– Anså seg?

Modin trakk på skuldrene.

– Jeg tror det ikke, sa han. – Flyktninger som vet at de har dårlige argumenter for å få bli i Sverige, lærer fort at det er større utsikter hvis man påstår at man er sigøyner.

Modin tok fotografiet av Lucia i hånden.

– Andreas Haas, sa han. – Også tsjekker. Hvilken grunn han hadde til å søke asyl, vet jeg faktisk ikke. Papirene fulgte med til Celsiusgården.

– Og du er sikker på at fotografiene forestiller disse mennene?

– Ja. Jeg er sikker.

– Fortsett, sa Kurt Wallander. – Fortell.

– Om hva da?

– Hvordan var de? Hendte det noe spesielt i løpet av den tiden de oppholdt seg her? Hadde de bra med penger? Alt det du kan komme på.

– Jeg har forsøkt å huske, sa Modin. – De holdt seg ganske mye for seg selv. Livet på et flyktningmottak er nemlig noe av det mest nerveslitende et menneske kan utsettes for. De spilte sjakk. Dag ut og dag inn.

– Hadde de penger?

– Ikke det jeg kan huske.

– Hvordan var de?

– Meget reserverte. Men ikke uvennlige.

– Noe annet?

Kurt Wallander så at Modin nølte.

– Hva er det du tenker på? spurte han.

– Dette er et lite mottak, sa Modin. – Verken jeg eller noen andre bor her om nettene. Visse dager var det også helt ubemannet her. Bortsett fra en kokke som lager mat. Men av og til når jeg kom hit om morgenen, hadde jeg en følelse av at noen hadde brukt bilen. Som om noen hadde tatt seg inn på kontoret, hentet nøklene og så kjørt av sted med bilen.

– Og du hadde mistanke til disse mennene?

Modin nikket.

– Jeg vet ikke hvorfor, sa han. – Det var bare en følelse.

Kurt Wallander tenkte.
– Nettene, sa han. – Da var det ingen her. Og til og med enkelte dager. Stemmer det?
– Ja.
– Fredag den 5. januar, sa Kurt Wallander. – Det er over et halvt år siden. Kan du huske om det var ubemannet her den dagen?
Modin bladde i bordkalenderen sin.
– Da var jeg i et krisemøte i Malmö, sa han. – Det var en sånn opphopning av flyktninger at vi måtte finne provisoriske mottak.
Steinene begynte å brenne under føttene på Kurt Wallander.
Kartet var begynt å leve. Nå snakket det til ham.
– Ingen var altså her den dagen?
– Bare kokken. Men kjøkkenet ligger på baksiden. Hun trenger ikke å ha lagt merke til om noen brukte bilen.
– Ingen av flyktningene sladret til deg?
– Flyktninger sladrer ikke. De er redde. Også for hverandre.
Kurt Wallander reiste seg.
Plutselig hadde han det travelt.
– Ring til din kollega i Celsiusgåren og si at jeg er på vei, sa han. – Men si ikke noe om akkurat disse to mennene. Sørg bare for at bestyreren er tilgjengelig.
Modin så på ham.
– Hvorfor vil du ha tak i dem? spurte han.
– De kan ha begått en forbrytelse. En alvorlig forbrytelse.
– Det mordet i Lenarp? Er det det du mener?
Kurt Wallander så plutselig ingen grunn til ikke å svare.
– Ja, sa han. – Vi tror at det er dem.
Han kom til Celsiusgården i sentrum av Malmö litt over syv om kvelden. Han parkerte i en tverrgate og gikk til hovedinngangen der det stod en sikkerhetsvakt. Etter noen minutter kom en mann og hentet ham. Han het Larson, hadde vært sjømann og spredte en umiskjennelig lukt av pilsner.

– Haas og Kraftzcyk, sa Kurt Wallander da de hadde satt seg i Larsons rom. – To tsjekkiske asylsøkere.

Den pilsnerluktende mannens svar kom umiddelbart.

– Sjakkspillerne, sa han. – De bor her.

Bare vent, jævler, tenkte Kurt Wallander. Bare vent.

– De er her i huset?

– Ja, sa Larson. – Det vil si nei.

– Nei?

– De bor her. Men de er ikke her.

– Hva mener du med det?

– At de ikke er her.

– Hvor faen er de da?

– Det vet jeg faktisk ikke.

– Men de bor jo her?

– De har rømt.

– Rømt?

– Det hender ganske ofte at folk rømmer herfra.

– Men de er jo asylsøkere?

– De rømmer likevel.

– Hva gjør dere da?

– Vi rapporterer det selvsagt.

– Og hva skjer da?

– Som regel ingenting.

– Ingenting? Folk som venter på svar på om de kan få bli her i landet eller om de skal avvises, rømmer. Og ingen bryr seg om det?

– Politiet får vel prøve å finne dem.

– Dette er jo helt bevisstløst. Når forsvant de?

– De drog sin vei i mai. Begge begynte vel å få mistanke om at de ville få avslag på asylsøknadene sine.

– Hvor kan de ha blitt av?

Larson slo ut med armene.

– Du skulle bare visst hvor mange det er som oppholder seg uten tillatelse i dette landet, sa han. – Det er masser av dem. De bor hos hverandre, forfalsker papirene sine, bytter navn med hverandre, arbeider svart. Du kan bo et helt liv i Sverige uten at noen spør etter deg. Det er det ingen som tror. Men sånn er det.

Kurt Wallander var målløs.

– Det er helt vanvittig, sa han. – Helt vanvittig.

– Det er jeg enig i. Men sånn er det altså.

Kurt Wallander stønnet.

– Jeg trenger alle de dokumentene du har om disse mennene.

– Dem kan jeg ikke utlevere uten videre.

Kurt Wallander eksploderte.

– Disse to mennene har begått drap, brølte han. – Dobbeltdrap.

– Jeg kan ikke utlevere papirene likevel.

Kurt Wallander reiste seg.

– I morgen kommer papirene til å bli utlevert. Om så rikspolitisjefen selv må hente dem.

– Det er bare sånn. Jeg kan ikke endre på bestemmelsene.

Kurt Wallander reiste tilbake til Ystad. Kvart på ni ringte han på Björks ytterdør. Med noen få ord fortalte han hva som hadde hendt.

– I morgen etterlyser vi, sa han.

Björk nikket.

– Jeg innkaller til pressekonferanse klokken to, sa han. – Om formiddagen har jeg et møte med politimestrene. Men jeg skal sørge for at vi får papirene fra det mottaket.

Kurt Wallander reiste hjem til Rydberg. Han satt i mørket på balkongen sin.

Plutselig skjønte han at Rydberg hadde sterke smerter.

Det var som om Rydberg hadde lest tankene hans, for han sa:

– Jeg slipper nok ikke fra dette her. Kanskje lever jeg over julen, kanskje ikke.

Kurt Wallander visste ikke hva han skulle si.

– Det gjelder å holde ut, sa Rydberg. – Men si heller hvorfor du kommer.

Kurt Wallander fortalte. Han kunne bare så vidt skimte Rydbergs ansiktstrekk i mørket.

Så ble de sittende tause.

Kvelden var kjølig. Men det virket ikke som Rydberg merket det, der han satt i den gamle slåbroken, med tøfler på bena.

– Kanskje de har rømt ut av landet, sa Kurt Wallander. – Kanskje vi aldri får tak i dem?

– I så fall får vi leve med at vi tross alt vet sannheten, sa Rydberg. – Rettssikkerheten innebærer ikke bare at mennesker som begår forbrytelser, straffes. Det innebærer like mye at vi aldri skal gi opp.

Rydberg reiste seg møysommelig og hentet en flaske konjakk. Med skjelvende hånd skjenket han i to glass.

– Det finnes gamle politimenn som dør idet de grubler på gamle uløste gåter, sa han. – Jeg er nok en sånn en.

– Har du noen gang angret at du ble politimann? spurte Kurt Wallander.

– Aldri. Aldri en dag.

De drakk konjakk. Pratet eller satt tause. Først rundt midnatt reiste Kurt Wallander seg og gikk. Han hadde lovt å komme tilbake neste kveld. Da han gikk, ble Rydberg sittende i mørket på balkongen.

Onsdag morgen den 25. juli gikk Kurt Wallander, Hanson og Martinson igjennom det som hadde hendt etter møtet dagen før. Siden pressekonferansen ikke skulle finne sted før på ettermiddagen, ble de enige om å gjøre et forsøk på Kiviks marked først. Hanson påtok seg å skrive pressemeldingen sammen med Björk. Wallander regnet med at han og Martinson kom til å være tilbake senest ved tolvtiden.

De kjørte over Tomelilla og havnet i en lang bilkø sør for Kivik. De svingte inn og parkerte på et jorde, der en gjerrig bonde forlangte 20 kroner i avgift.

Akkurat idet de kom frem til markedsområdet som strakte seg ut med utsikt mot havet, begynte det å regne. Rådville så de ut over mylderet av boder og mennesker. Høyttalere gjallet, fulle ungdommer brølte, og de ble skubbet frem og tilbake i trengselen.

– Vi får prøve å møtes et sted på midten, sa Kurt Wallander.

– Vi skulle hatt med walkie-talkier hvis det skjer noe, sa Martinson.

– Det skjer ingenting, sa Kurt Wallander. – Vi møtes om en time.

Han så at Martinson trasket i vei og forsvant i trengselen. Han slo opp jakkekragen og begynte å gå til motsatt kant.

Etter en drøy time møttes de igjen. Begge var gjennomvåte og irriterte av trengselen og skubbingen.

– Nå gir vi blaffen i dette, sa Martinson. – Vi drar et sted og drikker kaffe.

Kurt Wallander pekte på et kabaret-telt et stykke borte.

– Har du vært inne? spurte han.

Martinson skar en grimase.

– Det var et kjøttberg som kledde av seg, sa han. – Publikum brølte som om det hadde vært et seksuelt vekkelsesmøte. Fy faen.

– Vi går rundt teltet, sa Kurt Wallander. – Jeg tror det er noen boder der også. Så drar vi.

De jabbet av sted i sølen og trengte seg mellom en campingvogn og rustne teltplugger.

Det var noen få salgsboder der. Alle så like ut, presenninger som var støttet opp med rødmalte jernstenger.

Kurt Wallander og Martinson oppdaget de to mennene samtidig.

De stod i en bod der disken var full av skinnjakker. På et skilt stod det en pris, og Kurt Wallander rakk å tenke at jakkene var usannsynlig billige.

Bak disken stod de to mennene.

De stirret på de to politifolkene.

Altfor sent skjønte Kurt Wallander at de hadde kjent ham igjen. Så ofte hadde ansiktet hans figurert i aviser eller i fjernsynet. Politimannen Kurt Wallanders signalement var spredt over hele landet.

Så foregikk alt veldig fort.

En av mennene, den som de kalte Lucia, stakk hånden inn under skinnjakkene som lå på disken, og trakk frem et våpen. Både Martinson og Kurt Wallander kastet seg til side. Martinson filtret seg inn i noen av bardunene på kabaret-teltet, mens Wallander slo hodet i bakparten på en campingvogn. Mannen bak disken skjøt mot Wallander. Smellet hørtes nesten ikke i larmen fra et telt der «dødsryttere» kjørte rundt på de brølende motorsyklene sine. Kulen slo i campingvognen bare noen centimeter fra Wallanders hode. I neste øyeblikk oppdaget han at Martinson hadde en pistol i hånden. Mens Kurt Wallander var ubevæpnet, hadde Martinson tatt med seg tjenestevåpenet sitt.

Martinson skjøt. Kurt Wallander så at Lucia rykket til og tok seg til skulderen. Våpenet fløy ut av hånden hans og havnet på utsiden av disken. Med et vræl rev Martinson seg løs fra teltbardunene og kastet seg over disken, rett mot den sårede mannen. Disken klappet sammen, og Martinson landet i et virvar av skinnjakker. Imens hadde Wallander styrtet frem og grepet våpenet som lå på bakken. Samtidig så han at Kraniet stormet av gårde og forsvant i menneskemylderet. Ingen så ut til å ha oppfattet skuddvekslingen. Selgerne i bodene omkring stirret forundret da Martinson gjorde det voldsomme tigerspranget sitt.

– Følg etter den andre, ropte Martinson fra haugen av skinnjakker. – Han her greier jeg.

Kurt Wallander løp med pistolen i hånden. Et eller annet sted i trengselen var Kraniet. Forskremte mennesker kastet seg til side da han kom styrtende, med grimete ansikt og pistolen i hånden. Han trodde at han hadde mistet mannen av syne da han plutselig oppdaget ham igjen, på vill og hensynsløs flukt blant markedsbesøkerne. En eldre kvinne som kom i hans vei, slo han til så hun falt inn i en bod der de solgte skånske spiddkaker. Kurt Wallander snublet i virvaret, veltet en sukkertøyvogn og fulgte etter.

Plutselig var mannen borte.

Faen, tenkte Kurt Wallander. Faen.

Så fikk han øye på ham igjen. Han løp mot utkanten av markedsområdet, på vei ned mot den bratte strandkanten. Kurt Wallander fulgte etter. Et par ordensvakter kom løpende mot ham, men de hoppet til side da han viftet med våpenet og brølte at de skulle holde seg unna. En av ordensvaktene ramlet inn i et telt der man serverte øl, mens den andre rev ned en bod med hjemmelagede lysestaker.

Kurt Wallander løp. Hjertet slo som et stempel mot brystet.

Plutselig forsvant mannen bak den bratte strandkanten. Kurt Wallander var cirka 30 meter bak ham. Da han kom til kanten, snublet han og rutsjet nedover skrenten. Taket i pistolen glapp. Et øyeblikk lurte han på om han skulle stanse og finne våpenet. Så fikk han se at Kraniet løp langs stranden, og han begynte å løpe etter.

Jakten tok slutt da ingen av dem orket å løpe lenger. Kraniet lente seg inntil en svarttjæret pram som lå med bunnen i været på stranden. Kurt Wallander stod ti meter fra ham og var så andpusten at han trodde han skulle segne om.

Da så han at Kraniet trakk frem en kniv og kom mot ham.

Med den kniven skar han nesen av Johannes Lövgren, tenkte han. Med den kniven tvang han ham til å røpe hvor han hadde gjemt pengene.

Han så seg om etter et slagvåpen. En ødelagt åre var det eneste som fantes.

Kraniet gjorde et utfall med kniven. Kurt Wallander parerte med den tunge åren.

Neste gang mannen støtte til med kniven, slo han til. Åren traff mannen på kragebenet. Kurt Wallander hørte at det brakk. Mannen snublet, Kurt Wallander slapp åren og slo til med høyreneven mot hakespissen. Han kjente at det hugg til i knoken.

Men mannen stupte.
Kurt Wallander segnet om i den våte sanden.
Like etter kom Martinson løpende.
Regnet hadde plutselig begynt å hølje ned.
– Vi tok dem, sa Martinson.
– Ja, sa Kurt Wallander. – Vi gjorde visst det.
Han gikk ned til strandkanten og skylte av ansiktet. Langt der ute så han en lastebåt som stevnet sørover.
En ting var han iallfall glad for, tenkte han – at han kunne gi Rydberg en god nyhet midt i elendigheten.
To dager senere tilstod mannen som het Andreas Haas, at det var de to som hadde begått drapene. Han tilstod, men skyldte på den andre mannen. Da Lothar Kraftzcyk ble konfrontert med tilståelsen, gav også han opp. Men volden hadde han ikke noe med.
Alt var foregått som Kurt Wallander hadde forestilt seg. De to mennene hadde flere ganger gått inn i forskjellige banker for å veksle penger og prøve å velge ut en kunde som gjorde et stort uttak. De hadde fulgt etter da Lundin hadde kjørt Johannes Lövgren hjem. De hadde skygget ham langs kjerreveien, og to netter senere var de kommet tilbake i flyktningmottakets bil.
– Det er en ting jeg lurer på, sa Kurt Wallander, som ledet forhøret av Lothar Kraftzcyk. – Hvorfor gav dere hesten høy?
Mannen så forbauset på ham.
– Pengene lå gjemt i høyet, sa han. – Kanskje vi slengte inn høy til hesten da vi lette etter vesken?
Kurt Wallander. Så enkel var altså løsningen på gåten med den mette hesten.
– En ting til, sa Kurt Wallander. – Renneløkken?
Han fikk ikke noe svar. Ingen av de to mennene ville innrømme å ha stått bak den sanseløse volden. Han gjentok spørsmålet, men fikk ikke noe svar.
Men det tsjekkiske politiet kunne meddele at både Haas og Kraftzcyk hadde vært straffet for voldsforbrytelser i hjemlandet.

De hadde leid et lite falleferdig hus utenfor Höör etter å ha stukket av fra flyktningmottaket. Skinnjakkene som de solgte, kom fra et innbrudd hos en skinnvarehandler i Tranås.

Retten brukte bare noen minutter på å avgjøre at de skulle holdes fengslet.

Ingen var i tvil om at bevisene ville være fellende, selv om de to mennene fremdeles skyldte på hverandre.

Kurt Wallander satt i rettssalen og betraktet de to mennene som han hadde vært på jakt etter så lenge. Han husket den tidlige morgenstunden i januar da han hadde gått inn i huset i Lenarp. Selv om dobbeltdrapet nå var løst og forbryterne ville få sin straff, kjente han seg ubehagelig til mote. Hvorfor hadde de slått en renneløkke rundt Maria Lövgrens hals? Hvorfor denne volden for dens egen skyld?

Han grøsset. Han hadde ikke noe svar. Og det gjorde ham urolig.

Sent om kvelden lørdag den 4. august tok Kurt Wallander med seg en flaske whisky og reiste hjem til Rydberg. Dagen etter skulle Anette Brolin være med på besøk til hans far.

Kurt Wallander tenkte på det spørsmålet han hadde stilt henne.

Om hun kunne tenke seg å skilles for hans skyld.

Hun hadde selvsagt svart nei.

Men han visste at hun ikke hadde tatt spørsmålet ille opp.

Mens han kjørte hjem til Rydberg, lyttet han til en kassett med Maria Callas. Til uken skulle han ta seg fri noen dager. Han hadde tenkt å reise til Lund og hilse på Herman Mboya som var kommet tilbake fra Kenya. Resten av tiden skulle han bruke til å pusse opp i leiligheten.

Kanskje han til og med skulle koste på seg et nytt musikkanlegg.

Han parkerte utenfor huset der Rydberg bodde.

En gul måne lyste over hodet hans. Han følte på seg at høsten var i anmarsj.

Rydberg satt som vanlig i mørket på balkongen.

Kurt Wallander skjenket i to glass med whisky.

– Husker du hvor bekymret vi var over det Maria Lövgren hadde hvisket? sa Rydberg. – Vi var redde vi skulle bli nødt til å lete etter noen utlendinger. Da Erik Magnuson dukket opp i bildet, var han den mest etterlengtede morder noen kunne tenke seg. Men det var ikke ham. Nå fikk vi noen utlendinger likevel. Og en stakkars somalier som døde til ingen nytte.

– Du visste det hele tiden, sa Kurt Wallander. – Stemmer ikke det?

– Visste det gjorde jeg vel ikke, sa Rydberg unnvikende. – Men jeg trodde det nok.

De gikk langsomt igjennom etterforskningen, som om den alt var et fjernt minne.

– Vi gjorde mange feil, sa Kurt Wallander tankefullt. – Jeg gjorde mange feil.

– Du er en dyktig politimann, sa Rydberg med ettertrykk. – Jeg har kanskje aldri sagt det til deg. Men jeg synes du er en forbannet dyktig politimann.

– Jeg gjorde for mange feil, svarte Kurt Wallander.

– Du drev på, sa Rydberg. – Du gav aldri opp. Du ville ha tak i dem som hadde begått drapene i Lenarp. Det er det viktige.

Samtalen døde langsomt hen.

Jeg sitter sammen med en døende mann, tenkte Kurt Wallander uklart. Jeg har nok ikke skjønt at Rydberg faktisk er døden nær.

Han kom til å tenke på den gangen han ble stukket ned med kniv da han var ung.

Han tenkte også på at han for et snaut halvår siden hadde kjørt bil i beruset tilstand. Egentlig skulle han ha vært en avsatt politimann.

Hvorfor forteller jeg det ikke til Rydberg? tenkte han. Hvorfor sier jeg ingenting? Eller vet han det alt?

Besvergelsen for gjennom hodet hans.
Å leve har sin tid, å være død har sin.
– Hvordan er det med deg? spurte han forsiktig.
Rydbergs ansikt var usynlig i mørket.
– Akkurat nå har jeg ingen smerter, sa han. – Men i morgen kommer de. Eller i overmorgen.
Klokken var nærmere to om natten da Kurt Wallander gikk fra Rydberg, som absolutt ville bli sittende igjen på balkongen.
Kurt Wallander lot bilen stå og spaserte hjem.
Månen var forsvunnet bak noen skyer.
Nå og da sjanglet han litt.
Han hadde Maria Callas stemme inne i hodet.
Han lå en stund med åpne øyne i mørket i leiligheten før han sovnet.
Igjen tenkte han på den sanseløse volden. Den nye tiden som kanskje krevde en annen type politimenn.
Vi lever i renneløkkenes tid, tenkte han. Uroen kommer til å øke under himmelen.
Så tvang han seg til å skyve bort tankene og begynte å lete etter den fargede kvinnen i drømmene sine.
Etterforskningen var over.
Nå kunne han endelig slappe av.